"CHAINS OF THE SEA" GARDNER R. DOZOIS AND OTHERS

海の鎖

ガードナー・R・ドゾワ他

伊藤典夫 編訳

未来の文学

FUTURE/LITERATURE

国書刊行会

CHAINS OF THE SEA
Edited by NORIO ITOH
2021

目次

装幀　下田法晴＋大西裕二

海の鎖

偽態

アラン・E・ナース

Counterfeit

by Alan E. Nourse

宇宙船は星をちりばめた空間を、第三惑星の軌道にむかって進んでいた。長い旅ではあったが、もう故郷は近い。

ドナルド・シェイヴァーは航行盤をまえに土気色の顔ですわっていた。星図に目を向けたとき、華奢な肩に震えが走った。

背の高い金髪の男がハッチを大きくあけて、航行室に入ってきた。彼はにこにこしながら大声でいった。「おい、ドニー！　やっと、あの下水溜めから、おさらばできたな。どうだ、気分は？」

彼は習慣から無意識に航行盤の赤い光点を一瞥すると、待ちきれない様子で両手を揉み、満足そうに観測窓をのぞいた。

「故郷《くに》に帰りたいな」シェイヴァーが重い口調でいった。

金髪の男は笑った。「ほかの八十人だっておんなじさ。そう、あせりなさんな。おれたちは帰る途中なんだぜ。あと一週間もすれば――」

シェイヴァーのいらだった声がさえぎった。「いまこの瞬間、故郷《くに》にいたいんだ」ふたたび息を吸いこんだ。そのとたんすさまじい震えが彼をおそった。金髪の男は驚いて目を丸くし、振りかえった。

「ドニー！」低い声できく。「どうした？」

「スコッティ。おれ、気分がわるい」声は弱々しい。「ああ、スコッティ。たのむ。先生を呼んでくれないか――おれ、すごく気分がわるいんだ」ふたたび抑えがたい震えがおそった。テーブルの端をつかんでいた手がすべり、彼は前にのめった。

スコットは倒れかかってきたシェイヴァーを受けとめると、フロアにそっと横たえた。「ドニー、しっかりしろ！　おれがついてるからな」シェイヴァーは激しい咳の発作に息を詰まらせ、急に体を曲げた。そして、ひきつけを起こしたように、背中をそりかえらせ、苦悶したが、ふいにぐったりとなった。

スコットは部屋を横ぎると、テーブルのインターカムをとって、狂ったように鳴らした。「航行室より本部へ。先生を呼んでくれ。死――」彼はフロアに横たわる動かない体を大きな目で見つめた。「死人が出たようだ！」

ジョン・クロフォード医師は、リラクサーにもたれて長い脚を思いきりのばし、むっつりと舷窓の外にひろがる光景をながめていた。彼はほっそりした指で、手の中にある灰色のカードをもてあそびながら、もう一時間もこの部屋にいるのだった。タバコの煙をくゆらせながら、外をながめ、顔をしかめる。こんなに疲労と孤独と恐怖を身にしみて感じたのは、この長い旅でもはじめてのことである。

もしひげを剃って、探検隊司令用の制服に着換えていたら、彼もすこしはハンサムに見えたかもしれない。やせた男だった。この二日間に伸びたひげが骨ばった顔に険しさを加えている。そして櫛の入っていないくしゃくしゃの黒い髪が、考えこんでいる彼の心の中をよく表わしていた。休憩時に隊員のひとりが、彼のことを「かたぶつ医者」と呼んだことがある。部屋を出るところだった彼は、それを小耳にはさんでひとり苦笑した。

船にいる者はみんな、彼をそんな男だと思っているのだろう――口べたで、適当に人がよく、退屈なところのなくもない無害な男――その巨体は宇宙船の通路を通るには大きすぎるらしい。むろん、自分がそんな男でないことは、クロフォード自身がいちばんよく知っている。ただ、用心深いだけなのだ。探検の任務を帯びた宇宙船の船医は、自分の一挙手一投足にも注意を怠ってはならない。このことは悪疫に蝕まれた初期の調査船の例を見れば明らかなことだった。

クロフォードは舷窓から、黒いビロードの空間を背景にまたたきもせず輝く白い星々を見つめた。〈あらゆる観点から見て、この遠征は不成功であった〉という表現は、こんどばかりは控え目すぎた。推測も期待もすべては無駄な徒労に終わった。初めから終わりまで、覆うべくもない完全にしてみじめな敗北。誇るべきこともなく新発見もなく何もない。

しかしそれは一時間前までのことだった。

彼は手の中にあるカードを見た。ほんの一時間前、救護班長のジェンスンが分析室から息せききって駆けつけ、彼にこのカードを手わたしたのである。受けとってながめた彼は、恐怖に腹のあたりがえぐられるような感じを受けた。

彼はふいにリラクサーからとび起きると、暗い通路を通って、船長室に向かった。ハッチの隙間から漏れている光で、船長がいることはわかった。ベルを押す手は震えていた。船長に伝えるべきことではなかったが、とるべき手段がこれだけしかないことは彼にもわかった。

ロバート・ジャッフェ大佐はキャビンに入ってきたクロフォードを見上げた。大佐は浅黒い丸顔に微笑をうかべた。クロフォードは入口に頭をぶつけないように背を低くすると、船長のデスクに近づいた。彼も微笑を返そうとしたが、できなかった。彼がリラクサーに身を沈めると、ジャッフェの目は真険な光を帯びた。「ジョン、どうした?」

「ボブ、困ったことが起きたよ」

「困ったこと? いまになってか?」彼はにやりと笑うと、シートに背をもたせかけた。「ばかなことはいわんでくれ。どんなことだ?」

「ボブ、異常な男がこの船に乗りこんでいる」

船長は眉をつりあげて、肩をすくめた。「八十人とも異常な男たちだよ。だからこの探検に――」

「そういう〈異常〉じゃない。ボブ、可能性がまったくないことだ。この船の中で、当然死んでいるはずの男がひとり健康そのもので動きまわっている」

「医者のくせに、おかしなことを言うね」ジャッフェは慎重に言った。「つまり、どういう意味だ?」

クロフォードはジャッフェの前で灰色のカードを振った。「ここにある。分析室からの報告書だ。金星を発った翌日、わたしが乗員全員の精密な健康診断をおこなったことは知っているだろう。探検隊員や、その他の乗員に、変な病菌がとりついていないか調べなくてはならない――あたりまえの検査だ。われわれはひとりひとりについて、尿や血液などを徹底的に調べた。発進後二日で、全員の血液採取は終わった。そして意外な結果が出た」

ジャッフェは結論をせきたてるように彼を見つめると、タバコをとりだした。

「この船の乗員は八十一人だ」クロフォードは続けた。「そのうちの八十人は、すべての検査に〈ノー〉の反応が出て、健康体だと証明された。しかしひとりだけ違っていた」彼は華奢な指でそのカードを叩いた。「はじめはどこも変わったところはなかった。血球数も、塩化物も、カルシウム分も、アルブミン＝グロブリン係数も――みな常人と変わらなかった。次に血糖を調べてみた」クロフォードは爪先をあわせて、脚を伸ばした。「ところが、その男には血糖がなかった。すずめの涙ほどもだ」

ジャッフェ大佐は体をこわばらせた。その目が、急に大きく見開かれた。「ちょっと待ってくれ――おれは医者じゃないが、それだって――」

「――血糖がなくては、生きていかれないことぐらい、知っているな」クロフォードはうなずいた。「そうなんだ。ところが、それだけではなかった！　血糖をさがすのをあきらめて、こんどは血液中のクレアチニンを調べてみた。これは蛋白質分解産物で、わりあいに排泄が早い物質だ。血液百CC中に十ミリグラム以上あれば、その人間はどこか病気なのだ。わたしはこれまで二十五以上の人間は見たことがない。その患者は、血液採取のとき死んでしまった。クレアチニンの量がそんなに多い人間は、死ぬのがふつうだ。生きられるわけがない――」彼は言葉をきって、額にたれた汗をぬぐった。「その男は、百三十五あった――」

ジャッフェは医師を見つめた。デスクの上にかがんで、カードを手にとると黙って目を通した。

「検査するときの手違いということはないかね？　試剤が変質していたとか、きみの助手が失策を犯したとか、そんなことだ」

「可能性はゼロだ」とクロフォード。「結果はきのう出た。むろん、わたしはその男を呼んだ。彼は上機嫌で研究室へ入ってきた。血色のいい頰をして、呼吸にも異常はなかった――わたしはもう一度、彼の血液をとってみた。こんどは検査も自分でやった。ジェンスンがとなりで測定値を確かめてくれた。意外なことだが、二度目にとった血は、完全に正常だった――」

ジャッフェの指は震えていた。「血液の化学的性質がそんな急に変わるものだろうか？」

「そんなはずはないんだ。いくら偶然だとしてもね。しかし変わったことは事実だ。最初のサンプルをとってから、二十時間とたっていない。サンプルを取りちがえたわけでもない――正確に番号をふって、指紋も照合した。どちらも同一人の血管から採取したものなのだ」

ジャッフェの肘のところにあったインターカムが鳴った。受話器を取りあげると、金属的な声がとぎれとぎれに耳に入ってきた。「了解。すぐ行く」彼は受話器を置いて、クロフォードに向きなおった。「ジョン、たしかに何かあるぞ。航行室で死人が出た。ドナルド・シェイヴァーという男だ」

男は死んでいた。それには何の疑いもなかった。クロフォードはシャツの袖をおろしてボタンをはめると、首をふって溜息をついた。「スコッティ――残念だが」彼は背の高い金髪の男に言った。「きみが呼んだときには、彼は死んでいたよ」

スコットは、当惑したように拳を開いたり閉じたりしながら、フロアの死体を見つめていた。「今朝は何ともなかったんですよ――誓ってもいいです。今日はほとんど一日中、彼のそばにいたんですが、二十分前までどこもおかしな様子はありませんでした」

ジャッフェはポケットに両手をつっこんだ。「死因はなんだろう?」

クロフォードはヤジ馬を航行室から追い出し、ジャッフェを見た。「こんなケースははじめてだ。分析結果はまだできないか?」

ジャッフェは灰色のカードをわたした。クロフォードは待ちかねたようにカードをとると、目を細めて読んだ。「血糖ゼロ、クレアチニン百三十以上か」冷淡に言う。「死ぬのがあたりまえだ」

「では、これがきみの話した男だね? 彼は正常にもどったと、さっきいってたと思うが」

クロフォードはフロアの上の死体を見て、顔をしかめた。「いや。この男じゃない」

「この男じゃない? では誰だ――?」

「わたしが話したのはウェスコットという男だ。彼はまだピンピンしている」

「ジョン――われわれはどこかでミスを犯したんだ。きっとそうだ。完全殺菌装置を通り抜けて、何か病菌が侵入したんだ――」

「ばかな!」とクロフォード。「金星に着いたとき、まず培養器を出して調べたんだ。反応はみんな〈ノー〉だった。だから保護服を着せずに探検隊を地表におろした。三カ月のあいだ、われわれは探検して回り、乗船する隊員はそのつど紫外線照射をして殺菌した。病気にかかった者はなかった。三カ月間、何事も起こらなかった。そして今、これだ。これでも病気に思えるかね?」

ジャッフェは身震いした。「われわれが探検したのは金星なんだ。地球じゃない。ジョン、おれは病気をしょいこんで来た船を何度も見てる。先月、爆破したタイタン探検船みたいなのをな。そのウイルスは、人間の肺を喰い荒し、六時間で船全体に拡がってしまった。ジョン、いいか——」

クロフォードは聞いていなかった。彼は死体の上にかがんで、目と耳を調べていた。そして長い間、男の腕を見つめていたが、やがて自分の太腿を叩いて、舌打ちした。「なんでこれに気づかなかったんだろう」彼はつぶやいた。「この男を見たとばかり思っていたんだ——」

クロフォードの目に、はじめて恐怖の色が宿った。「そのカードをもう一度見せてくれ!」

彼は、自分のポケットにあったカードと照らし合わせながら、それをていねいに調べた。「たいへんなことだ! これは病気じゃない!」

「しかし、この男とウェスコットが地表におりて、この男が死んだとすると——」

「彼は地表にもおりなかったし、地表からもどってきた男に直接会ってもいないんだ。この男は、地球を発ってから三日後に、伝染性単核症で隔離されている。われわれが金星の表面で寝起きしていたときも、彼はベッドに寝たきりだった。わたしは、きのう、この男に最後の注射をうったばかりだ。船を一歩も出ていないのだ」

ジャッフェは、目を大きく見開いて、クロフォードを見た。「では、これはいったいどういうことだ？」

「どうやらわかってきた。この船の中に何かが入りこんだんだ。だが、それは病気じゃない」

巨大な宇宙船は空間を進んでいた。三度目の〝夜〟が訪れた。クロフォードはキャビンの明かりをつけると、コーヒー・ミックスを作る仕度をした。

ジャッフェ大佐はキャビンの中を数回、落ち着かなげに行ったり来たりしたあと、リラクサーに落ち着いた。

クロフォードはラムのビンを抜いて、ジャッフェのコーヒーに少し注いだ。「興奮することはない」

ジャッフェは熱い液体をすすった。「興奮せずにいられないね」となるように、「これはおれの船だ。乗員に関する責任はおれにある――船がこんなでは興奮しないほうがおかしいよ。こんどの探検ほど、退屈で、つまらなくて、収穫のなかったやつはないだろう。いいかね。われわれの任務は、金星に着陸して、そこを探検することだった。培養器の反応も〈ノー〉だった。大気を調べた。薄かったが、呼吸するに差し支えはなかった。気候も暑かったが、我慢はできた。そこで、われわれは外へ出た。だが何があった？　何もなかった。出かけていって探検し、汗を流してもどり、栄養たっぷりの夕食をとっていただけだ。生物は？　いなかった。植物は？　それもない。有用金属は？　完全にゼロだ」声の調子が高くなった。「写真をとり、報告書を書き、後始末をして、さようなら。得た知識といえば、うちにいたほうがよかったと悟ったぐらいのことだ。それが、帰途三日目の今、病気が発生し、治療する方法がないという」

「ないことは確かだ」とクロフォード。「ただ、繰り返して言うが、われわれがいま直面してるのは病気じゃない。それだけは覚えておいてくれ。病気じゃないんだ。それに似たものでもない」

「じゃ、シェイヴァーの死因は何だ？　ホームシックかね？」

シートに体を沈めているクロフォードの声は、はりつめていた。「いいかね。新陳代謝は新陳代謝なんだ。人間はじっさい驚くほど多様な環境に、その代謝作用を適応できる。しかし、どうしても適応できないものだってあるんだ。たとえば血糖がそうだ。天にも地にも、人体の血糖がゼロになる可能性など絶対ない。もしそれが平常の三分の一ないし四分の一になったとしても、その人間は昏睡状態に陥ってしまう。ゼロに低下するはるか以前に、そいつは死んでしまうはずだ。例外はない。確実なことだ」

クロフォードは立ちあがって、カップにもう一杯コーヒーを注いだ。「同じことはクレアチニンについても言える」彼の声はキャビンの静寂の中でいやに鋭く響いた。「クレアチニンの量が、百三十五ミリグラムなどという桁外れの数字になるずっと前に、人間は死んでいるはずだ。血液中のクレアチニンの量を、そんなに濃くしたままでは、人間は生きていけないのだ」

「しかし、何かの病菌が――われわれのまったく知らない何かの――」

「その可能性は絶対にない！　不可能もいいところだ。人体の代謝機能に起こってはならないことなのだ！」

ジャッフェの顔は蒼白だった。クロフォードは長いあいだ黙ってすわったまま、観測窓の外にある黒い空間をながめていた。この船ほど孤独な存在はない。彼の心の中に思いが湧きあがった。永遠の謎を秘めた空間を飛翔する合金の一片。「ただひとつ考えられる結論がある。ロジャー・ウェスコットという男が何者であるにしても、彼は人間ではありえない」

ジャッフェは目をぎらつかせて立ちあがった。「ジョン、まさか。そんなばかげたことが！　よりによって、そんな愚にもつかぬ――」彼は唾をとばしながら言葉をきった。

「金星はわれわれが思いこんでいたとおりの死の世界だろうか？　まったく愚にもつかぬ考えだが、もしそこに知的生物がいた場合のことを考えてみたまえ。知性と思想と機略に富んだ生物がいたときのことをね。われわれの到着は、それらの生物にはわかっていたのかもしれない。われわれは、探検しているあいだ中、絶えず監視されていたとは思わないかね。もし彼らに、おのれの存在を知らせたくない何かの理由があったとしたら。われわれが探検した区域が、何も発見できず、何も得ることのないように、あらかじめ細心の注意を払って用意されていたところだとしたら」クロフォードはシートからのりだして両手をひろげた。「そして、異議の出ることは覚悟の上でいうが、それらの生物がわれわれのような一定の体形を持っていなかったとしたら。ひょっとしたら、彼らはあらゆる環境に適応する能力を備えた、クラゲのような原形質動物かもしれない。ひょっとしたら、彼らはお望みのものに何でも偽態することができ、われわれの目と鼻の先で、岩や砂や水たまりに姿を変えて、監視をしていたのかもしれない。人間に化けていることだってありうる」

ジャッフェは、ひたいにかかった髪を手でかきあげた。その目には怒りよりも恐怖の色が濃かった。「ごみためだ」彼は呻くように言った。「あの星をこの目で見たんだ。何もなかった」

うなずいたクロフォードの声には、いらだちが現われていた。「そうだ。ごみためとでも、何とでも呼ぶがいい――しかし、もしそれが本当だとして、彼ら――金星人たちが――われわれの惑星のこと、われわれの宇宙船のこと、われわれの住んでいる国のことを、知りたがっていたとしたら、彼らはいったいどうするだろう？　彼らは人間に化けて乗りこむことだってできるのだ。その中のひとりが、金星の砂漠地帯のどこかで、ロジャー・ウェスコットを殺し、外見も態度もそっくり彼になりすまし、われわれが気づかないのをいいことにして、この船に乗りこんだかもしれないのだ。そのとき、偽態に手違いがあったとしたら。彼は、はじめのうち、人体の血液の化学的性質が、どのようなバランスを保っているか、まったく知らなかったにちがいない。偽態には時間がかかったことだろう。やがて彼は乗船した。外見は見事になりすましていた。しかし内側は、混乱し、不明確なままだった。それがたまたま、血液採取で、完全に狂っていることが明るみに出たのだ。血液に関する限り、絶対に不可能なことだった。そこでそいつは自分の誤りに気づき、別の男――この場合はシェイヴァーだったが――を殺して、これを包み隠そうとしたんだ。そのあとで、彼になって、同じような死に方で自殺すれば、われわれは奇病が蔓延したのだと思いこんで、帰途のあいだ、ずっとその原因をつきとめることに忙殺されるだろうと思ったのだ。もしそうだとすれば――」

ジャッフェは両手を揉んで、また呻くような声を出した。「もしそうだとしたら、もしそれが本当なら、ウェスコットは――ウェスコットではないということになる。だが、きみはどうやって、それを証明する?」

「いい質問だ。われわれはこの偽態がどのようなものであるか、まったく知らない。偽態がどの程度完全なものであるのかも知らない。ただ彼らが知識を得る手段を推測できるにすぎないんだ。しかしもしそいつが、人体の神経や細胞、化学的なバランス、物質のバランス、意識的な思考パターンを、すべて知り尽していたとしたら、それはもはや本物と変わりないんだ。外見も、態度も、細胞のひとつひとつに至るまで、彼そのものだ。ただその心の片隅で、非人間的な思考が、それ自体の意志を持ち、非人間的な目的を目ざして、活動しているだけにすぎない。偽態は完全だと言っていいかもしれない」

二人はお互いを見つめあった。エンジンのうなりが静まりかえったキャビンにいる二人の耳に、よどみなく単調に、そしてもの寂しく聞こえてきた。ジャッフェは自分の両手を見た。汗がじっとりと掌にうかんでいた。ふたたび見あげた彼の目は、恐怖に輝いていた。「よほど狡猾なやつなのだろうな。こういう陰険な手段を用いるようなやつは」

「そうだ」

「このまま、地球へ運ぶことにもなりかねないのだな?」

「そうだ」

ジャッフェはコーヒーカップを置いた。「ジョン、こんなことが事実だと思えるかね?」

「そう考えるほか仕方がないじゃないか」

「しかし、これに対して打てる手があるのか?」

長い沈黙が訪れた。やがてクロフォードが言った。「わからない。見当もつかない。ただひとつだけあるような気がする。わたしはそれを、ウェスコットに試してみようと思う。見破れなかった偽装など、わたしは一度も聞いたことがない」

ウェスコットは二十代はじめの血色のいい鼻筋のとおった澄んだ青い眼の青年だった。彼は船長室のドアをノックし、帽子を手に入って来た。「ロジャー・ウェスコットです。お呼びになりましたか？」

クロフォードは立ちあがると、ジャッフェの青白い顔にめくばせした。「きみを呼んだのはわたしだ」彼は青年を部屋の中央に来るように手で合図した。どことい って変わったところのない青年だと彼は思った。肩はばは広く、健康そうに見える――「ウェスコット、きみのこの船における任務はなにかね？」

「操縦士です。スコッティ・マッキンタイアといっしょでした。もちろん――ドン・シェイヴァーともです」

クロフォードは手に持った数枚の書類を動かした。「ウェスコット、馬鹿だねえ、きみは」彼は冷ややかに言った。「こんな場所でこそ泥を働くなんてな」

ウェスコットは鋭い視線を医師に向けた。キャビンには死の静けさが支配した。「こそ泥？　いったい――いったい、何のことでしょうか？」

「わたしの言ってる意味はわかるはずだ。船内でシェイヴァーの妻にわたすように募った金だよ

――あの二千クレジットだ。一時間前わたしがキャビンから離れたときには、それは封筒に入ってデスクの上にあった。きみはわたしが出てから五分して、キャビンに入った。そしてすぐ出ていった。いっしょに金も消えていた。返そうとは思わんかね？」

青年は顔をあからめて、当惑したようにジャッフェを見たが、またクロフォードに向きなおった。

「先生、それはどういうことですか？　さっき、わたしは呼び出しを受けて、キャビンに行きました。しかしあなたが見えないので引き返しました。金のことなど知りません」

「呼ばれたことは確かなんだな？　じゃ、いいかね。きみがキャビンに入るのを見た者がいるんだよ、ウェスコット。しかし、ほかに入った者はいないんだ。ただ金を返しさえすれば、それで済むことなんだ。これ以上言うことはない――言いたいことは言った。だが以後、きみを監視するぞ、金を取りもどす必要があるからな」

ウェスコットは思案に暮れたように、手をひろげた。「先生、わたしにはいっこうに覚えのないことです――」彼はジャッフェに向いた。「船長、わたしは入隊以来ずっとあなたの部下でしたから、ご存じのはずです。わたしは盗みなんかしません。盗めっこないんだ！」

ジャッフェは不愉快そうに、あらぬ方向を見た。「ウェスコット、先生の言ったことは聞いたろう。正直に言ったほうがいいぞ」

うちひしがれたように、青年は二人を交互に見た。顔は紅潮し、その目は泣き出さんばかりだった。「信じてくれないんですね」彼はこわばった声で言った。「嘘をついてると思ってるんですね。盗みもしない金を、どうやったら返せるんです？　二千クレジットの金なんか、わたしは持っていない――」

クロフォードは軽蔑するように机を叩いた。「わかったよ、ウェスコット。任務にもどれ。われわれは船内をしらみつぶしにさがすつもりだ。金は船内にあるはずだし、われわれにはきみがとったということもわかっている。やがて見つかるだろうが、そのときには、きみの立場が悪くなることだけは覚悟しておいてくれ」

「しかしわたしは――」

「それだけだ。任務にもどれ」

ウェスコットは、医師の話がまだ信じられないというように目を大きく見開いたまま、うなだれてドアに向かった。彼がキャビンから出るか出ないかのうちに、ジャッフェはクロフォードに向いて言った。「ジョン、とてもこんな芝居はできない。あの青年を見るまで、きみがどんなつもりなのか、おれはわかっていなかったのだ。これでは、あくどすぎる――」

「われわれがいま闘っているのは、もっとずっと狡猾なやつらなんだ。きみはこの目で見なくては信用できないのか？　放射線火傷をこの目でみたことがないからと言って、きみはそれを恐れないか？　感染症は？　ポリオは？　わたしはいやになるほど、このことを考えつづけた。そしてこわくなったんだ。ボブ――こわくて、夜も眠れないんだ。やつらはこの船にいるんだ。自由に動きまわってるんだ。そのくせわれわれには、そいつらを見つけだす術《すべ》も、正体を暴く術もない。もし彼らが平和を愛し、友好的だったら、はじめから姿を現わしていただろう。ところがそれをしなかった。これが何を意味してるかわからないか？　やつらは殺人を犯したんだ。二度もね。今ごろ、金星のどこかの岩の上には、地球人の腐った死体がころがっていることだろう。ボブ、二人も殺されたんだ。いまわれわれの話したあいつが殺したんだ」

「だが彼の様子はノーマルだった。自然に反応していた――」

「いいかい、ボブ。もしわれわれがくいとめなかったら、やつらは何をするだろう？ われわれには彼らの力も能力も皆目わかっていない。ただ好都合なことに、ここは密閉されている。われわれが着陸したときのことを考えてみないか？ やつらは完全に自由な行動がとれるようになるんだ――ボブ、そうなったら、彼らを金星に送り返す方法はなくなってしまう――」

「よし、全員に通告して警戒させよう――」

「そして、罠にかけるチャンスを逃がしてしまうのか？ ばかなことをしないでくれ。わたしにひとつ考えがある。それを試させてくれ」

ジャッフェは身震いすると、デスクにもどった。「わかった。いっしょに行こう。ただ、きみが間違っていないことを願うよ。人に〈盗っ人〉の烙印を押すことほど残酷なことはないからな」

「いや、もうひとつある」クロフォードはぽつんと言った。

「なんだ、それは？」

「スパイさ」


ジャッフェ大佐がクロフォード医師を従えて壇にのぼると、娯楽室のざわめきがひいていった。彼の声は金属の壁にこだまして、鋭くはっきりと聞こえた。

「わたしが諸君を呼んだのは、諸君の中に犯罪者がいることを知らせるためだ」

乗員の中から怒りのこもったどよめきが起こり、すべての目が船長に向いた。

「諸君の仲間だった男の未亡人のために募った金が盗まれた」どよめきは大きくなり、憤りも激しくなった。「二千クレジット。それをこの中の誰かが盗んだ。もしその男が責任者のクロフォード医師に直接金を返却すれば、われわれは何のとがめだてもしない。この旅の終わるまで猶予を与えよう。金が返却されるまで、映画の上映は中止する。娯楽室、図書室も閉鎖する。もしロスアラモスに着いても、金が返却されない場合は、下船の許可は下りない。それだけだ。解散」

乗員たちは顔をしかめ、身ぶり手ぶりを使ってささやきあいながら散っていった。通路をゆくクロフォードの耳に会話の断片がとびこんできた。彼は船内にひろがっていく汚辱をまざまざと感じた。男たちの声は怒りに満ちていた。

「何もそんな汚い手を使わなくても――」

「金は返ってきそうもないぜ」

「スコッティはなんと言うだろうな？」

「見当もつかんよ――ドンはスコッティの相棒だった。スコッティは金を盗んだやつを容赦しないぜ。あいつが怒ったときの――」

キャビンへ向かうとクロフォードの目に、青い顔をしてグループからひとり離れて歩いているロジャー・ウェスコットの姿が写った。あいつにできることは、あれだけしかないのだ。彼は自分に何回も言いきかせた。医師として、人間として、彼はどうしてもこれをやり遂げねばならなかった。

しかし船長の言葉はあたっていた。こんなあくどい手段はない。

彼の心の中は、無数の映像の渦だった。うちひしがれたウェスコットの悪夢のような顔。乗員たちの軽蔑をうかべた眼差し。怒りをあらわに見せたスコッティ・マッキンタイアの顔。船長の顔にうかんだ恐怖と疑惑。ああ、もしみんなにぶちまけることさえできたら。彼の心は絶叫した。みなに、あらいざらい話したい。なぜこんなことをしたのか、どんな敵に直面しているのか、話してしまいたい。この重荷を、みなで分かちあえることさえできたら――しかし、これは彼だけが負わなければならないものだった。これは必然的な結論だ。彼は正しい。ウェスコットは地球の人間ではない。金星の砂漠に横たわる死体の巧妙な替え玉なのだ――

しかし、もし彼が誤っていたら。ロジャー・ウェスコットは犯罪者の烙印を負わされたまま、一生を過さねばならない。

だが、誤っているはずはない！　彼は壁にかかった時計を一瞥して、残った僅かな日数を数えた。決断を下すのは彼だった。

クロフォードは診療室へもどった。その手は固く結ばれて血の気を失い、爪は掌に深く喰いこんでいる。彼は試験区画に入るとハッチをしめ、試剤棚にある白い粉末の入った小壜をつかみ、肩で息をしながらポケットにおさめた。「どうか思いちがいであってくれ。思いちがいで――」

寝台に男が横たわり、身動きもせず眠っていた。しかしその閉じた目の奥、頭骸の内部では、残忍で邪悪な思念が、うごめきながらその触手をのばしていた。異質の思念――それは憎しみもあらわにあたりをまさぐった。すると、船の奥深くから、もうひとつの思念が答えを送った。〈引き返さなくてはいけない。引き返そう。おれたちは罠にかかった。追いつめられたんだ――〉

〈うそだ！〉一方が強烈な思念を返した。

〈だが、今なら間に合う！　次の周期には、遠すぎて、もどることはできなくなる〉

〈裏切り者！　臆病者！〉相手の思念は、怒りにのたうちながら、咆哮した。〈そんなことを考えるなら、死んでしまえ！〉

〈だが、医者は、おれを疑ってるのだ。あいつは何をたくらんでいるのだ？　おれは何ひとつ見落さぬようにまねた。おれを見破れるわけがない――いったい、何をしようとしているのだ？〉

軽蔑のこもった思念がもどった。〈やつは間抜けだ――どこにもころがってるバカだ。あんなやつに負けてたまるか――〉

〈だが、負けるかもしれない――引き返そう――〉その思念は、恐怖に圧倒されていた。〈あいつが何を企んでいるか、おれには見当もつかない。うまく化けはしたが、自信がないのだ――〉

冷酷な嘲笑が、その思念をつらぬいた。〈あいつはおれを疑っていない――おれを信用している。心配するな。あいつはバカだ。もうすぐ、やつらは着陸する。地球の人間のことでも考えろ。姿を変えて行動に移ろう。すばらしいじゃないか――〉その思念は、よこしまな期待に陶酔して、からからと笑った。〈おれたちの支配も遠い先ではない。やつらを殺し、生き残った者は奴隷にして、やつらの船で仲間を呼びよせよう――〉

〈だがあの医者は――殺してしまおう――〉

〈よせ、よせ――そんなことをすれば、着陸すまい。やつらは疑ぐりぶかくなって、着陸する前に、船を爆破するだろう。医者の頭の程度は、たかがしれている。やりたいことをさせておけ。心配するな〉

〈だがあいつはおれを追いつめようとしてる――どうしてかわからないが、おれにはわかるのだ――手遅れになる前に、引き返さなければ。引き返そう――〉

邪悪な思考は笑いながらのたうちまわり、あたりに憎しみをまきちらした。〈心配するな。おれたちのうち、ひとりは生き残る――〉

ジャッフェは浮かぬ顔で、クロフォードに言った。「これで満足したろう。船内は蜂の巣をつついたような騒ぎだ。みんながウェスコットを厄病神のような目で見るので、彼はわけがわからなくなっている始末だ。それにみんなも気が立っている。ジョン、これには何の目的があるんだ？　もしそれがわかっていたら、別の見方もできるかもしれん。しかしこれは行き過ぎのようだな。おれはあれ以来、ほとんど眠っていないよ。そのうえ、ウェスコットを見るたびに、自分がまるでユダになったみたいな気がしてくる」

彼はクロフォードの手からライターを取ろうと、手を伸ばした。

クロフォードは、針で刺されでもしたように、のけぞった。「触らないでくれ！」

ジャッフェはまばたきして、医師を見つめた。「ジョン、おれは火がほしかっただけだ――」

クロフォードは溜息をつくと、恥じ入ったようにライターをわたした。「すまない。気が立ってたようだ。まるで悪夢だ。自分自身も含めて、この船に乗っている者全部がおそろしい。はずかしいことだが、わたしはいま猫みたいに怯えているよ」

「そうだろうな」ジャッフェが言った。「ところで、これはいったい、どういう意味があるんだ？」

「いいか、ボブ。きみは大事なことを忘れているようだな。ロジャー・ウェスコットは死んだんだ。彼が金星の強烈な太陽の下で死んでから、もうしばらくになる。それを片時も忘れないでくれ。わたしが間違っているはずはない——それに、これを長続きさせるつもりもない。あと数時間と、少量の放射性ビスマスで、解答が出る」彼は立ちあがるとドアに向かった。

「いったい何をさがしているのか、それくらいは話してくれ」

「それができないんだ」クロフォードはジャッフェを見て、ニヤリと笑った。「きみが怪物じゃないっていう保証はないからな」

バカ！　彼の心が、病室へ向かう彼を罵倒した。バカ、バカ、バカ。とうとう口をすべらした！　彼はひたいの汗を拭いて、自分を呪った。あんなことをしでかすなんて。彼の心の中に、いつの間にかうかびあがった恐ろしい疑惑を、口にしてしまうなんて。そう、この宇宙船に乗っている怪物は、ロジャー・ウェスコットだけではないかもしれない！　ジャッフェはおそらく、あれ以上考えはしないだろう。だがこんな失策は、二度と起こしてはならなかった。彼が疑っているということを、誰に悟られてもいけないのだ。

病室の上の通路に足音が聞こえた。見上げると、梯子シャフトの最上部から、ロジャー・ウェスコットが反重力変抗器を〈軽落下〉に調整して、病室へゆっくりとおりてくるところだった。

ウェスコットは悪夢に取り憑かれたように、目がくぼみ、青白い顔をしていた。クロフォードの心の中に哀れみの念がわきあがったが、断固としてそれを抑えた。

ウェスコットは長いあいだ彼を見つめていた。やがて口を開いた。「先生、もうたくさんです。あなたの机の上の金を盗んだのはぼくじゃない。先生は、それを知っているんでしょう。もうやめていただけませんか?」

クロフォードは壁に背をもたせかけ、眉をつりあげた。「やめる?」

「泥棒よばわりキャンペーンです。あれが嘘だっていうことを、先生は知っていますね。あなたがあれをはじめたんですから、やめることだってできるはずです。先週ぼくは仲間に一言も話しかけられなかった。もうとてもがまんできません」

「ウェスコット、なぐさめの言葉を聞きたかったら、わたしは不適任だよ。ほかのところへ行きなさい」

ウェスコットは唇を嚙んだ。その顔は蒼白だった。「先生、ぼくはもうたまらないんです。このままでは気が狂ってしまう——」

クロフォードは肩をすくめ、青年に笑顔を向けた。「ウェスコット、わかったよ」熱をこめて言う。「その調子だ。発狂しなさい。わたしは止めはしない」

涙が青年の目から溢れた。彼は背を向けると、部屋を出ていった。

クロフォードは息をつくと、引き出しから小さな壜をとりだした。壜はほとんど空で、少量の白い粉末が、底にこびりついている。「失望させないでくれよ」彼はそうつぶやくと、首をふった。

「全員、待機せよ。あと三時間で減速する」マイクが船長の命令を三回伝え、沈黙した。

クロフォードはジャッフェのキャビンに入った。肩はがっくりと落ち、その目は疲労にくぼんでいる。彼はジャッフェのデスクに、黒い大きな封筒を置くと、リラクサーに崩れるようにすわった。

「あと数時間で着陸だね。どうやら、間に合ったようだ」彼は封筒を指し示した。「ボブ、それが例のものさ。やつの正体をあかしてやった」

「ウェスコットかね？」

「ウェスコットの正体さ。いま彼に右舷のエアロックの掃除をさせている。いっしょに来てほしいんだ。きみに見せたいものがある」

ジャッフェは注意深く封をきった。「これが、ウェスコットの正体の秘密を握る鍵か？」

「そうだ。だが、その前にいっしょに来てくれ。説明はあとでしよう」

二人はエアロックの前で警備をしている乗員に話しかけ、彼を使い走りに出した。二人は並んで、厚いガラスのパネル越しに、圧力室をのぞいた。ロジャー・ウェスコットはブラシと石鹸水で甲板を磨いていた。

猫のようにクロフォードはエアロックの錠をおろすと、壁のボタンを押した。室内の赤色灯が消え、排気装置が活動をはじめた。ウェスコットは驚いて目を丸くすると、彼らを見上げ、立ち上がった。「先生！」パネルを通して聞こえる彼の声は、微かでよく聞きとれなかった。「先生！　スイッチを切ってください！　宇宙服を着てないんです――」

ジャッフェは息をはずませながら、麻痺したようにクロフォードを見た。「何をするんだ？　殺すつもりか？」

「まあ、見ていてくれ」クロフォードは呻くような声で言った。ウェスコットは、顔を恐怖にひきつらせ、こわばったようにエアロックの内側に立っていた。

「先生！」彼は必死にさけんだ。「先生！　切ってください。やめて！　やめて！」

彼の目は恐怖に見開かれ、その目はぶつけようのない怒りに歪んでいた。「やめて、やめて！　息がつまってしまう――」

彼は拳でハッチを叩きつづけた。やがて、その手が血だらけになり、ハッチにしたたり落ちた――そして、何かに変わりはじめた。彼は喉に手をあてると、膝から崩れるように倒れた。圧力計はどんどん下降していた。彼は咳こみながら、床をのたうちまわった。突然、鼻孔から血が噴きだした。彼はけいれんすると、ぐったりとなった。

そして変貌がはじまった。ピンクの頬や金髪が、その本来の形を失い、溶けて、赤いぶよぶよしたゼリーのような小滴となっていった。腕が溶け、脚の溶解もはじまり、やがてそれは巨大な赤味を帯びたアメーバのような姿に変わった。そして、とつぜん丸い形をとると、つかのま震えたのち、動かなくなった。

クロフォードはパネルから目を離すと、首を振って、力が抜けたようにフロアにすわりこんだ。「わかったかね？」彼は大儀そうに言った。「わたしが正しかったんだ」

「正しい見方をしていれば」と、クロフォードは言った。「見破ることのできない偽態なんかないのだ。たいてい、どこかに欠陥があるものだ。どこかで偽態が誤っているか、間違った物質が使われているかのね。ところが、こんどの場合はちがった。われわれが直面したのは、人間に偽態した生物だったのだ。常識と医学的な見地から言って、こんな場合が起こり得る可能性は無に近いように思えた。しかし、組織を顕微鏡で観察しても、欠陥を見出すことのできない偽態が、現にあらわれたのだ。確かに、手強そうな相手だった」

クロフォードはカップにコーヒーを注ぐと、そのひとつをジャッフェに差し出した。「しかし、いちおう仮説はたてられた。まず、金星人はウェスコットに偽態した。次に、われわれが彼らの偽態の欠陥を発見して、捕まえようとしたとき、ごまかすために、シェイヴァーの体に、自分の体組織の一部を送りこんだ。つまり、彼らは形態学的な偽態ができるんだ。むろんウェスコットの神経系もまねて、いかなる事態が起こっても、それにふさわしい行動がとれるように企んだにちがいない。

実に巧妙だった。怯える必要が生じると、怯える。怒る必要が生じると、怒る。みなが憤慨していたときには、彼も憤慨した。これらはすべて、ウェスコットの心から流れこんでいたのだ。しかしウェスコットの心からは伝えることのできないものが、いくつかあった。ウェスコット自身すら知らないもの、ウェスコットの意志では制御のきかないものだ。

そいつはウェスコットの脳でものを考え、ウェスコットの目から世界をながめていた。しかし、自己保存の機能によって、無意識に反射作用の起こる場合がある。彼はそれをまねることができなかったのだ。

ウェスコットが、犯罪者の嫌疑をかけられたとき、怪物は重大な問題に直面した。彼は、ウェスコットの心がウェスコットに命じたであろうとおりに、見事にふるまった。彼は悩み、憤り、悲しんだ――そのすべてを正確にだ。彼は与えられる食物を、ウェスコットがしたのであろうとおりに、まずそうに食べた。そいつは、犯罪者の罪をきせられたウェスコットの反応を忠実に実行しなければならなかったのだからな」

クロフォードは笑って、デスクの上の大きな黒い封筒に重ねて置いてあるネガを指し示した。

「だが夜、マットレスの間にすべりこませておいたこれが、欠陥を暴きだした。彼は、人体の神経組織に起こる反応のひとつを見逃していた。彼らは、自分たちが偽態したモデルの機能をよく知らなかったばかりに、失策を犯したんだ。この窃盗事件が大詰めに達するまでに、この船の乗員のすべてが陥っていた状態を、彼だけは知らずにいた」

ジャッフェはネガを指さした。やっとわかったようだった。「じゃ、彼は――」

「そうだ」クロフォードは微笑んだ。「彼は消化不良を起こしていなかったんだ」


地球はますます青く、ますます明るくなって、スクリーンを占領していた。すでに船は減速中だった。乗員はそれぞれ自分の席について、専門の仕事にとり組みながら待機している。

クロフォードは小脇に黒い封筒をはさんで、暗い通路を船の後部に向かって駆けおりた。ジャッフェには、この問題がかたづいたと自分が思っているように見せかけた。また噂をひろげ、船長がった。

機械にレンチを投げつけるような事態はもう起こせなかった。ボブ・ジャッフェを可能性のリストに入れるのは気が進まなかったが、他の乗員と別格扱いにはできないことはわかりすぎるほどわかった。

クロフォードは、救命艇格納庫にたどりつき、ハッチをあけると、狭いかび臭い発射場にとびこんだ。ポケットライトでキーをさがし、やがて発射スイッチを見つけた。そしてドライバーを使って、回路を組織的にショートさせた。ひとつだけ残し、すべてが終わった。誰か――あるいは何か――が、いっしょに格納庫に入ろうとしないか、肩越しに素早く見まわしてから、彼は内部に入った。八隻の救命艇は修理に数時間を要するように、かなてこでこじあけた。彼はもう一度頭の中で手抜かりはなかったか検討すると、九隻目の小艇にとび乗って、操縦席にすわった。彼は艇を発射口に進めた。艇が空間にとびだしたとき、聞こえるものと言えば、微かなモーターの響きしかなかった。彼は太い溜息をついた。やっと船を抜けだして、暖かな緑の地球へ滑空して行くのだ。

彼らにだって弱点はある。彼は自分に言い聞かせた。彼は船に乗りこんでいた金星人をひとり発見し、裏をかいて、罠にかけるのに成功した。ということは、彼らの偽態も完璧ではないことを意味する。つまり、もうひとり、いや、もう二人も三人も罠をかけられる可能性があるわけだ――彼はウェスコットに化けていた瀕死の怪物の狂ったような怒りを思いだして身震いした。背筋の凍るようなあの憎しみをたたえた目。彼があの怪物を見つけだしたのは、ほんの偶然にすぎなかった。

それに、一匹きりで乗りこんでいたなどというばかげたことがあるだろうか――

一時間後、小艇はロス・アラモス宇宙空港に着陸した。混乱した空港、眉をつりあげる人々、あわただしい会話。やがて彼はひとりの護衛を従えて、地下にある宇宙空港司令室にむかって、シャフトを下った。

巨大な宇宙船は尾翼を宇宙空港におろして、その銀色の先端を空に向けたまま、いままさに飛びたとうしている鳥のようにそびえたっていた。クロフォードはまがりくねった坂道をのぼりながら、宇宙船のスラリとした姿を何度も上から下までながめ、今さらながらその美しさに驚いていた。クレーンが軋りながら、メイン・エアロック目ざして、船腹を上へ上へとのぼっていた。クレーンの上には、緑のユニフォームを着た宇宙警備隊の隊員が二人乗っていた。彼らは陰鬱な顔でエアロックを見ると、音波衝撃銃《ソニツク・シヨツカー》を目的ありげに腰だめに構えた。

クロフォードは警備隊長のデスクに近よって訊いた。「あの二人は、空港長のメッセージを持っていますか?」

隊長はうなずいた。「あなたはクロフォード医師ですね? ええ、むろん、持っています。あなたのも一枚ありますよ」彼は青い紙を差し出した。それを読むクロフォードの唇に、笑みがうかんだ。

金星探検船ノ乗員ハスベテ、下船ノ後、船医ノ希望ニヨリ、宇宙病院ニ護送サレ、彼ノ直接管理ノモトニ、暫時的ニ隔離サレルモノトスル

宇宙空港長　エイブル・フランシス

確かに手強い相手だった。彼は考えた。やつらはわるがしこく、何をしでかすとも限らない。だが、捕えられる可能性はあるのだ。船の乗員のすべてに、考えつく限りのテストをやつぎばやに試み、金星人の疑いのある者はひとり残らず捕える。彼はいま有利な立場にあった。彼にはそれがわかっていた。彼らには、いま自分が考えている方法を知る術はないのだ。それには長い時間と果てしない忍耐が要求されるだろう。だが、可能性はある。ひとりひとりに護衛をつければ、逃亡の心配はあるまい。

警備隊長が彼の腕をそっと叩いた。「先生、終わりました。全員、下船しました」

医師は鋭い視線で見返した。「確かだね？　全員？」

「全員です。顔と指紋をリストと照合しましたからね。これからどうしますか？」

「わたしは記録とノートを取りに船にもどる――」彼は右舷のエアロックの内部でひからびかけている赤いゼリーの塊のことは、口にしなかった。分析結果が発表されるまでは、とても待てなかった。「ここに警備兵を置いて、誰も乗船しないようにしてくれ」

彼がクレーンに乗ると、モーターが動きだして、彼の立っている台が上昇をはじめた。彼は息をつくと、足元にひろがる繁華な大都市ロス・アラモスを見下ろした。その視線は、コラル・ストリートから、郊外にある妻の待つ我が家へと向かった。家に帰るのも、もうすぐだ――空港長に書類を預け、家へ帰って、たっぷり眠ろう。

エアロックはあけはなしになっていた。彼は暗い船内に踏みこんだ。耳になれ親しんだエンジンの響きは、もう聞こえない。そして今は郷愁をそそるような虚無感だけが、あたりを支配していた。

彼は通路をまがって、自分のキャビンに歩いていった。足音が通路にこだました。

彼は立ちどまった。最後の足音のこだまが反響し、消えていった。彼は身動きもせずあたりに耳をすませた。何かいる——音が聞こえ、気配が感じられるような気がする。

彼は墓室のような暗い通路の奥に耳をすませ、目をこらしながらうかがった。汗がひたいや掌かららにじみ出た。そのとき、それが聞こえたのだ。遠のいていく足音のような微かな息づかい。

もうひとり、船に残っている者がいる……

バカ！　彼の心が絶叫した。ひとりで来るべきではなかったのだ。彼は恐怖のあまり、一息に空気を吸いこんだ。誰だ？　人間が乗っているはずがない——いったい誰だ？

ウェスコット事件の真相を知っている誰かだ。金星人がこの船に乗っていることを知っている男。乗員が護送される理由を知っている男。下船を恐れる男。なぜなら、下船したが最後遅かれ早かれ、必ず見つけだされるからだ。疑われていることを知っている男。

彼は叫んだ。「ジャッフェ！」その声は、通路に何回もこだまし、バカ笑いにうち消された。クロフォードは、いま来た道を息せききって引き返すと、安全地帯であるエアロックにかけもどろうとした。彼の目の前で、重い扉がしまった。そして自動錠のおりる音が聞こえた。

「ジャッフェ！」彼は叫んだ。「そんなことをしても無駄だ！　逃げられないぞ！　聞こえるか？　わたしはあらいざらい話した。おまえが二人いることも、彼らは知っているぞ。この船は厳重に監視されている。おまえは罠にかかったのだ！」

彼は震えながら、立ちすくんだ。心臓の鼓動は早鐘のようだった。そしてふたたび静寂が訪れた。

彼は泣き出したい気持を押し殺し、ひたいの汗をぬぐった。彼は一つのことを忘れていたのだ。彼らが別の人間に偽態できることを。彼はドナルド・シェイヴァーのことを、すっかり忘れていた。彼もまた、ウェスコットと同じように、偽態の対象にされたのだ。船長は、他の乗員といっしょに、すでに下船している。しかしもうひとり、彼に似た何者かがこの船に残り、機会をうかがっている。

何のために？

彼は冷静に心をきめると、注意深くポケットの中の音波衝撃銃《ソニック・ショッカー》をまさぐった。そして、敵の動く気配を求めながら、慎重に前方をうかがうと、うす明かりのさしこむ通路の広まったところに出た。相手が、どうしようもない窮地に追いこまれていることは、おぼろげながら彼にもわかった。そいつは何とかして船から出ようとあがいているに違いない。下船しなければ、目的は達成できないのだ。彼らは情容赦もなく襲ってくるだろう。まずこちらから、見つけることが肝心なのだ。

また音が聞こえた。上の甲板をこそこそと動きまわる音。彼は音が向かった方角に、通路を駆けていった。梯子に手を伸ばし、はずむ息をなんとかして押し殺そうとした。頭上で船長室のハッチが開き、ふたたび閉じる音がした。

その部屋の出口は、上のハッチしかない。ゆっくりと音もなく梯子をのぼると、甲板の端から彼は通路をのぞいた。うす明かりの中には何も見えなかった。ドアの周囲から、明るい光が漏れていた。彼は壁に背を押しつけると、銃を手にドアまで進んだ。

「ジャッフェ、出てこい！」彼は叫んだ。「この船を出ることはできんぞ。この船は大気圏外に誘導して爆破するんだ。おまえもいっしょにな！」

答えはなかった。彼は足でハッチを押した。ハッチは内側に開いた。ドアの端まで手を伸ばすと、彼は衝撃銃のエネルギーを部屋中に発射した。彼は首を伸ばして、中を覗いた。誰もいなかった。

叫びが彼の口から漏れ、うしろを振り向きかけたとき、ボルトが彼の手を打った。傷ついた手をおさえると、銃がポトリと床に落ちた。絶叫とともに、彼は戸口に立ちふさがるやせた人影を見つめていた。黒い髪、くぼんだ目、黒い無精ひげのびっしりと生えたあご、そして唇にうかぶゆったりとした笑み――

彼は悲鳴をあげた。何回も何回も。彼は恐怖のあまり目を血走らせて、あとずさった。そしてふたたび悲鳴をあげた。誰にも聞こえないことは自分でもわかっていた。

彼が見つめているのは――自分の顔だったのだ。

クレーンがものうげに軋りながら下降すると、クロフォードは地上におりたった。彼は警備隊長に笑顔をむけて、無精ひげの生えたあごをさすった。「帰って、ひげを剃らねばいけないな」と彼は言った。「明日、最後の書類を提出する。あまり早く、ことをあらだてないでほしいね」隊長はうなずくと、デスクにもどった。

クロフォードはゆっくりと、宇宙港ビルにむかう坂をのぼった。ロビイを抜けて、街に出た。彼は立ちどまると、無意識にコラル・ストリートの地下鉄におりようとする足をおしとどめた。

彼は妻の待つ郊外の家へ向かう地下鉄には乗らなかった。

そのかわり、好奇心に輝く瞳で、ダウンタウンの街路に視線をむけると、市の中心部を目ざして雑踏の中にまぎれこんだ。

神々の贈り物

レイモンド・F・ジョーンズ

The Gift of the Gods

by Raymond F. Jones

1

物語には、ふつう始めと中途と終わりがある。だが、この物語の始めをどこにおくか決めるのはむつかしい。惑星マーリア12から、ロボット乗員一個をのせた宇宙船が、宇宙空間の夜のなかに送りだされたとき——いまや誰ひとり知ることのできないはるかな過去——にはじまるのか、それとも一九三六年のあの夜、ウェスタン・テクニカル・アンド・エンジニアリング・カレッジで催された三学年ダンス・パーティにはじまるのか。いや、もしかしたら、もとから始まりなどないのかもしれない。

この物語には、終わりもまたないのだから。

しかし、これがそういった人工的区分に分けられないという理由でいくぶんかの文学的価値を失うとしても、一方では、われわれの日常生活——これもまた始めも終わりもないものだ、誕生と死を除けば——により近づいたことでなんらかの新しい価値を持つにちがいない。いずれにせよ、この物語がとりあげられる時点から見れば——発端ははるかな過去にあり、これはその中途である。

宇宙船は、ニュー・ジャージー沖の海中に墜落した。地球に接近するあいだ熾火《おきび》のように燃えていたので、少なくとも一千万の人びとが目撃したと推定された。新聞もこぞって事件をとりあげ、派手な見出しをかかげた。**空飛ぶ円盤が大西洋に落下。**

ほとんど誰もが知っているとおり、宇宙船は翌日海上を漂っているところを発見された。そして、たちまち沿岸警備隊の船に取り囲まれ、あっけなく引き上げられた。しかしそこで合衆国政府は、人びとの語り草となり、並みのヨーロッパ人ならことの意外さに愕然とするような、そんな予想を絶した行動をとった。宇宙船の着水地が明らかに合衆国領海内であったにもかかわらず、まもなくそれは国際連合に引き渡され、同盟国ばかりか対立国をも含む世界各国の監視のもとにおかれることになったのである。

しかし実をいうと、この事態は、物語の根本をなす対立——宇宙船をあいだにしてしだいに激化していった対立とは何の関わりあいもない。ロシア人がいてもいなくても、出来事はちょうどここで起こったとおりに起こっただろう。なぜならその対立は、国を同じにしながら考えを異にしていた二人の男の性格の差に、元来はじまったものなのだから……

シカゴのクラーク・ジャクスン博士が、ワシントンから電話の呼び出しを受けたのは、十一月のあるどんよりした雨模様の朝のことだった。ちょうど研究がきわどい段階にさしかかっていたときであり、彼としては、電話の相手が誰にしろ大して変わりはなかった。十五分待たせたところで、彼は器械分析にひと区切りをつけた。相手がジョージ・ディマーズ陸軍中将だと知ったとき、彼はつかのま電話に出なければよかったと思った。

「クラーク！」とジョージ・ディマーズはいった。「元気か？」

「上々だ」とクラークはいった。「こんな朝はフロリダにいたい気がするがね、それを別にすれば文句はないよ」

「フロリダにやるのは無理だが」とジョージがいった。「とにかくシカゴからは連れだせるぜ」

「いや、けっこうだ。あとたっぷり十カ月はかかる研究をかかえているものでね」

「新聞を読んだだろう。電話した理由はわかっているはずだ」

「例の空飛ぶ円盤のことか？　残念だが、手伝えそうもないな。あれだけは今まで扱った経験がない」

「まじめな話だ、クラーク。おれは船の内部にはいったんだ。これは人類の歴史に起こった最大の出来事だぞ」

いくらジョージにしても、間口を広げるのはほどほどにしなくては、とクラークは思った。しかし二人が別々になってから、もう五年がたっているのだ。「何が見つかるか知らないが、詳しい調査がすんだら公式報告を一部送ってくれないか——といっても、最高機密でなければの話だがな、もちろん」

「来てくれなくちゃ困るんだ、クラーク。こっちから出かけていって、無理やりにでも飛行機に乗せるぞ。これがどれくらいでかい話か、とても電話じゃいえない。考え違いでもないし、嘘でもないんだ。これは確かに宇宙から来たんだ。銀河系をいくつも越えてきたエンジンを積んでいる。だが、どんなふうにして動くのか見当がつかない。

それに時間の問題もある。もうロシア人たちは、わがほうの科学者をどれだけ乗船させて何時間観察させておくか、提案を出してきている。寛大なる叔父《アンクル》さん（略字USが同じであることからアンクル・サムというと合衆国政府のことになる）を代表して立つ調査団の指導者には、わが国最高の人間がほしいわけだ。この気違いじみたからくりにまどわされて、おはじきをみんななくしちゃうのじゃなさけないからな。選ばれたのが、きみというわけだ」

クラーク・ジャクスンは、一瞬、目の前にある受話器の黒いなめらかな表面を見つめた。彼が知っているジョージ・ディマーズのことと考えあわせて、どれだけ額面どおりに受けとっていいものか考えたのである。ある時期、彼はジョージをひそかに激しく憎んだことがあった。それは彼らがともにした期間の少なくとも三分の一にあたり、しかもほとんど表面に出ることのないまま終わってしまったのが、それをいっそうおさまらなくしている理由であった。そんな彼の気持ちはジョージには完全に通じているはずだった。しかし、憎しみがいまよりもはるかに激しく強かった大戦中にも、ジョージは何回となく彼に助けを求めているのだった。

二人が離ればなれになっていた長い年月のあいだに、憎しみはほとんど消えた。しかし、ジョージがそれを知るはずはない。クラーク・ジャクスンにしかできないと信じたからこそ、ディマーズはいまなおくすぶり続けているかもしれない憎悪の火を無視して、彼に電話をかけてきたのだ。それだけでも、クラークの胸のなかで長いあいだ燃え続けていた古い感情が、ふたたび勢いを増すようだった。

しかしいま重要なのは、ジョージの手中にあるものが本物か、それともまたもや空しい幻想なのかどうかである。本物かもしれないという考えが、ジャクスンのうちに新しい種類の火を燃やした。

「わかった。行こう」とクラークはいった。「どこへ行けば連絡がとれる?」

二人はカレッジ時代の知りあいだった。クラーク・ジャクスンは、ごく平凡な田舎町のごく平凡な農家からやってきた。それは、大戦が農民たちに独立心を吹きこみ、彼らの多くを大物の経営者にのしあがらせる以前の時代であったから、クラークは長い苦しい勉強時間の合間をぬいながら、あきあきするような地味な仕事に精をだし、そんなきまりきった繰りかえしを経てカレッジを卒業した。

ジョージ・ディマーズの場合、これとはまったく違っていた。彼はキャデラックのコンパーチブルでキャンパスを乗りまわしたり、フットボールの試合に出場したりはするが、自分がいやな仕事はいっさいしないのだった。

ウェスタンT&Eでの最初の二年間には、二人が出会うことはほとんどなかった。一年目は数学と物理学が、翌年は微積分が同じクラスになった。三年では、ベクトル解析をいっしょに学んだ。

それを除けば二人がぶつかったのは、三学年ダンス・パーティのあの夜だけだった。

しかし、そんな数えるほどしかない接触にもかかわらず、クラークはこのおりおりの級友を強く意識した。どこの街角を歩いていても、目をあげれば、ハイウェイを流れるように走りすぎる黄色いキャデラックに出会うようだった。ほろをおろした車には、かわいい娘たちや、ジョージ・ディマーズと同じような良い身なりのカレッジマンたちが鈴なりに乗っていた。

あの苦しい時代のクラークには、ジョージは彼の望むすべての存在だった。ジョージはフットボールの選手であり、またタキシードを着れば、外交団の若手有望株といっても充分通用するほどだった。ちょっとした集まりのときには、ピアノの前にすわるのはいつも彼であり、バッハからブギウギまであらゆる曲をひきこなして聴衆を楽しませた。

むろんクラークはこれらの演技のすべてを目撃したわけではない。しかし見なかったものについては、噂でそれを知った。キャンパスで、ジョージ・ディマーズのことを多少とも意識していない人間は皆無だった。ジョージは、カレッジマンのなかのカレッジマンだったのである。

一方、基礎的な知的能力においても、ジョージには疑問の余地はなかった。いっしょになるクラスでは、二人の成績は伯仲していた。ジョージはエレクトロニクスを専攻し、クラークは以前からの計画どおり理論物理学へ進んだ。

だが、もしジョージがこれみよがしの行動で彼にひけ目を感じさせるようなことをしなかったとしても、クラークはやはり彼を憎んだに違いない。もっとも、こういったことは、後青年期の生々しい年月を――立派なはたらきをしたいという念願ばかり強く、力は遠く及ばない時代を――ジョージのような存在と平行に進んだことのある人間以外には、わからないかもしれないが。

後年になってクラークにも、あの憎しみの大部分が自分の未熟さによるものであったことを認める余裕ができた。ジョージへの協力を強いられる事態が一度も起こらなかったなら、自分の非を全面的に認めることができたかもしれない。だがジョージ・ディマーズがそばにいると、クラークの古い感情はまたぞろ押し返すことのできない勢いで湧きあがってくるのだった。なぜなら、この過ぎ去った年月のあいだにも、物質的には二人の関係はまったく変わっていなかったからである。専門の分野では、クラーク・ジャクスン博士はずばぬけていた――だがジョージ・ディマーズも、その行くところでは必ずずばぬけているのだった。

カレッジ時代、クラークは校内の行事にはほとんど現われたことがなかった。行ったのは、二年生のときの非公式なダンス・パーティが一、二度と、例年の学長歓迎会だけだった。後者は、政略的な理由で出席したほうが有利だと計算したのだが、卒業のときになって学長や教授団の大部分がまったく彼の存在に気づいていないことを知った。

この平時の習慣からの大きな逸脱は、三年のときに起こった。大がかりに開かれる公式的な三学年ダンス・パーティに出席したのである。そんなことをしたのは、入学の第一日目以来はるかかなたから彼が崇拝し続けていた、エレン・ポンドという、目のさめるほど美しい社会学専攻の女子学生が、奇蹟的に彼の誘いを受けてくれたからだった。

キャンパスで彼女となにげない挨拶をかわすようになるまでに、二年かかった。だからいっしょに行くという彼女の承諾は、まさに電撃的なショックだった。この機会にと生まれてはじめてタキシードを借りた彼は、そこで自分とジョージ・ディマーズとの大きな相違をまた意識する羽目になった。

自分が正装した案山子《かかし》で、しかも案山子であることを隠しきれていないことに、彼は気づいた。エレンとの約束を取り消そうかとしばらく思い悩んだが、彼女のそばにいたいという欲求のほうがはるかに強く、そのまま押しとおす覚悟をきめた。

戸口へ迎えに出たエレンは嬉しそうだった。彼の服装に眉をひそめている様子はまったくなく、彼を安心させた。だが、やさしいエレンのことだから、内心どう思ったり感じたりしようと、それをおもてに出すようなことをするはずはない、と彼は気づいた。

タクシーで行くのにも彼女はいやな顔一つしなかった。パーティのあいだも彼女はすばらしかった。あまりにも楽しそうな様子に、かえってうまく運びすぎて今にも終わってしまうのではないかという漠然とした恐怖を感じるほどだった。その気持は、人びとにかこまれて上品なユーモアで彼らを笑いころげさせているジョージ・ディマーズを見た瞬間、はっきりしたかたちをとった。

だが、ジョージが会場にいる二人に気づいたのは、パーティも終わりに近づいたころだった。そばへすっと――それはほとんど偶然のように見えた――近づいてくると、ジョージは彼の連れを二人に紹介したのだ。その女性も彼女なりに美しくはあったが、クラークの目には、エレンと比べてまったく平凡に見えた。彼はしぶしぶエレンを紹介した。

「だけど、エレンとは前から友だちなんだ」とジョージはいった。「二人で踊ってもいいだろう、せめて一曲ぐらい？」

拒絶されないことは明らかなのに、彼はその質問を楽しんでいるように交互に二人を見た。クラークは見えるか見えないかにうなずいた。どこかへ失せろと叫ぶ勇気がほしいと思ったが、理由がエレンに説明できない以上、口にしても無駄なことではあった。

ジョージが嘘をついたのはわかっていた。さっきエレン自身の口から、ジョージと会ってみたいと話が出たばかりだったのである。クラークは、踊りながらしだいに遠のいてゆく二人を眺めていた。それからおもむろにジョージの相手に腕をまわすと、顔も見ずに踊りはじめた。彼女の名はマーシャといった。

やがて、ジョージとエレンが戻る意志もなく会場から姿を消したことがはっきりすると、彼はマーシャをタクシーで家まで送りとどけた。彼女はその親切にていねいな言葉で礼をいった。そして、つかのま戸口でためらっていた。クラークは、彼女が何か同情のジェスチャーを示そうとしているのだと気づいた――ジョージにあの人を取られたからといってくよくよしないように、誰にでも起こることなのだから、彼女はそんなふうにいいたげだった。彼はいたたまれず逃げるようにステップをおりた。

その夜は明けがたまでベッドで輾転反側しながら過ごした。そのあいだに蓄積されていった冷たい怒りは、翌日、ベクトル解析のクラスが終わってジョージと対決するまで、彼を保ちこたえさせた。彼はジョージをからっぽの教室にひっぱりこむと、努めて冷ややかな態度をとりながら面とむかっていった。

「昨夜《ゆうべ》のあれは、きたない卑劣な手だったな、ディマーズ。こんなことは二度とするなよ。ミス・ポンドにちょっかいを出すのはやめるんだ」

ジョージ・ディマーズが驚きからわれに帰るまえに彼は踵《きびす》をかえし、大股に歩き去った。

同じ日のもっとあとで、エレンがやってきて詫びた。「あんなことするつもりはなかったのよ、クラーク。あなたをほうりだそうなんて思いもしなかったわ、本当よ。あの人の車を前から見たかったので、そういったら、一区画まわってみないかというの。ちょっとのあいだという約束だったのに、彼はどんどん行ってしまうの。戻ったときには、あなたたちは帰ったあとだったわ。許してくださるなら、この埋めあわせをしたいわ、なるべく早く」

彼はこう返事しただけだった。「あやまらなければならないほどのことじゃないですよ、ミス・ポンド、忘れてください」彼はぎこちなくその場を立ち去った。

もう一度、彼女に申しこむ勇気はなかった。そして翌年、彼女の姿はなぜか学校から消えた。その後、彼女の消息を耳にすることはなかったが、もしジョージさえいなかったらエレン・ポンドと結婚できたかもしれないという考えが、長いあいだ彼を怒りと絶望に陥れ、責めさいなんだ。


夜空を東にむかって飛ぶ飛行機のなかで、地上の都市の灯を眺めながら、彼はそんな遠い昔のことを考えていた。今では、すこしは笑うこともできる。だがまだその思い出は、かすかな鋭い痛みを伴っていた。そのまま彼は独身を押し通した。三十をすぎ、結婚の考えは彼の頭から遠のいた。しかし、ときには——ちょうど今のように、何もすることがなく、暗闇と遠くの小さな街の灯しか見るものがないときには――エレンが結婚してくれる可能性は、いったいあったのだろうかと思うこともあるのだった。

　彼はいらだたしげに腕時計に目をやった。ニューアークの空港に着陸するまでには、まだ三十分ある。すこし早くワシントンから飛んできているジョージは、そこに車を待たせておくと約束していた。クラークはその車で、宇宙船なるものが監視つきの検査を受けている場所に運ばれるはずだった。宇宙船だって、と彼は思った。とんでもない！

　だが、こうなる運命だったともいえる。彼とジョージ・ディマーズの皮肉な関係は、こうなってこそ彼らに似つかわしくなるのだから。原子核の研究にはいって以来、彼は自分や仲間がやがて可能にする業績、最初の宇宙船――人類が星々へとのばす手――のことを夢想しながら、何百日もの眠れない夜を過ごしてきた。

　だが、その前に宇宙船と接触し、それを彼にさしだすものがいるとすれば、それはジョージでなければならない。彼とジョージ・ディマーズのあいだは、常にそんなふうだったからである。

　ジョージは、有能な、それも合衆国ではトップ・クラスにはいる技術者であることをみずから証明した。一方、クラークも同様に第一級の物理学者に成長した。戦時には、二人ともとんとん拍子の昇進をしたが、行政とか、基礎研究の実用化を可能にする政策や折衝などに関心を持ったのは、ジョージのほうだった。彼は、二人のあいだの悪感情などまるで気づいていないように、クラークに協力を求めてきた。そして、一見不可能ないくつもの問題にクラークの才能を発揮させた。

　二人はよく働いた。二人のあいだにはっきりした境界があって、どちらもそれぞれの本分をつくすのだという協定がなされているかのように、過去のことはいっさい話さなかった。戦争が終わって別れるとき、クラークはこれが最後だと思った。自分は数学と物理学の研究に没頭し、はなばなしい、大衆うけする技術的勝利はジョージ・ディマーズにまかせておくつもりだった。

それが正しい道だと漠然と感じていたのだった。来るべきではなかったのだ、と彼は考えた。二人を近づける圧力が存在しない今、ジョージといっしょに働こうとするのは間違っている。来るべきではなかったのだ——だが、ほかにどうする術があったわけでもない。宇宙からやってきた、とジョージのいうその船を見なければ、やはりおさまらないのだ。

飛行機は雨のなかに着陸した。彼は、飛行場と管制ビルを隔てる柵の一個所にあいた出入口まで走った。庇の下から二人の男が進み出て、一人が彼の腕に手をかけた。「ジャクスン博士ですか？」と男はいった。

クラークは陸軍の制服に目をとめた。「ええ」

「ディマーズ将軍の使いのものです」男はいった。

クラークはうなずき、男たちについてビルのわきにある駐車場へと歩いた。「ジョージは——ディマーズ将軍は——今はむこうですか？」

「はい。これからむかいます。こちらへ、博士」

男たちはどちらも口が重かった。クラークは最初に話しかけてきた男と前部のシートにすわり、彼らから話を引きだそうとする試みを放棄した。彼はワイパーが描く扇形の模様のむこう側に目をこらし、黒い風景を記憶にとどめようと努力を続けた。

濡れたハイウェイを一時間半ほど慎重に走ったのち、車は海へむかう砂利道へ曲がった。角から一マイルほど来たところに門があり、武装した歩哨が車をとめた。門の両側は、高い金網柵だった。確認がすみ、通過が許されると、車は闇のなかにぼんやりと見える巨大な建造物にむかって走りだした。ヘッドライトの光の薄暗い先端が、そのはっきりした輪郭をしだいにうかびあがらせた。

「飛行船格納庫です」クラークの無言の質問に、隣りの男が答えた。「海軍から借りたのです——国連の口ききで」男は声のなかの苦々しさを隠そうとしなかった。

格納庫の一方の隅に、一列に明かりのついた窓がある。この計画のために設置された事務室と作業室だろう。二人の案内者はクラークを車から連れだし、煙のこもった、暖かすぎる部屋に入れた。なかには十人あまりの人びとがいた。しかし最初のすばやい一瞥では、彼らの顔ははっきりわからなかった。例外が、ただ一人いた。ジョージはデスクから立ちあがると、片手をさしだしてやってきた。その顔は、まるで二人のあいだに長い年月を経て生まれたゆるぎない友情が存在するかのように笑っていた。最後に見たときよりやや肥り、髪には灰色がまじりかけている。

「ひさしぶりだね、クラーク」彼の声には誠意があった。「満足な連絡もできなかったのに、来てくれて本当に感謝してる」

クラークは彼の手をとった。「いや、こっちはなぜ来てしまったのかわからない。それだけの価値があることを願うよ。そのなんとかというのをちょっと見たいものだな」

「うん。見たいだけ見ていいが、ざっと見てくれ。細部の研究はそれからだ。随行グループを集めてくる」

彼が行ってしまうと、クラークは同じ部屋にいるほかの人びとの印象をもっと確かなものにしようと、あたりを見回した。彼らの大部分が、それぞれ国籍を異にする外国人であるのに気づいたときには、ほとんどショックに近いものを感じた。軍服のものもいれば、私服のものもいる。嬉しいのは、そのなかに知人が三人いたことだった。イギリスの物理学者オーグルソープ博士、パリのルソー教授、それにドイツ人シュヴァルツ博士である。

彼らのところへ歩きだしたとき、とつぜん帰ってきたジョージが、クラークの肩に腕をおき、一同にむかっていった。「みなさん、こちらはクラーク・ジャクスン博士。わがグループのアメリカ班の代表者となります。おわかりいただけると思いますが、博士は一刻も早く宇宙船を見たい様子です。もしさしつかえなければ、正式な紹介は、もう少し時間的余裕ができて、ジャクスン博士の好奇心が満たされたときまでのばしたいのですが」

しかし、ジョージのうしろから現われた四人は、名前だけの短い自己紹介をした。クラークの知らないものばかりで、彼らも同行するらしく連れだってやってきた。

「船の近くにいるときには、一人ぼっちになる心配はないよ」ほかの者たちから少し離れたところを、クラークといっしょに歩きながら、ジョージがいった。「乗船するときには必ず二人一組で行く。軍人一人、科学者一人だ。そしていつも、われわれの側一組と、あちらの側一組、それといわゆる中立の一組が組む。それが最小の単位だ。いついかなるときでも、六人未満の人間が乗船することはない――三人の科学者がそれぞれ肩越しにのぞきあって、先を越すものがないようにする。三人の軍人は――武装した、戦争好きの連中はだな――あらゆる種類のペテンを防止する」

ジョージの語調は苦々しげだったが、クラークのほうは、あまりばかばかしい状況につい大声で笑いだしそうになった。「なんとも居心地のいい組み合わせをつくったもんだな！」

「こんなことを電話で話していたら、おたくは来なかっただろう。だが、これで帰れなくなるかもしれない」

彼らはドアをくぐってメイン格納庫にはいった。ジョージは中央を指さした。照明灯の丸い包囲陣にかこまれて、光のなかに一つの物体があった。宇宙船は円盤ではなかった。グレイ一色の球型で、直径は六十フィートほどだった。

クラークは船の全景を把握するために足をとめた。下側はまばゆく照らされているが、上側は暗く、陰影が多い。神秘と謎がその物体から発散していた。クラークは、それが星と星のあいだに広がる宇宙空間を連れあいもなく高速で飛んでいるさまを心に描いた。

だが一方、この格納庫で作られたかのような印象も、そこにはあった。クラークはジョージに向いた。「これは、なにか手のこんだでっちあげじゃないのか？」彼はほとんど嘆願するような口調でいった。「本当にこれは星から――」

ジョージはやや陰鬱な微笑をうかべた。そして、宇宙船の開いた入口をちらっと見た。そこには、とつぜん現われた一つの影があった。「今の質問の答えがあれだ」と彼はいった。

2

クラークは見つめた。彼の口はかすかに開き、目はとつぜん湧きあがった不審の念に大きく見開かれた。「あれは――」と彼はつぶやいた。

影は入口から出ると、彼らのほうへ歩いてきた。それは人間ほど大きくなかった。クラークは、そのぴんと張った三本の足が、不可能とも思える優雅さで動いているのに気づいた。三脚の上には、直径二フィートほどの扁平な球体がある。そしてその周囲、水平面に沿って六本の柔軟な鞭がついており、歩みにあわせて絶えまなく動いていた。

クラークはちょっとのあいだ、H・G・ウェルズが『宇宙戦争』で描いた、あの火星の住人たちを想像した。

「こちらはヘイン・イーゴス」かたちがそばまで来ると、ジョージがいった。「この船のパイロットだ。パイロットであり、唯一の乗員だ。船やその中身についての通信は、みな彼をあいだにして行なう」

「しかし、彼は――」

「そう、金属さ――もう存在していない人びとが作ったロボットだ。制作者の写真を見せてくれたが、彼と同じであんまり気持ちのいいものではなかったね」

何かいわなければならないといらだたしく感じながら、彼はロボットを見つめた。これが、反応をあらかじめ組みこまれた金属のかたまりだとは思えず、困惑するばかりだった。しかし、ジョージはこの機械を同胞のように扱っている。クラークは彼のやりかたにならうことにした。

「こちらはクラーク・ジャクスン博士。わたしの国の最高の科学者の一人です」とジョージがいった。

球体がわずかに向きを変えた。クラークは、その上側にあるいくつかの小さい光の点が自分に焦点を合わせるのを感じた。音楽的な声が完璧な英語でいった。「アルカーディアの民はあなたを歓迎します、クラーク・ジャクスン博士。あなたといっしょに仕事ができるのをうれしく思います」

「ありがとう」クラークはいった。「わたしはアルカーディアのことも、あなたの船が地球を訪れた理由もまだ聞いていません。これから、それを学ぶつもりです」

「この訪問は予備的なものです」とジョージがいった。「あなたが本当に他の星からの訪問者かどうか、ジャクスン博士に見せるために来たのです。基礎的な情報を与える必要はありません。ここを出てから、わたしが教えますから」

「しかし、できたらそれをわたしのほうでしたいのだが」とヘイン・イーゴスはいった。「さしつかえなければ」

ロボットについて入口の短い傾斜をのぼるクラークとジョージのすぐうしろから、ロシア人とスウェーデン人のオブザーバーが一組ずつ続いた。入口は地球人には頭半分だけ低すぎ、彼らはかがんでこれを通りぬけた。クラークはちょっと立ちどまり、なめらかな冷たい金属の上に指を走らせた。宇宙船の外殻は二フィート以上の厚さだった。真空をはさんだ何重もの層でできているのだろう、と彼は想像した。金属は塗装されていず、腐蝕の形跡はなかった。鈍い光沢は、それがスチールの複雑な合金であることを示しているのか、それとも地球ではいまだ開発されていない新しい組みあわせの金属なのか。

クラークの意識は、宇宙船の実在に衝撃を受け、一部麻痺してしまったようだった。ゆっくり歩いて、考える時間がほしかった。しかしロボットは彼らをせきたてた。「どうぞ、こちらです」とヘイン・イーゴスはいった。

案内人が生きものではないのだと思いこむのは不可能だった。ジョージはあきらめた様子で、ロボットを知性のある生きものとして扱っている。ロボットに対する礼儀をこしらえようとするよりも、人間として扱うほうが楽なことをクラークは認めた。

ヘイン・イーゴスは狭い通路から、直径二十フィートほどの中央部の部屋にはいった。そこには、見慣れない記号をちりばめた計器盤や装置や管類が充満していた。動力室だとクラークは推測した。

ロボットの言葉が、その考えに裏づけを与えた。「主要動力は原子力です」と彼はいった。「あなたたちが開発したものよりも、やや進歩しています。エネルギー変換過程はすべて場の現象に基づいていますが、あなたたちにははじめてのものでしょう。くわしいことはそのうち教えます」

部屋を見回すにつれ、失望のシニカルな期待はことごとくふきとんだ。そこで彼が経験したのは――宇宙船は星の世界から来た、地球よりおそらく何千年も進んだ文化の産物なのだという圧倒的な真実だった。しかし、なぜそれがやってきたのか？　そのはるかな星に何が起こったのか？

彼はうしろにいる人びとをふりかえった。そして、彼らの顔に気づいてたじろいだ。見つめている科学者たちの顔を形容する言葉は一つしかない。強欲である。ほとんど文字どおり、彼らは目の前にあるものを消化する甘美な期待に舌なめずりしているのだ。自分の顔にもそんな表情が現われているのだろうか、とジャクスンは思った。

しかし、息もとまるほどの恐怖にうたれたのは、むしろ軍人たちの顔だった。スウェーデン人の大佐でさえ——しかし特にロシア人などは——パートナーの科学者の隣りに立ちつくしたまま、息を呑み、われをわすれた、すさまじい顔で見つめている。その表情は、たった一つの感情——所有欲しか表わしていなかった。

自分だけが、いま目の前にあるこれを所有するのだ。まるで彼らが大声でそういったかのように、クラークは彼らの思考を理解した。そしてジョージに目をやった彼は、ほとんど肉体的ともいえる不快感に襲われた。すさまじい盲目的な所有欲を表していることでは、彼の同僚の顔は、ほかの五人のそれに匹敵するばかりか、凌いでさえいたのだ。

クラークは力をふるい起こしてヘイン・イーゴスに語りかけた。「たしかに、わたしたちをはるかに越えたすばらしい科学です。これを学ぶ機会を充分に持てるといいのですが」

彼はロボットのそばにいた。すこしのあいだヘイン・イーゴスは無言だった。しかし、例の機械の目が彼を観察しているのをクラークは感じた。ロボットがそれにとって必要な何かを急いで必死に捜している、そんなふうに見えた。

「機会はあります」ヘイン・イーゴスの声は、ほかの人間にはほとんど聞こえないほどかすかだった。

階上へ通じる、急勾配の、ほとんど垂直なエスカレーターが、部屋の中央部をしめていた。ヘイン・イーゴスがそれに乗り、残りも彼に続いて二階へあがった。その広い部屋は、何の記号もない戸棚と容器でしめられており、内容の手がかりはなかった。ロボットは彼らの前に進みでると、芝居がかったしぐさをした。そのあいだも、彼の目はクラークのうえに注がれていた。少なくとも、クラークが見るかぎり、そのように見えた。

「これが、わたしのやって来た理由です」とヘイン・イーゴスはいった。「この部屋、そしてこの上の部屋のいくつかには、五十万年の文明がつくりあげた財産があります。これを贈り物として持ってきたのです」

「なぜ？」とクラークは叫んだ。「なぜそんな贈り物をくれるんですか？」

「わたしの種族は、自分たちが創造したり、発見したりしたものの管理者となることがもはやできません。存在していないのです」

ロボットの声は、遠くで鳴り響く重々しい鐘の音に似ていた。

「なぜ滅びたのですか？」クラークは静かにきいた。

「彼らは広大な物理的宇宙を征服したにもかかわらず、人間関係では充分な安定を達成することができなかったのです。いつかくわしく話しましょう」

彼は手近の戸棚の羽目板に向くと、小さな四角いものを押した。戸棚の前面がするするとあがって、暗いからっぽの空間が現われた。しかし、ほとんど時をおかず、闇の中央に一つの球が現われた。それは、何千マイルか離れた宇宙空間から、一個の惑星を見ているのに似ていた。

「わたしの世界です」とヘイン・イーゴスはいった。「ここことは異なる世界です。太陽に近いので相当に暖かく、大気はあなたたちの呼吸に適しません。

しかし、わたしの種族も今のあなたたちが進んでいるのと同じ道を通ってきました。彼らにも、今のあなたたちと同じような考えや希望があったのです。彼らは、あなたたちが同じ道を進んで終点まで辿りつかないうちに、この贈り物で進む方向を変えようと考えました」

彼は別の装置を押した。球は暗闇をみるみるのみこんで膨れあがり、やがて惑星表面の一部が見えるだけとなった。うねる海にちかい暗い荒涼とした土地だった。厚い濃密な雲の流れる下では、ところどころで火山が爆発し、広大な森林におおわれた別の場所では、兇暴な生物があばれまわっている。

「これは、わたしの種族が現われる以前、原始時代です」とロボットはいった。「地球もこれと同じような状態だったそうですね」

再現技術の完璧さに戦慄を感じながら、クラークは無言でうなずいた。

「そして、これが彼らの絶頂期でした」ヘイン・イーゴスはいった。

彼は情景を変えた。原初の世界は、巨大な庭を思わせる景色と交代した。地上には大都市らしいものは見当たらず、村程度の規模を持った生活共同体がいたるところにあるだけだった。

「気候の制御によって、惑星上の全土を利用することが可能になりました」

「もちろん、これをわたしたちに教えてくれるんでしょうな」ロボットが出しおしみするとでも思ったのか、ロシア人の大佐が、ほとんどとがめるような口調でいった。

「教えますとも。そして、これが――終局です」

彼は別の情景を一同の前に見せた。それは、まるで最初の情景がよみがえったようだった。無数の村は姿を消し、ところどころかすかな廃墟が見えるにすぎない。黒い密林が地上に繁茂し、黄色い砂漠でそれがときどき途切れる。

クラークは恐怖を感じた。ロボットは彼の反応に気づいたようだった。「そう、わたしの種族は自滅しました。わたしを送りだしたわずかな数の生存者たちは、父親たちが住んだ世界に秩序をもたらそうと最後の必死の努力をはじめましたが、成功はあきらめていました。

わたしとこの船の積荷は、彼らの文明を完全な消滅から救う唯一の希望だったのです」

「なぜいっしょに来なかったのです?」クラークはきいた。「もっと宇宙船を送りだして、ほかのところへ植民できたでしょうに」

「できたかもしれません」とロボットはいった。「そんな案を主唱したものもたくさんいました。しかし、けっきょく実行にはうつされませんでした。彼らにとって重要なのは、自分たちの仲間と自分たちの世界で生きのこることでした。個人的な生存は、これが達成されないかぎり、彼らには意味をなさないことなのです。

わたしといっしょに来ることについては、彼らは自分たちの能力以上のものを、わたしに与えました。わたしが彼らの寿命の何倍にもわたる年月を旅するかもしれないと予想したのです。これは事実となりました。彼らの望んだとおりに、ことは運びました。彼らが滅びてしまった今、あなたがたの批判はもう役に立ちません。しかし、彼らの行為や歴史をすべてあなたたちが理解したときには、おそらく批判する気は起こらないでしょう」

「それがみんな見えるのですか——この観察装置から？」クラークはいった。

「はい。わたしの種族の歴史が一日単位で記録されています。彼らの生活をじかに眺め、彼らが行なったことのすべてを学んで、何か得られるものがあると感じられたなら、わたしは満足です」

彼は観測装置を切り、戸棚をしめた。「今夜はこれだけにしましょう。あなたたちに疲労というものがあることを、つい忘れてしまいます。ジャクスン博士の到着で必要な体制はできあがったのでしょう。正式な通達に従って計画を進行してもいいのではないですか、ディマーズ将軍？」

ジョージはうなずいた。「準備にあと一日かかりますが、そうしたらはじめます」

宇宙船の入口でヘイン・イーゴスと別れるとき、クラークは彼と握手をしたいという少しばかりばかげた衝動にかられた。彼らは格納庫の薄暗い空洞のなかを歩きだした。事務室で、クラークとジョージは同僚たちと別れ、車のところへ歩いた。

「おれのホテルに部屋を用意しておいたよ」とジョージがいった。「送ってやる。早く眠りたいかもしれないが、二、三話しておきたいこともあるんでね。この状況の全体像をできるだけ早く摑んでほしいんだ」

雨はやんで、月が基地から続くハイウェイに銀色のつやを与えていた。

「あれを国連に引き渡した連中に、今さら文句をいってもはじまらない」とジョージはいった。

「その間違いの結果、いまわれわれがどんなことになっているか見たはずだ。宇宙船の中身は、これを最初に手に入れた国家の軍事機密として長いあいだおかれることになる——ほかの国家は絶対に手を触れることができない」

「現状では、どこの国もそんなふうにはできそうもないようだな」

「そう見えるだろうが、それが大違いなんだ。宇宙船の検査に参加する人間は一人残らず、データを手に入れて、それもいちばん先に手に入れ、しかも対立グループの手にはいらないようにあらゆる可能な手段をとる義務を負っている。彼らもやっているし、われわれもやっている。手段を選んでなんかはいられないんだ。重要なキー・データをもし彼らが最初に手に入れれば、現物のほうはわれわれの手におちないまえに分捕るか、破壊するかしてしまうだろう」

「こちらも同じようにやるのか？」

「そうさ」とジョージはいった。「ほかに道はない」

「一つもないかな？」クラークはゆっくりといった。「すべての国家が同じ知識を所有して、それを非軍事的目的に用いる、第三の道はないのか？」

ジョージは手に負えないという様子をあらわにして低く笑った。「いま生きているこの世界の現実に、一般市民がどれほどうといかつい忘れていたよ。実情を知っているわれわれみたいな人間には、答えはまったくノーだ。いま、きみの住んでいるこの世界には、第三の道は存在しないのさ。アルカーディアのデータの第一の利用法は、来たるべき未来に誰が人間種族を代表するかの決定条件とすることだ。これは将来も長いあいだ変わらないだろう。

だがここで強調しておかねばならないことがある。おれが提供しようとしている任務は、二重のものなのだ。ヘイン・イーゴスがくれる情報を分析するだけでは足りない。外国の同僚たちが、われわれの鼻先からこっちにも必要不可欠な情報をかすめとられないように見張らなければならない。

そして逆に、彼らから決定的な知識をできるかぎりかっさらって、アルカーディアの科学を利用して兵器を作ろうとする彼らの試みを挫折させる。

　気乗りしないことはわかっている。こんなことをしていいとは思わない人間だからな、きみは。だが、実情を知っているものの言葉に従うことだ。それしか方法はないんだ！」

「おれが同意しなかったら？」長い沈黙ののち、クラークはいった。

「するさ。原爆を作った科学者にはよくそういうのがいたが、じっさいのきみは、あんなぼんくらじゃない。いやいやながらでも、理想主義は常識の前に屈服するんだ。前にいっしょに仕事したときがそうだった。戦争を真底から嫌っていながら、きみは重要な戦いを何度も勝たせてくれた。今度だって、きっとそうするだろう！」

3

　クラークのために予約した部屋へやってくると、ジョージはベッドに腰をおろした。彼は、戦争中、二人がした仕事の思い出話をした。しかし、暗黙のうちに二人が存在を認めている壁の方向には、それ以上近づかないように気をつけているらしかった。クラークが自分に対してひそかな隔意や新しい評価を持っており、それが協調の妨げになりはしないかと恐れているのだろうか、彼は二人の現在の関係に異常がないのをなんとしてでも確かめたがっているみたいに、なかなか腰をあげようとしなかった。

やっと帰ったのは、明けがたに近いころだった。立ち去る彼の晴れない顔つきに気づいて、クラークは満足に似たものを感じた。まだ、彼の忠誠心を疑っている様子なのだ。

「きょうの午後二時、忘れるなよ」ジョージはいった。「引き受けてくれるといいがな。この最後の会議をすませれば、計画は動きだすんだ」

「用意をしておくよ」クラークは約束した。

一人になってみると、もはや眠る気持はなくなっていた。明けがたの空のピンクの光が、疲労と眠気を取り除いていく。彼は窓ぎわの大きな椅子にすわって、都市のかなたにある海から昇ってくる太陽を眺めた。

話しているあいだのジョージの考えがなんとかしてわからないものだろうか、と彼は思った。ウエスタンT&Eにいた遠い昔にそれができていたら……。そのころの彼は、ジョージの態度を、才能の乏しい人間に対する蔑《さげす》みの最高のかたちだと思っていたのである。けばけばしいキャデラックや、さまざまな方面での安易な成功は、その文字通りの表現のように思われ、平凡な学生にすぎなかった彼をさんざんに苦しめた。

大戦中、クラーク・ジャクスンはジョージをもう少し寛大な目で見るようになった。自分の能力を他人のそれと比べる暇もない、極端に活力のある人間として認めたのである。

いまクラークには、それは確かではなくなった。

理想主義は常識の前に屈服する――それはこんなふうにクラークには聞こえた。「クラーク・ジャクスンはジョージ・ディマーズの前に屈服するのだ！」

そして「今度だって、きっとそうするだろう」いったい今度は、自分はどうするだろう――急迫する事態の前に自分の理想を折るのか？　ジョージ・ディマーズの自我の前に、自分の主体性を曲げるのか？

子どもっぽい反発だとも思ったが、そう感じずにはいられなかった。大学時代につきまとった、苦悶のかすかな亡霊がふたたび現われ、単純な生活を続けるあいだにかちとった不安定な自信をむしばみはじめた。自分に疑いを持つにはジョージ・ディマーズがそばにいるだけで充分だという事実から、いまだに彼は脱却しきれずにいるのだった。二人はともに戦争とドルとエレン・ポンドの時代に生きてきた――だが、ジョージだけが生存能力を持っているようだった。

しかし、原子と星とマトリックス数学が主流を占める世界が到来するのも、それほど遠い先ではない。これらに取り組むとき、二人の才能はほとんど伯仲しあう。そしてこの時点での大きな問題は、ヘイン・イーゴスの宇宙船が属しているのがどちらの世界かということである。

「理想主義は常識の前に屈服する――今度もそうだろう――」

子どもっぽい感情ではなかった。可能な解釈は一つだったのだ。ジョージは、彼が昔と同様、軍事問題と称する口実の前に、アルカーディア人の贈り物がほのめかす理想を捨ててまでも自説を曲げる人間である、と確信したからこそ電話してきたのだ。

朝の太陽の最初の光が窓からさしこむころ、彼は立ちあがった。何にするにせよ、今度こそ屈服するものか。ロボットや宇宙船を見て自分が何を感じ何を考えたか、彼にはまだはっきりわかっていなかった――だが、格納庫にいるとき見た同僚の顔はわかっていた。それは、心地よいものではなかった。相互の不信とすさまじい疑惑が、実体のある棺衣のように彼らをすっぽり包んでいたのだ。

あれをなんとかしなければならない。ヘイン・イーゴスの贈り物が、示唆されたとおりに偉大なものなら軍人たちの強欲の屍衣がおりないうちに、それを運びださねばならない。この秘密を人間すべてが無料で公平に分ちあえるようにすることこそ自分の仕事だ、と彼は思った。

この決意だけは、ディマーズ将軍も干渉することはできないのだ。

彼はホテルの食堂で朝食をとり、二、三時間の眠りをむさぼるために部屋へ戻った。そして正午に目をさました。疲れが充分とれたとはいえなかったが、それ以上は眠れそうもなかった。

基地を呼びだしたが、ジョージはまだ来ていなかった。すぐ出かけることにした。ジョージはおそらく気にいるまい。だが、将軍を連れずに現場を歩きまわる時間がほしかった。計画に参加したほかの科学者たちに会える——友人たちとは旧交をあたためるため、そこに来ているとジョージが話していた有名な人びととも知りあいになれる。そんな嬉しい期待があった。

彼は貸自動車屋に電話し、車を一台借りだした。ジョージはおそらくこれも気にいるまい。しかし滞在中、陸軍の運転手にたよる意志のない彼としては、これも必要経費の一部であった。

基地までの所要時間は、雨に降られた前日の夜よりはるかに短くすんだ。空は晴れあがり、強い冷たい風が、夜のあいだに通過した寒冷前線を追って海にむかって吹いていた。基地から一マイルのところでクラークは格納庫の上にひるがえる国連旗を見つけた。その光景は、なぜか彼を上機嫌にさせた。国連の理想が実現するとすれば、それはいつか人類が月の表面にあの旗をうちたてるときだろう。

基地の門で入場が許されると、彼はふりかえってひそかに微笑した。彼や仲間の科学者たちがこの計画で仕事を終えたとき、あの柵もすべてとりこわされるのだ。

事務室はほとんど人気《ひとけ》がなかった。クラークがはいると、アメリカ人の大佐が目をあげた。彼は一瞬、不審げな表情をし、近づいてきた。

「ジャクスン博士ですね？　アリスン大佐です。さっきは、わたしが電話に出ました。ディマーズ将軍はまだ見えていないのですが、お楽にしていてくだされば、やがて見えるはずです。時間や行動範囲の問題でご迷惑をかけるかもしれませんが、お許しください。なにぶん事情が複雑なので」

男はむこうの部屋に目をやった。なぜいないのかと不思議に思っていた人員の大部分はそちらにいた。そこは、長い図書館テーブルと椅子、それに一部分埋まった本棚をそなえた、研究兼会議用の部屋だった。五、六カ国の人間が集まっていることは、ざっと見ただけでわかった。

「うまくいくでしょう、そのうち」とクラークはいった。「軍事と政治の立場からいくら計画を組織しようとしても、科学者というのは軍人に比べれば、ずっとやすやすと国際間の障害を越えられるものですから」

「わたしもそう思います」アリスン大佐はにこやかにいった。「しかし、行動範囲を広げすぎるのも考えものだとは思いませんか？　適当な区切りが必要です。それが、なかなか決められないときがある」

クラークは軍人を鋭く見つめた。しかしアリスンの顔は、その何げない意見が叱責でも忠告でもないことを証明するように、にこやかなままだった。

「区切りは見つかると思いますね」とクラークはいった。「あらゆる問題について、あらゆる団体が、最大限の自由を持って意志疎通できるような」

大佐は微笑しただけで反対はしなかった。「将軍が見えるまで、あちらにいらっしゃいませんか？　いまのところ本はまだ少しですが、大きな図書館を作りはじめています」


研究兼会議室にはいると、クラークはそこの雰囲気を摑もうとした。そして、探りあてたものにたちまち嫌悪を催した。はりつめた隠れた欲望が、建物の材料そのものにまでしみこんでそこにあり、大気のなかに気づまりな感じを吹きこんでいた。

ドアに近いテーブルに、彼はイギリスの物理学者オーグルソープを見つけた。物理学者はグループのほかのメンバーと活発に議論を戦わせていた。クラークの姿を認めた瞬間、その顔は喜びに輝いた。彼は手をさしだして立ちあがった。

「ジャクスン博士！　久しぶりだね。昨夜《ゆうべ》お話しできたらと思ったが、遠慮したよ。旅のあとできっと疲れてるだろうし——とにかく何をおいても宇宙船を見たいんじゃないかと思ってね」

クラークがそのイギリス人と握手しているときだった。とつぜん彼は奇妙な現象に気づいてぞっとした。冷たい風が部屋を通りぬけたようだった。オーグルソープの顔にあった輝きが薄れた。手が急に力を失い、目が神経質に背後に動いた。死んでいく男を眺めているようだ、とクラークは思った。

彼はイギリス人の視線を追った。それが目ざすテーブルには、彼の五人の同僚――三人の軍人と二人の民間人科学者がいた。彼らの目は冷たく微動もせずオーグルソープとそのアメリカの友人を見つめ――待ちかまえ、計算し、見積り、疑い、非難していた。

「久しぶりだ」とオーグルソープはいった。その声から熱意は失われていた。「一九四三年、マンマスで――」

クラークはうなずいた。「あれからきみの論文はたくさん読ませていただいたよ。最近のあの放射線反射のはよかった」

「そうか――ありがとう。気にいっていただけたとは嬉しい」オーグルソープは居心地わるそうに身じろぎした。「さて、これくらいで失礼しなくては。ぼくの班で打ち合せしていたところでね。会議の前に片付けておきたがっているんだ。だが、まあ、紹介ぐらいさせてくれ」

彼はオーグルソープのグループと一人ずつ握手していった。冷たい握手は、初対面の挨拶であると同時に、別れの挨拶だった。それがすむと、あとは立ち去ることしかすることはなかった。

彼はほかのテーブルに群がっているいくつものグループに目をやった。スウェーデン人がひとかたまりにすわっている。イタリア人、フランス人、ロシア人、みんなそうだった。壁を越えてほかのグループへ近づこうとするものはなく、彼に誘いの手をのばしてくるものなく、挨拶しようとやってくるものもなかった。

彼はからっぽのテーブルに一人ですわり、あたりを見回した。いったい何が起こったのだ？　彼は考えた。連中を動く死体みたいにしているのは、護衛の軍人たちへの恐怖なのだ。きょうオーグルソープが帰ってしまうまでに住所を聞きださなくてはなるまい。そして、彼の同僚たちにも個人的に会うのだ。彼らから人間らしさを期待しようとするのなら。

彼の暗い思考は、ディマーズ将軍の出現でさまたげられた。部屋を見回し、クラークの姿に気づくと、当惑がその顔をよぎった。しかし近づくにつれ、暖かい微笑がうかんだ。「早起き鳥だな。午後遅くまでへたばっているかと思った」

「老年に近づけば、睡眠時間も減るものさ」

「じゃ、今のうちに十時間眠っておく必要がありそうだな」とジョージはいい、腕時計に目をやった。「そろそろ、この部の会議の時間だ。これにはぜひ出席してほしい。現状の完全な全体像を摑むのと、適当と思われる行動についての規則の簡単な説明がある。それはそれとして、われわれの分科委員会のメンバーに会ってほしいんだ。みんな事務室にいる」

クラークはジョージについて行き、化学者のアルヴィン・バーカー博士、数学者のジョン・パリス博士と引き合わされた。二人とも有名な学者だった。彼らの軍部のパートナーの紹介が、それに続いた。海軍のベンスン中佐、空軍のスタッグ中将である。握手しながら、クラークは、軍人たちがオーグルソープの仲間たちと同じような疑いの目で彼を見ていることに気づいた。彼らはお互いを疑うようなことまでするのだろうか？　そんな気違いじみた思いにさえとらわれた。

ジョージ・ディマーズは会議テーブルへと彼らをせきたてていた。「もう集まったころだ。議題は山ほどある。明日から仕事をはじめるようにするには、きょう少し汗を流しとかねばならないかもしれん」

アメリカ人たちは、二、三分前クラークが一人ですわっていたテーブルに着いた。ジョージだけはドアのそばの誰もいないテーブルにつくと、部屋のなかの拡声装置につながるマイクロフォンを引き寄せた。椅子が軋り、背中に向けているものたちがこちらを向いた。「調査委員会の仮の代表として、開会を宣します」彼はアナウンスした。

言語の問題をどう処理するのか、クラークは不思議に思った。翻訳を伝える装置が使われている形跡はなかった。その前にさんざんすったもんだがあり、けっきょく代表団のなかに英語に堪能で通訳ができる科学者を一人含める案がまとまったことを、彼はそのあとで知った。これに各グループの言語で印刷された議題を添えることで、言語の問題はおおかた解決されていた。

「項目一は」とジョージがいった。「参加した国それぞれの分科会が成立したかいなかの報告です。アメリカ代表団は、クラーク・ジャクスン博士を分科委員長に選出し、すべての手続きを完了したことを、わたしから報告しておきます。記録によれば、これで分科会はすべて成立したことになります。異議はありますか？　未成立の報告をする代表団はありますか？」

彼は一同を見わたした。さまざまな言語ですばやい質問がとりかわされた。

「この項目を終わります」彼は宣言した。「項目二は、分配形式の問題です。宇宙船内部の情報はすべて、何らかたよることなく参加したグループの国家に提供されることが、事前に取り決められています。この前の討議は、これを保証する手段に問題を残したまま流会となりました。

いついかなる場合においても、分科会の最小単位は科学者代表一名、軍部代表一名とする。これには意見の一致をみました。いかなる場合においても、民主政体国家代表一単位、非民主政体国家代表一単位、政治的偏向のない国家代表一単位がすべて揃った場合にのみ、宇宙船への乗船が許されることで意見は一致しています。以上、三つの用語については、後に意味を明確にいたします。するとこの議題には、宇宙船の実質的な大きさに適合した委員会の最大メンバー数とその行動範囲の問題が残されていることになります。そしてもう一つ、ヘイン・イーゴスの資料を、船内よりこの会議室で説明してもらうように、彼に要請する問題です。これには――」

クラークは、ジョージの繰りだすたわごとに閉口して聞くのをやめた。校庭でおはじきのわけかたを言い争っている子どもたちみたいだ、と彼は思った。いや、むしろ、盗んだ財宝がいっぱいある洞窟で、仲間が取り分以上を取らないようにナイフ片手ににらみあっている山賊一味かもしれない。

続く討議では、ロボットの動力を切り、宇宙船を自分たちだけで完全に占領しようという荒っぽい提案が出た。ヘイン・イーゴスは宇宙船の機械装置の一部であり、テープ・レコードと同じで知性や生命など持っていないのだという指摘があり、一時はこの考えが大勢をしめるかとさえ思われた。

これにはクラークも椅子にすわったままでいられなくなった。彼は発言権を求め、ジョージの顔にうかんだ不機嫌な表情に、つかのまの苦い喜びを味わった。静かにしていろ、何をしているかもわかっていないくせに行動を起こして、社会的な間違いを犯したいのか、そんなふうにいいたげな顔だった。しかし、クラークを無視するわけにはいかない。

「生と死を区別することは、わたしたちだけのあいだでも不可能な場合があります」とクラークはいった。「自分の種族の贈り物を持って地球に降りたった一個の話し思考する生きものに対して、わたしたちの判断を適用する権利はないはずです。ヘイン・イーゴスは金属の部品と電気的インパルスの集積にすぎないという意見がいま出されましたが、わたしはこういいたい。彼は死んだ物体ではないのだと。

彼らは遠い昔に滅びました。夜空の星を見上げても、そこにあるのははるかな過去に発した光だけです。それと同じことで、ヘイン・イーゴスが運んできたのは、わたしたちを祝福してくれたその種族の光です。私たちがそれをずっと有効に使うかもしれないと期待しながら、最後のエネルギーを費やしたのです。ロボットはこの種族の悲願を託しています。彼らの生命《いのち》を運んでいるのです。アルカーディア人の生命《いのち》や悲願は、ヘイン・イーゴスの人格に存在しています。今では存在していないかもしれない星の光を、わたしたちが夜ごとに見るのと同じように」

彼がすわると、多くの民間人メンバーのあいだに、うなずき、同意する波の起こるのが見えた。軍人側は、無表情に承服を拒んでいる。しかしクラークの論駁は、討論をしばらくのあいだ引き伸ばした。そのため、そんな攻撃を防ぐ目的で、ロボットが持っているかもしれない武器や警報装置についての討論は、白紙のまま持ちこされた。

長い会議がとうとう終わったとき、彼は自分が疲労困憊しているのを感じた。それは、議事進行や、委員会がみずから課したばかげた条件に対する内心の反撥によるものだった。まったく必要ないことなのに、と彼は思った。成熟した教養ある人間としてふるまえるものが、なぜ子どもの口喧嘩みたいなことをするのか？

委員会のメンバーは、ほとんど一言も口を交わすことなく部屋を出た。彼らの目は、ほとんど前方だけを見つめているようだった。オーグルソープはクラークのほうを見ようともせず、あたふたと出ていった。しかしクラークは、彼と接触をはかることを決意した。

ほかのものたちが行ってしまうと、ジョージがわきへ呼びとめた。「これで全体が摑めただろう」彼は不機嫌にいった。「きみの任務を教えたとき、おれがどういう考えでいったかわかるだろう？」

クラークはゆっくりとうなずいた。「どうやらね。きょうの午後のあの様子では、ふところにナイフを隠しておけという意味もありそうだな」

「そうだ」とジョージはいった。「それもあるな」


ジョージは基地に残った。クラークはホテルの食堂で一人食事をとり、すぐそのあとオーグルソープに電話した。イギリス人は慎重な口ぶりでこたえた。「オーグルソープです」

「ダン、クラークだ。きょうの午後はたっぷり話したいと思ったんだが残念だった。今晩会えないか。昔話でもして――」

「きょうのことはすまないと思ってる」とオーグルソープはいった。「いや、こっちだって話したかったさ。だが、そのう――許しが出なくてね。わたしのホテルへ来ないか？　ロビーで二、三分話そう」

彼の口調は極端に慎重だった。電話の盗聴を恐れているのだろう、とクラークは思った。

「十五分以内に行く」と彼はいった。

会ったとたん、オーグルソープの警戒と懸念はその表情からいくぶん薄らいだ。彼はロビーの中央のふかぶかした椅子にかけており、友人の姿を見つけるとすぐ立ちあがった。そして、あたたかくクラークの手をとり、窓にむかいあった茶色のレザーのソファにすわらせた。その顔は決して微笑を崩さなかったが、声は真剣そのものだった。「ぼくは監視されているんだよ」と彼はいった。「どこへ行っても無駄だよ。この仕事が終わったときには、心底ホッとするだろう！」

「いつでも、きょうの午後みたいにしないといけないのか？」

「わからない」とオーグルソープはいった。「だが、どんな方法がある？」

「情勢は大いに変えられると思うがな。きみや、ぼく、フェンストン、スメルノフ、そのほかぼくらの仲間ばかりで行けると思うんだ。親切な保護者に始終背中から拳銃をつきつけられてなきゃ船にはいることもできないなんてことは、なくなるはずだよ。やってみないか、それを——科学的問題のわかる人間だけで？」

オーグルソープの顔が、ふたたび冷たく遠く隔たったようだった。やがてクラークのほうを向いたとき、彼の態度は敵意すら帯びていた。「そんなことができるはずのないことは知っているはずだ。世界は武装した人間の陣営に分かれているんだ。科学者だって例外じゃない。

きみの国のトップ・クラスの化学者が、福祉国家の宣伝をする。別の物理学者は、国家機密の原理を壁を隔てた他の陣営へ売り渡す。ここにいる誰が信頼できる？　ぼくの国の繁栄と存亡をかけてまで、きみを信用できると思うか？　きみこそぼくが信用できるのか？」

彼は勢いよく首をふった。「クラーク、うまくいくはずがないさ。この問題を扱う権利は、唯一の実用的手段で解決してくれる軍人たちにまかすほかはない」

「ぼくらでそれができると思うんだ」とクラークはいった。「きみやぼく、信頼と誠実と相互の理解を土台にこの研究を成功させたいと思っているものみんなで」

「その土台がないことは今いったはずだ！　科学者だって信用できないことでは誰とも同じだよ。遠い昔なら、きみのいうとおりになったかもしれない。この何年かのあいだに、それが不可能なことを学んだ」

「この十年や二十年が失敗だったからといって、常にそうだとは限らないだろう」

オーグルソープは首をふった。「望みはないね」

「では、アルカーディア人の贈り物はどうなるんだ――彼らの偉大な理想は？　みんなで船にある新しい原理をあさりまわって自分の国へとんで帰り、またぞろ新兵器を山ほどこしらえようというのか？」

「そうさ」オーグルソープはゆっくりといった。「そのとおりのことが起きるだろう。ぼくはそうする。きみもそうする。クラーク、内心では、きみはほかに方法がないことを知っているんだ。たとえ試したしても、違う方向に進むことはできない相談だ。この世界では、きみの提案は試すことすらできないんだ。

ぼくの軍事顧問が教えてくれたよ。こういうことをいっただけでも投獄されるとな。だけど、それはいいんだ」イギリス人は考えぶかげな微笑をうかべた。「とくにきみを警戒せよといった。きみに与えられた命令は、データの公平な分配をあらゆる手段で妨害することなんだからと」

クラークは目を細めて友人の顔を見た。「それは違う。ぼくがどんな命令を受けたか、いや受けたかどうかも、知ることはできないはずだ。わからないか、ダン？　彼らはめくら撃ちしてるんだぞ。誰もかれも——めくらめっぽうにつつきまわって、疑惑のないところに疑惑を作り、友人になれる人間を敵にしているんだ」

オーグルソープは両手を広げ、膝におとした。「ぼくらに何ができるというんだ、クラーク？　誰に何ができる？」

4

その夜、クラークは長いあいだ目をあけて横になったまま、黒と銀色のちぎれ雲のあいだを漂っていく月を眺めていた。彼はオーグルソープの最後の質問を考えた。もしかしたら、はじめ考えたほど簡単にはいかないかもしれない。しかしヘイン・イーゴスが持ってきた贈り物の、その引き渡しにからむ険悪な雰囲気は、なんとしてでも変えなくてはならないのだ。この交換のあいだに科学者たちが団結しないなら、オーグルソープの言葉は正しいことになる。壁が急に高く、厚く、深くなってしまっては絶望だ。だが、それだけは惹き起こしてはならない。何か実用的な行動方針を定めれば、科学者たちはみんな自分のうしろにつくという自信はあった。戦いにまだ敗れていないことが証明できれば、オーグルソープだって必ず協力することだろう。

朝がいやに早くやってきた。彼は身仕度をととのえると、コーヒーとロールパンを急いで流しこみ、基地まで猛スピードで車をとばした。格納庫へはいってきた彼を、ジョージ・ディマーズがつかまえた。

「早く来てくれてよかった」とジョージはいった。「グループを集めて、協定の条項をみんなが呑みこんだか確かめてくれ、ここにきみの分がある。〈同志〉たちといざこざを起こすような見落としはあってほしくないからな。八時にはヘイン・イーゴスが迎えに出ているはずだ」

クラークは会議室のテーブルにつき、子どもっぽいたわごとのように思えるリストを検討した。共通の理解にやや欠けているという理由で、知性的な人びとがこのような取り決めを結ぶことは必要である。それは、彼も同じ意見だった。相互の建設的な努力を推し進める目的で計画されたものなら、偉大な業績といわねばならない。だが、疑惑と羨望とお互いを破壊する目的に基づいた取り決めなど、ナンセンスだ。

一人ずつはいってくるアメリカ人たちと、彼は取り決めの内容の照合をした。軍人たちは事実上それらを暗記しているも同様だった。バーカーとパリスは彼と同じであまり熱意はなさそうだった。だが、活字を眺めようとするところは勤勉だった。

アメリカ分科会のメンバーと充分に知り合う時間を、彼はまだ持っていなかった。昨夜《ゆうべ》オーグルソープに会いに行くよりも、それを第一にすべきだったかもしれない、と彼は思った。二人の同僚が自分たちの役割についてどんな考えかたをしているか確かめておくべきだったのだ。誰もが親しげだった。しかしクラークは、彼らの態度のなかに、委員会のほかのものたちにしみわたっているのと同じ、疑わしいものに近づくときのあの慎重な配慮があるのを感じた。

部屋が満員になるにつれ、落ちつかない不安げな期待が一同を支配した。それは、カレッジ入学第一日目にある不安と、今まさに光の下に出ようとしている未知の世界への漠然とした期待が、渾然一体となったものだった。ヘイン・イーゴスの存在がほとんど無視されているのを、クラークは不思議に思った。彼はここの中心人物である。しかし策謀や複雑な調整のすべては、彼のことをまったく考慮に入れずに進められているのだ。

部屋に急にざわめきが起こった。ジョージが現われたのだ。彼は出発の時間が来たことを知らせた。第一日目の委員会の最大数、六十名が立ちあがり、入口にむかって進みはじめた。これは委員会全体の三分の一にも満たない。しかし、宇宙船内には一度にこれ以上を収容する余裕はないのだ。

「授業開始」ジョン・パリスが皮肉っぽい微笑をうかべていった。

ヘイン・イーゴスは宇宙船の入口で待っていた。委員会のメンバーが現われると、彼は踵をかえし、内部へと案内した。二階には、着席設備と意義素誘導装置《セマンティック・インダクター》が用意されていた。後者によって、説明や視覚的資料がロボットの言語から完全に翻訳され、複雑な通訳システムを回避できるのである。

アメリカ・グループのテーブルでは、ジョージがクラークの隣にすわった。彼らはヘイン・イーゴスの指示で直ちに、意義素誘導装置《セマンティック・インダクター》の小さなボタンを頭部にあてた。出発点を確認する目的で、ロボットはすでに物理学、化学、数学の地球の標準テキストを分析していた。だから第一回の講義では、彼は量子力学と相対性理論の延長から話をはじめた。

クラークにとって、第一日は楽園での休息のように過ぎた。見たところ、科学者たちのほとんどは彼と同じに感じている様子だった。多くの顔には、ロボットの啓示がもたらした恍惚の表情がうかんでいた。

オーグルソープの絶望は根拠のないものだったのだと確信するにつれ、彼はますます気分が昂揚するのを感じた。科学者たちは、アルカーディア人のこの知識を分かちあうことによって、国家防衛の圧力がどれほどくわわってもこわれない絆を手に入れるだろう。そしてこれが人びとに認められるとき、国際間の緊張は弱まる。委員会のメンバーたちは、一つの惑星の住民らしく交歓することができるのだ。解答はあまりにも簡単なように見え、クラークは、あれほど心配した自分を一瞬疑ったほどだった。

科学は常に、人間の相違の万能緩和剤となってきた。それが効果を発揮しなかったのは、世界中の科学者の相互のコミュニケーションが暴力で断ちきられたときだけだった。いまコミュニケーションは、地球の歴史における最高の繁栄期にさえなかったほど良好な状態にまで回復しているのだ。

正午の短い休憩で一同は腰をあげたが、食事がすむと彼らは早々に引き返してきた。その夜八時、ジョージがついに立ちあがって地球人には今ごろまでが限度だとロボットに伝えたときも、クラークにはこんな短い日は今までなかったように思えた。ヘイン・イーゴスは一同に詫びて講義を打ち切り、きょうのような進みかたでは終わるまでに何カ月かかるかわからないからと、早い帰宅をすすめた。

その日の遅く、ホテルのジョージ・ディマーズの部屋で、きょう学んだデータの復習と評価が行なわれた。まる一時間、三人の科学者はノートや意見を交換しあった。軍人たちも技術的な訓練を受けたものばかりだったが、たちまち討論の圏外に押し出された。

三人の話に一区切りつくと、ジョージが静かにいった。「それから、〈同志〉たちもきょう同じ資料を手に入れたことは忘れないでくれ」

誰かがとつぜん明かりを消し、窓をあけて冷たい夜風を入れたようだった。バーカーとパリスは椅子のなかに身体を沈めた。

「彼らが何をするにしても、われわれはそれを最初に、よりうまくやるんだ」とジョージはいった。「このなかにどんな可能性が見えるか？」

「わからない」ジョン・パリスはゆっくりといった。「どういうことなのかわからないが、いまわれわれの知っている電磁気的輻射現象の一歩先を行ったもののような気がする」

「殺人光線か？　遠距離への作用が可能なものか？」

「かもしれない。ただ、これが本質的にまったく新しい科学に属するものだということは注意してください。応用は、充分発展させてから考えることだ」

「それに、なぜそっちのほうばかり考えなくちゃいけないんだ？」クラークは急に腹がたっていった。「進む方向は、ほかにも何百とあるはずなのに」

「そのとおりだ」とジョージはいった。「そういう方向にも進むさ――だが最初に行かなければならないのは、こちらだ。今晩、彼らもわれわれと同じように集まっている。そして彼らが進んでいるのも、この方向なんだ。道は二つしかない。彼らについて行くか、こちらでイニシアティヴをとって彼らが持ちこむ脅威を粉砕するかだ。どちらがいい?」

翌朝、建物のなかにはいったクラークは、ジョージの言い分が正しかったことを知った。昨夜、すべての分科会が集会を開き、同じことを討論したのだ。男たちの顔はこわばり、うしろめたそうだった。昨夜、船を出たときの陽気さとはうってかわり、彼らは新たな不安とふくれあがった疑惑に悶々としていた。分科会の小グループはどれも、できるかぎり孤立しようとしているかに見えた。

クラークは悪夢の世界に目ざめたような気持に襲われた。信じられない雰囲気が、部屋のなかに充満していた。調査が終わるころには、彼らはお互いの首をしめあっているに違いない。

第一週が過ぎるころには、最初の会合でほのめかされたことがはっきりしたかたちをとってきた。輻射の新しい原理からおそろしい殺人光線が作りだせる事実を、ジョン・パリスがはじめて証明してみせたのだ。工学上の開発に数百時間をかければ、その効率において原爆や水爆をはるかにうわまわり、しかも建物の破壊を伴わない絶滅兵器ができるはずだった。アメリカ、フランス、イギリス、ソビエト——それが不必要な国家は存在しない。しかも、この程度の殺人兵器を作れる科学者は、どこの国にもいるのだ。

そして第二週にはいった日、ある国の科学者が講義中、別の国の軍人代表に射殺される事件が起こった。

手を下した軍人は、殺された科学者がオリジナル・テープ・ブックの一つ——まだ複製されていないので、委員会の誰の手にもわたっていなかった——をこっそり自分のものにしようとしたのだと証言した。申し立ての正しいことは、その後の調査で明らかになった。

講義が終わり、その日の夕方、会合を開いたアメリカ人たちはすっかり動揺し、青い顔をしていた。まるで自分に判決が下ったように、クラークの思考は麻痺していた。だが、その判決は、いま考えてみれば、彼自身がほとんどはじめから下していたものだったといえる。自分のやろうとしていることが、いかに不可能か、ずっと知っていながら、今やっと認めることができるようになったのだ。

「この委員会は、技術屋の作りあげた人類の模型だよ」とクラークはいった。「このまま進んだとき世界に何が起こるかは、きょう小さな見本で見たとおりだ。これ以上、こんなことは続けられないね」

「やめるわけにはいかないぜ」とジョン・パリスはいった。

「やめたほうがいいと思わないか？　今からでも、ヘイン・イーゴスに船といっしょに行ってしまってくれというんだ。そのほうがよくないか？　人間には、彼のさしだすものを受け入れる用意ができていないんだ。彼は神々の贈り物を持ってきた。だが、それを受けとる資格がわれわれにはない」

賛成がないことはすぐ気づいた。バーカーは力強く首をふった。「アルカーディア人だって受けとる資格はなかったんだ。彼らはもてあました。だが、試した末に失敗したんだ。われわれにだって試す資格はあるさ。

それに、共通の地盤が確立されてるだけ安全だよ。どうあがこうと、人よりたくさん手に入れることはできないんだからな。きょうの事件なんかは、悲惨というより、幸運というべきだな。他人より有利な地歩に立とうとしても、それはできないことを全員に示したんだ。平等のままで行けば、危険はないさ。

過去において、あるグループが別のグループに打ち勝つことができたのは、不平等があったからだ。アルカーディア人の科学が手にはいった今、小国も大国も平等だ。これが、平等化要素の原理さ。西部進出時代の初期に、有名なコルト・リボルバーがこれを示した。初期の混乱のなかから平和な集落が発達したが、それを可能にした大きな因子が、コルトなんだ。同じことだ。今度は、地球全体が辺境さ。恰好の平等化要素が各国家に行きわたり、我が国の西部の歴史は世界的規模で繰りかえされる。きょうの事件は最後じゃない。だが、ああいった小さな事件が一つ起こるたびに、大きなものは一つずつ減っていくんだ」

クラークは耳を傾けながらも、これは自国の科学者の意見ではないのだと考えようとした。自分たちは、軍人の思うままに一つの方向に流されていく。それに気づいたとたん、急に心がよるべを失って、ひえていくのが感じられた。

話のあいだ、ジョージ・ディマーズの目はずっとクラークを見ていた。「そのとおりだ、クラーク」やがて彼はいった。「まさかヘイン・イーゴスに、荷物をまとめて出て行けというんじゃないだろうな？　どこまで登れるか見本を見せてもらった今になって」

クラークは、テーブルの上で組んだ自分の両手を見た。親指は力いっぱいお互いを押しあっていた。「いや、そんなことはするものか。だが、今ある答えよりももっといい答えを見つける必要はあると思う。それも、早いうちに」

眠りながら、彼は夢を見ているのだと思っていた。だから、まっ黒いかたちが空を背景に現われたとき、悲鳴をあげそうになった。眠気ととつぜんの恐怖に半ば意識を失いながら、麻痺したように横たわっていた短いあいだに、それは部屋のなかにとびおりた。

その正体に気づいたとたん、非人間的な声が耳に聞こえてきた。

「ヘイン・イーゴスです、クラーク・ジャクスン。あなたに話があってきました。どうか人には知らせないでください」

クラークのつかのまの恐怖は、ロボットが彼の居場所を探りだし、基地からここまで誰の目にもとまらずにやってきたことへの驚きにとって代わった。

「どうしてここへ?」とクラークはいった。「船にいないことがわかってしまうでしょう?」

「誰も気がつきません。高い鉄条網も簡単にとびこえられます。レーダー・ビームは中和できます。船に誰かがはいってきても、わたしがいないことは気づかれないでしょう。わたしは、あなたたちが思っているようなものではない。船内にわたしは五体いるのです」

この言葉の意味するものに気づいて、クラークは愕然とした。ロボットは、まだ明かしていない秘密をたくさん持っているのだ。

「わたしがきたのは、これを話せる人間があなたしか見つからなかったからです。一人残らず分析した結果、あなた一人でした、クラーク・ジャクスン。誤りを理解できる人間は、あなただけなのです。ヘイン・イーゴスは、アルカーディア人を裏切りました」

「なんですって？」

「わたしの贈り物は、あなたたちに与えるものではありません。地球人の手にあまることは、あなた自身が目で見てわかったはずです。あれを神々の贈り物と呼んだあなたは正しい。しかし、地球人には少し大きすぎました。それは、生ではなく、死をもたらすだけです」

「あなたも同じ考えですか！」クラークは叫んだ。

「そうです。それは目に見えています。しかし、一人でもそれを信じてくれる人間を、わたしは見つけなければならなかった」

「資格がないとわかっていながら、なぜ渡したんですか？」

「わたしの自由意志でした決定ではありません。やむをえずというのが正しいでしょう。わたしは、あなたたちを調べる目的で地球に接近しました。長い旅をしてきましたが、要求される水準まで達している生物はありませんでした。最初目にしたとき、あなたたちの世界はその水準に非常に近いように思えたのです。わたしの不注意でした。攻撃を予期していなかったのです」

「攻撃された？　どんなふうに？」

「地球人は宇宙からの敵も警戒していたようです。飛行機の一つが原子砲を撃ち、その弾丸が宇宙船を貫通して、小さな損害を与えました。しかし、それが決定的な部分だったのです。宇宙船は航行能力を失って墜落しました」

「空飛ぶ円盤を警戒していたんだ！　そんな性能の哨戒機を飛ばしているとは。原子砲を搭載した飛行機なんて、きいたこともない」

ヘイン・イーゴスは続けた。「宇宙船は拾いあげられたとき、地球人の手でざっと修理が行なわれました。ある部分は、それから後、わたし自身が修理し直しましたが、そのとき攻撃のことは話すなといいわたされたのです」

「明白な攻撃を受けて強制着陸させられたなんて聞かされたら、国連も黙っていませんからね。しかし、資料を引き渡す決断は、それとどういうふうに関係があるんですか？」

「その損害は、わたしの船を航行不能にしてしまうほど重大なものでした。二度と飛びたつことはできません。修理して行ってしまうのでは、地球人の協力を得られないことはわかっています。わたしの船にあるものをすべて知ろうとするでしょう。

しかし、そのうちには地球人がそれを消化できる段階まで進歩する可能性もあります。一方、燃料をつかいはたすまで飛んでも、地球人ほどの段階まで達した種族すら見つからずに終わる可能性がそろそろ見えはじめていました。そこで、わたしの持っているものをあなたたちに譲りわたし、任務を終えることに決めたのです」

「そして、その決意が誤りだったというのですか？　そのときの状況を考えても」

「そうです。あなたたちの希望は大きいが、まだまだ先は長い。あなたの種族の自滅の道具となるより、船もろとも宇宙の深淵に消えてしまったほうが、どれだけいいかわかりません」

「わたしたちが今まで疑問に思っていたことで、あなたが答えていない問題が一つあります。あなたの種族は、なぜ失敗したのですか？　当のあなたたちが滅んでしまったあとで、生きながらえる保証を捜すにはどうすればいいんです?」
「わたしの種族にその答えができないのだから、もちろん、わたしにはこたえられないことです」とヘイン・イーゴスはいった。「しかし、彼らが解決に失敗した問題は、ゆくゆくはあなたたちの前にも提出されるはずです。

知的生物が高度の発展をとげるとき、創造性と自己決定性も高まります。そうなるにつれ、外的な法の必要性は減り、みずからに法を課するようになります。理論上の究極の社会は、まったく法律の存在しない社会です。そこでは、創造性に富んだ個人が、自分や仲間の幸福をさらに大きなものにするために、自己決定した規制をみずからに課して、一瞬一瞬に適合します。

しかし、この理想に近づくにつれ、偏向はしだいに危険なものになります。頂点附近での小さな逸脱行為は、それほど高度に発達していない社会でのずっと大きな犯罪より、はるかに大きな混乱を起こしやすいものなのです。わたしの種族の場合、頂点社会に到達しようとする最後の試みが安定を崩し、それがフィードバックして惑星全土が堕落への急速な螺旋降下をすることになりました。降下をとめようとする試みの一つ一つが、さらにそれを加速させるようでした。社会に起こっている現象の基本原理を科学者たちが発見したときには、もうはるかに遅すぎました。そのときには、彼ら自身がそのなかに巻きこまれていたのです。災害を食いとめる方法は発見できませんでした。発見したとしても、実行に移すことはできなかったでしょう。理論上の、法の存在しない社会は、実際的には存在不可能だと考える学者もありました。しかし、完全な証明がなされたわけではありません」

クラークはしばらく黙ってロボットの言葉を嚙みしめながら、神のような高みへ登り、急激に絶滅への道をくだっていった一つの種族のことを考えようとしていた。知的生物が頂点をきわめるのは不可能だ、というアルカーディア人の学者の説は正しいのかもしれない。彼はふとそんなことを思った。

「われわれに何ができるのです?」やがて彼はいった。「あなたの贈り物を地球人に分け与えるべきではないという考えには賛成します。だが、どうやって喰いとめるんですか? 始まったものをとめようとしても、抵抗があるだけです。それをするくらいだったら、船を破壊したらどうですか?」

「それは可能です——必要な場合、そうするつもりです」とヘイン・イーゴスはいった。「だが、それではわたしは完全に失敗したことになります。わたしは捜索を続けたい。とにかく行けるところまで行ってみたい。すこしの手助けがあれば、船を完全に修理することはむずかしくないのです。しかしその手助けは、ぜひとも必要なのです。だからこそ、あなたのところへ来ました」

「わたしが助ける? 何ができるんですか、わたしに?」

「ある部分の修理をしたいのですが、それはわたしの手ではできません。損害がどんなものか理解するには、わたしの機能を理解する必要があります。あなたが見ているこの姿は、ロボットのヘイン・イーゴスではなく、その延長です。頭脳メカニズムとでも呼べばいいものは、宇宙船そのものに据えつけられていて、動力室の下の部屋にあります。今ここで見ているのと同じ五体の付属ロボットは、中央のユニットから操作されています。そのうえ、宇宙船の操縦装置も直接その頭脳メカニズムに接続していて、付属ロボットの行動を妨げることなく操作できます。破壊されたのは、メカニズムのその部分なのです」

「付属ロボットを一台使って、それを修理できないのですか？」

「できません。だから外からの手助けが必要なのです。この修理には、頭脳メカニズム全体の接続を、感覚器回路《リセプター》をすこしだけ残してしばらく切り離す必要がでてきます。手のあいている付属ロボットをガイド役につけるぐらいはできますが、じっさいの修理をする場合に必要になる再帰的な行動を、付属ロボットにさせることはできません。自分の脳を手術する場合のことを考えればいいでしょう。一時的な分離を要することと、再帰的な仕事ができないという二つが問題なのです」

「できるだけのことはします」とクラークはいった。「しかし一人で船内にはいる方法がない。それについての規則は知っているでしょう」

「あしたの夜、講義が終わったら、あなたに連絡します。そうしたら委員会の仲間を最小限に減らして船に来てください。乗船したら、わたしの五体の付属ロボットが、ほかの人たちを処理します。裏切者の烙印を押されないように、あなたも巻き添えにすることにしましょう。作業が終わったら、あなたたちを全部解放して、わたしは出発します。問題はないはずです。作業を終えるまでに、三時間半かかると見積りました」

「しかし、付属ロボットはそのあいだの何分か動かなくなるんでしょう！」

「そうです。その危険はおかさなくてはなりません。あなたの仲間は、部屋に閉じこめます。時間も遅い。誰かが船内にはいってくる可能性はゼロです。しかし二時間のあいだ、わたしはどうすることもできなくなり、あなた一人になる。その危険をおかす意志はありますか?」

5

ヘイン・イーゴスが去ったあと、闇を見つめるクラークの目には宇宙船から資料を盗みだそうとして射殺された科学者のイメージがいつまでもうつっていた。もし彼、ジャクスンが捕まれば——いや、ロボットの逃亡に進んで手を貸したと疑惑を持たれただけでも——それと同じくらい非情な処置を受けるのだ。

翌日の講義は、それまでのものに比べて飽きあきするほど長いように思われた。クラークは、いらだちを他人に気取られるのを恐れた。不安を隠すため、ペンを走らせておびただしいノートをとったが、間歇的に起こる指の震えだけはどうしようもなかった。

講義はとうとう終わった。宇宙船から出る人びとのいちばん最後につくため、クラークはすわったままでいた。ジョージが我慢しきれなくなって早く来るように手で合図した。「行こう。今夜は本当に疲れた」

一同がテーブルを離れて通路を歩きだしたとき、ヘイン・イーゴスが呼びかけた。「ディマーズ将軍、二、三分、あなたとお話できますか?」

ジョージは立ちどまり、ふりかえった。「ええ、必要なら。しかし、最少人員は揃えないと。明日まで待てませんか?」

「それが、できないのです。特に急を要する問題なので。ほかのメンバーの方たちにも残るようにいってください」

「いいでしょう」ジョージは低く舌打ちをして、外へ出た。クラークが続いた。

不平たらたらのグループの残りのメンバーを揃えるまでに、二、三分かかった。そのころには――うまいぐあいに――ほかのものたちは、ほとんど建物の外へ出ていた。

「何か待つ理由があるのですか？」ロシア人がいらだたしげに唸り声をあげた。「全部かたづけたはずだ。いったいどうしたんだ？」

「わたしも知らない」とジョージはいった。「だが早くかたづければ、それですむことでしょう。ロボットに何か考えがあるらしい」

一行が研究室のある上部デッキに達すると、五体の付属ロボットが隠れがから現われ、各メンバーを捕らえた。触手はスチールの帯のように彼らを縛りあげた。一つだとばかり思っていたロボットが急に増えたのに驚いて、彼らはぽかんと口をあけた。

「これはどういうことです？」ジョージが叫んだ。「離しなさい。さもないと――」

「は？」とヘイン・イーゴスはいった。「さもないと何ですか？」

将軍は抵抗をやめ、威厳を失うまいと不動の姿勢をたもっていた。「説明をお願いします」彼は冷たくいった。

「説明は、あなたたちが与えてくれました」とヘイン・イーゴスはいった。「そのほかは、不要でしょう。あなたたちは神々の贈り物を手に入れたが、その結果、豚みたいに泥のなかであがいている」

　クラークはもう一人の仲間といっしょに、一体のロボットに捕らえられていた。触手は彼の胸や腕を不必要なほどの力で締めあげており、望みさえすれば、それに人間を二つにちぎるくらいの力があることは直感でわかった。

　一行はつきあたりの一室に連れてこられ、クラークを除く全員が、さむざむとした金属の部屋に押しこめられた。

「この男に用事があります」とロボットはいった。「彼の仕事が終わったら、あなたたちは解放されます。みなさんを傷つけたくはない。だから脱走しようなどと考えないように」

　部屋は監禁用に作られたものではなかった。ドアの掛けがねは簡単なものだった。ロボットは内側のレバーをもぎとり、そちらからは開けられないようにした。彼は、これで安全だとクラークに保証した。「さあ急ぎましょう」と彼はいった。

　ヘイン・イーゴスの案内で操縦室におり、頭脳メカニズムの位置を教えられるころには、驚いたことに緊張もいらだちもすっかり消えていた。そこは、いまだ地球人が誰一人踏みいったことのない部屋だった。

　ロボットはメカニズムをおおっている巨大な蓋を取りはずした。クラークは息を呑んだ。無意識に彼は精巧なリレーか真空管みたいなものが二つ三つはいった小さな箱があるだけだろうと思っていたのである。これほど厖大な部品の集合を目にする心構えは、まったくできていなかった。

　それ以上に、彼は各部品のサイズに意気阻喪してしまった。小さいといっても、これほどのものはまずあるまい――ほとんど顕微鏡的なものがあり、何千ものそういう部品が幾層にも分かれた薄片にのっているのだ。接続は蜘蛛の糸みたいな物質でなされており、息を吹きつけてもこわれそうに見える。

「とても、これでは――」クラークは口ごもった。

「わかっています」とヘイン・イーゴスはいった。「この受話器を着けて、そこのパネルにさしこんでください。これも、わたしが話した作業時間のうちにはいっています」

クラークは腰をおろし、頭の片側へ小さなボタンをあてた。それから一時間にわたって、彼の心のなかへ、複雑な細かい情報がとめどなく送りこまれた。それは、意識的な理解をはるかに越えているように思えたが、必要なときにはすぐ手にはいる順序で、脳の回路にたくわえられているのが、なぜかわかった。

強制的教育が終わるころには、彼は疲れきっていた。その上じっさいの作業はまだはじまってもいないのである。しかし、厖大なメカニズムをふたたび見わたすと、漠然とした確信が心のなかに湧きおこってくるのに気づいた。この数万の部品の一つ一つがどんな働きを持つか、彼は正確に知っていた。これに関するかぎり、ロボットの頼みに応じられる自信がついていた。

「用意はできた」と彼はいった。

「そう――はじめる時間です」

付属ロボットは、頭脳メカニズムが見える位置に立った。そしてクラークの両手が、分解作業をはじめた。

視覚と発声能力だけがロボットに元のまま残り、ほかの点では、金属の生きものは活動をやめた。銃弾は下部の外殻に近い部分を貫通しており、メカニズムの底にある部品をかなり破損させていた。一時間にわたってクラークは、本物の脳を手術する外科医みたいな気分で、焼け焦げ、故障している部分を取りはずしていった。同じ考えかたですれば——傷口を洗い終えたところで、彼はスペアの部品の棚にむかった。そして、宇宙船の制御システムと頭脳を再接続させる複雑な部品を、厖大な在庫のなかから引きだしはじめた。

彼はすばやい手つきで入れ換えの仕事をはじめた。蜘蛛の糸に似たワイアは、手で持っても切れなかった。彼は制御システムの末端から頭脳へと作業を進めた。その回路を定位置におさめてからでなければ、頭脳メカニズムに付属ロボットを接続するのは、不可能なのだった。

とつぜんヘイン・イーゴスから警戒の叫びがあがった。「彼らがやってきます！　あなたの仲間たちが、宇宙船を包囲しはじめている。見つかってはいけない。同僚たちを助けに行きなさい。メカニズムに働かされていたが、破壊に成功して逃げてきたというのです。彼らは信じるでしょう。それで、あなたは助かる」

クラークはためらった。彼はロボットの動かぬ顔を見上げた。機械の目には、まだ輝きがあった。彼は両手の下にある巨大なメカニズムを見おろした。二度とチャンスはあるまい。これが最後だ。

一つだけ、彼の心にひっかかるものがあった。ジョージ・ディマーズの人をあざけるような顔が、一瞬心のなかにうかんだ。そして消えた。「最後までやります。まだ時間はあるかもしれない」

長いあいだロボットは何もいわなかった。しかしクラークには、その目が自分を見つめているのが感じられるような気がした。「クラーク・ジャクスン、あなたのような人がいることをわたしの種族に教えてやりたかった」とロボットはいった。

クラークは作業のピッチを体力の限界まであげた。新しい目的が、彼のうちに生まれていた。やりとげる時間が残っているようにと祈った。機械の上にまだかがみこんでいるときだった——とつぜん、うしろに足音が聞こえた。彼は目をあげなかった。足音の主はわかっていた。

「どけ、クラーク」とジョージがいった。「機械からどくんだ。殺されてもいいのか?」

「殺せ」と彼はいった。「だがその前に、どうしてわかったか知りたいものだな」

「部屋にマイクロフォンをしかけておいたんだ。こんな大問題があるときに、みなを監視なしで置いとくと思うか? おまえが見た悪夢までちゃんと記録されているんだ。その機械から手をどけろ!」

クラークの左手は、顔の近くにある小さなレバーに置かれていた。「おれの手がここにあるかぎり安全な気がするな。撃たれたとしても、倒れながら仕事がすませられる」

「それは何だ?」

「知らないのか? 外側の扉はあいているんだ。三秒間で、おれたちは五万フィートの高空に達する。寒気と真空で死ぬまえに、加速でやられるさ」

つかのま目をあげたクラークは、ジョージの顔が恐怖に歪み、一面に玉のような汗が吹きでているのに気づいて驚いた。自分の顔も、それと大して変わらないことは知っていた。「信じるものか」とジョージはいった。「みんなもすぐに来る。騒ぎを起こさずに、おまえを運びだすことができるんだ」彼は一瞬ふりかえり、どなった。「中尉！　こっちだ――」

「誰にもそれ以上近くに来させるな」

クラークはメカニズムに血走った目をむけた。脅迫を有効にするには、まだ接続が十個所ほど足りない。だが、ジョージはそれを知らないのだ。彼は片手を操縦桿においたまま、残った手ですばやく作業をすすめた。ジョージを動揺させるために、会話を続けることが必要だった。

「ヘイン・イーゴスとの話を盗聴したのなら、どうしてこんなふうになるまで、おれを泳がせといたんだ？　あのとき、なぜ逮捕しなかった？」

「おまえを助けたかったからさ」とジョージはいった。「逮捕するわけにはいかないじゃないか。トップ・クラスの才能の人間が十人かかっても、おまえの業績には追いつけなかった。ここで必要な人間なんだ、おまえは」

「だが、助ける方法があるかな。おれを撃つか、さもなければ、おれが船を宇宙に飛びださせて、二人とも死ぬかだ」

「撃ちはしない」ジョージは低い声でいった。「おまえもそのレバーを引かない。

もし、きのう逮捕していたら、おまえは硬化して、こっちの手の届かないものになってしまう。泳がせるしかなかったんだ。われわれを止めようとしても不可能なことを教えなければならなかった。われわれは、おまえのその神々の贈り物とかいうのを手に入れるんだ。そのいいかたは正しいかもしれないな。所有した人間は神になるんだ。われわれはそれを見つけだす。誰だって止めることはできない。おまえはやってみた。そして失敗した。さあ戻って協力しないか」

ジョージの言葉の意味に気づいた瞬間、彼は信じられず愕然とした。ジョージは許そうとしている。そして、今すぐにも任務に戻そうというのだ。とつぜん、ジョージ・ディマーズとともにあった彼の人生のすべての瞬間が、焦点を結んだ。ふたたび彼の目には、他人にできることなら、二倍も上手にやってのける一人のカレッジマンの尊大ぶりがうつっていた。微分方程式を解き、ブラームスのコンチェルトをひき、これみよがしに黄色いキャデラックを乗りまわし、他人のガール・フレンドを横取りする男。

「この船は、黄色いキャデラックじゃないんだ」クラークはおだやかにいった。

頰に平手打ちをくわされたように、ジョージの目は大きく見開かれた。ついで、疑いと憐れみがその目にうかんだ。拳銃を持った手がゆらいだ。「この何年ものあいだ――」彼はつぶやいた。「何年もたったというのに、まだあれにこだわっているのか」

中尉が二人、ジョージのうしろから現われた。クラークはレバーに置いた指に力をこめた。最後の接続は終わっていた。「それ以上近づかせるな」

ジョージは二人にさがるよう合図した。しかし、自分の軍用リボルバーの銃口は下げなかった。「たいそうなことをいったものだ」楽しい夕食のテーブルで話す調子で、クラークは平静に言葉を続けた。「助けるといったな――そう、そのいいかたは正しいかもしれない。おまえは、人にいつもそうするんだろう？　自分が使うために助けるんだ。おれが負けるのを見て嬉しいなら、せいぜいしっかりやれよ」

「ばかやろう！」ジョージが叫んだ。「きさま、いつになったらわかるんだ？　自分の足で立つだけの勇気が、今までにあったか？　自分のほしいもの、取る権利があるものを取るだけの勇気があったか？　おまえは今まで一生、自分を安売りしてきたんだぞ。それを今度は、人類全体に対してやってるんだ。

おまえはエレン・ボンドを獲得できたんだ――それがわかったか、クラーク？　あの晩、おれがパーティの会場へエレンを連れ戻したとき、おまえが帰ってしまったのを知って、彼女は泣いたんだぞ。おまえがどんなふうに思うか考えて泣いたんだ。おまえに話してやるべきだったかもしれない。話していたら事情も変わっただろう。だが、そうはしなかった。おまえがエレンみたいな女に見合うだけの度量を持った人間じゃなかったからだ。今だって同じことだ。

嘘だと思うなら証明してみろ。ここにある科学を正しく消化できもしないで各国で分けてしまったとき、どんなことが起こりかねないか、おれが気がついていないと思うのか？　おまえが正しいかもしれん。われわれを富ませるかわりに、破滅させることになるかもしれない。だが、どちらになるか知る権利はあるはずだ。確とした答えを得る権利はな。答えをとうとう知らずにいて、もしかしたら手にはいっていたかもしれないと永遠に後悔するより、どれだけいいか。こういった問題に正しい解答を出すには、勇気がいる。われわれの目をかすめて、一つしかないチャンスをつぶすのには、そんなものはいらない。いくらかでも勇気があるなら、そのレバーから手をどけて――」

クラークの手首の筋肉に、見えるか見えないかのかすかな収縮があった。とほとんど同時に、轟然と銃声が鳴り響いた。

胸の激痛の反動で、クラークの手ははねあがった。すこしのあいだ彼は膝をついてよろめいていた。そして、あえぐと、ゆっくりと横に倒れた。

ジョージは手から銃を落とした。ほとばしり出る鮮血を見たとたん、彼のうちでむかつくような苦しみがわきあがった。彼はロボット頭脳の形骸を迂回して、物理学者のそばに膝をついた。

クラークの目はあいたまま、焦点を結べるものを捜すようにぐるぐる動いていた。やがて、それはジョージの顔を見つけ、すこしのあいだ静止した。「いつも勝つんだな」とクラークはつぶやいた。「この船は、黄色いキャデラックよりずっといいだろう?」

彼は目を閉じた。そして最後の力をふりしぼるようにして激しい口調でいった。「おれは、きさまが憎かった」

しばらくして、ジョージは立ちあがった。彼の両手は力なくさがっていた。彼は物理学者の死体に、そしてロボットの形骸に目をやった。機械の目が彼を見つめていた。しかし、ヘイン・イーゴスは無言だった。この機械生物をふたたび蘇らすことはできるだろうか、と彼は思った。だがクラーク・ジャクスンを蘇らすことができないのはわかっていた。

「これはいっておいたほうがよかったかもしれない」彼は死んだ男にむかってつぶやいた。「おまえがエレンを手に入れていたら、事情は変わっていただろう。おまえにはもったいない女だった、エレンは。……だが、われわれが正しいか間違っているか、誰にわかる?

信じるところに従うことはできるだろう。だが、はっきりしたことが、いったい誰にわかる?」

リトル・ボーイ再び

ブライアン・W・オールディス

Another Little Boy

by Brian W. Aldiss

ゼイダー・スミス・ワールドの社長は、十個あまりの小さなプラスチック器具を両手でかきあつめてデスクからすくいあげると、またデスクの上にこぼした。

「いいですとも」と彼は言った。「おまかせください。何をやるにしろ、われわれのは最高最大ですから」

彼がコンタクトを切ると、正面の大スクリーンにうつっていた両アメリカ合衆国《ユナイテッド・ステーツ・ボース・アメリカズ》（USBA）大統領の皺のよった顔が薄れて消えた。それでもなお、大統領の像をかたちづくっていた電子インパルスは、スライド上の精虫のように群れをなしてうごめいている。スクリーンの元スイッチははいったままなのだ。これまでにも忙しい精虫たちは、多くの有名人の顔を描きだしてきたものだった。ガスガズム社のジャック・ガスカッデン、ジャヴァ・ザ・クラウン、その他二十指にのぼる国家元首たち。しかしゼイダー・スミス・ワールドの社長は、彼らに対してこんな熱のこもったイエスを言ったことはなかった。モーガン・ゼイダーは、えこひいきなしで、彼の代理店をここまでにのしあげたわけではないのである。

小さなプラスチック器具は、S形、X形、Z形、8形、3形から、受胎直後の未発達のアルファベットを思わせる不可解な曲線まで、さまざまなかたちを見せている。なかには、からみあっているものもあった。それらをつまみながら、ゼイダーは部下の六人の役員を呼びだした。

世界中の支店から、彼らの顔が現われた。ニューヨークのソール・ビータトロム、北京《ペキン》のデイヴ・リー・トク、シンガポールのジェリイ・ペラン、南極市のフェス・リード、イバダンのマズダ・オナクワ、そしてボンのトーラ・ピーブライト。トーラは、これら世界の主要都市で重要な地位についている唯一の女性である。

彼らはおたがいに会釈した。社長室に、通信衛星《コムサット》がつかのまカラーでつくりあげた小さなコミュニティ。

「J・J・スピレインといま契約した。わが社はじまって以来の最大の仕事だ」

「またお祭りじゃないでしょうね！」ジェリイ・ペランが言った。

「そうなるかもしれん。それはゼイダー・スミス・ワールドが決めることだ。祝典の日だけは決まっている。スピレインの話では、全世界がそれを祝うそうだ。それでUSBAとしては、もっともふさわしい世界一のショウを催したいというわけだ」

「どうして、そんな大きな催しを？」

「考えるんだ！　今がいつかは、知ってるだろう」

彼らは一斉に答えた。「九月七日です」

「わしの言ってるのは、年だ。二〇四四年だ。何か思いあたることはないか？」

みな、ポカンとした表情。トーラ・ピーブライトがおもわくありげに言った。「エイブ・リンカンの生誕二百年祭か何かですか？」

「違う。的はずれもいいところだぞ」ゼイダーは時として非常に辛辣になることがあるのだ、ことに女性には。「来年の八月六日。われわれは地上最大の花火ショウを催す。なぜ催すか、どんなふうにするか、それをおまえたち六人が考えるのだ。ものになりそうなことを思いついたら、わしを呼びだせ。わかったな？」

そして彼はまた気むずかしい顔でＩＵＤをもてあそびはじめた。

トーラ・ピーブライトのその日の衣装は、モンドリアン・サックドレス。それは彼女の全身を、四つの不均等な、しかし等しく魅力的な部分に分割していた。彼女はソール・ビータトロムを呼びだした。

「あなたに会いにニューヨークに行くわ」

「なんだって？　直接？」

「いけない？　お上品ぶる時代はまだ始まっていないのよ。あたしたちは組むべきだと思うわ、この計画では」

「そう、そのX計画だ！　トーラ、一九四五年八月六日には何があったんだろう？　生まれる前の話だからな」

「知ってれば苦労はしないわよ。フォースタイン大統領の誕生日かしら？」

「電波の発見か？」

「最初の月着陸？」

「アーサー・C・クラークの誕生日？」

「スカンジナビア共和国の建国日？」

「グレイス・メタリアス（『ペイント・プレイス物語』で知られるアメリカの通俗小説家）の命日？」

「ホー・チ・ミンは？」

「ピカソかな？」

「ウォルト・ディズニーかしら？」彼女は笑いだした。「だめよ、あてずっぽうじゃ！　調べといてね、これから行くから」

彼女はゆったりとした足どりでアパートメントから出ると、エレベーターで六十二階まであがり、屋上に立った。ボンの全景が周囲にひろがっていた。ライン川が、日ざしを浴びて鈍く光っている。青空高く、白く輝く文字はこう読めた。**ＭＥｉの祖国、ドイツ連合にようこそ**。ＭＥｉは世界屈指のマイクロ・エレクトロニクス会社で、人工膀胱など人体の交換臓器や、主要な宇宙器材を製造している。ゼイダー・スミス・ワールドは、そこの宣伝を担当しているのだ。というより、それを思うままにあやつっているのだ。

ヘリジェットが彼女を空港まで運んだ。アメリカ行きのつぎの超音速機が出るまで、彼女はそこで二十分待たなければならなかった。超音速機は、トーラ自身の考案になる大空の文字をつきぬけ、二時間後、ケネディ空港で翼を休めた。彼女は、五番街と二二五丁目の角にあるビータトロムのオフィスにとんだ。

ソールは、花模様をあしらったスケスケの金襴ツーピースを着ていた。トーラに似て、小柄で、浅黒い。そして、ほとんど無毛だった。

「仕事にかかる前にセックスしないか?」とソール。「じかに会うのは、これで五回目なのに、どうしてか一度もいっしょに寝たことがない」

「お言葉は嬉しいけど、今日はその心境じゃないの、ソール。昨日はオルガズム三回よ、すこし節制しなくちゃ」

「じゃ、なぜわざわざ来たんだ? おれはそのつもりだとばかり思ってたぜ」

ふくれっつらをしているので、トーラは彼の腕に手をのせた。

「あなたを失望させたくはないわ、ソール。つきあってあげる」

彼はトーラにキスした。「そうさ、いい娘《こ》だ。きみはおれよりきっと毛深いぜ。だから興味があるんだ。長椅子か、プールか、遠心機か、どれにする? どれもいちおう用意はできてるよ」

彼女はプールを選んだ。油のような溶液の中で、そっと体をからみあわせているとき、ソールが口をひらいた。「きみが着くまで、肥沃《ファート》アジアの年刊レポートを読んでたんだが——知ってるだろう、おれたちがやってる。あのへんの国のオルガズムの貧困は、まったくショッキングだぜ。今の性医学者はオルガズムを十段階に分類してるだろう。ところがインドだけでも、ファート・アジアの推定だと、男性人口の八十四パーセントはせいぜい七級までのオルガズムしか経験してないらしいんだ」

「カルカッタに落ちたCM爆弾が影響してるんじゃないの？　あれは――ねえ、インド＝インドネシア制限戦争《コンテインド・コンフリクト》（CC）が終わったの、いつだったかしら――そう、まだ二年ばかり前じゃない」

「しかしカンボジアの数字も同じくらいひどいんだぜ。カンボジア＝マラヤCCが終わってから、少なくとも五年にはなる」

「いったい世の中はどうなってるのかしら」

「さいわいアメリカは悪くないよ。来年度のオルガズム振興計画《オーグ・プログズ》の数字は頼もしい」

二人は無言のまま騒々しくセックスした。彼らの得たオルガズムは、その年齢階級層の平均を楽にうわまわるもので、しばらく後、二人は満ちたりた気分でその結果を祝福しあった。

スモッグ・フィズのグラスを前に、二人は仕事にかかった。ビータトロムは衛星図書館《サテライブラリ》にダイアルし、世界百科辞典の抜粋を入手していた。彼はことの大きさを実感させようと両腕をひろげて言った。「これはバカでかい仕事だぜ、トーラ。来年は、新しい時代、核工学の時代が始まって百周年にあたるんだ」

彼女はかわいらしく眉をひそめた。「今は〈精子養殖の時代〉だと思ったわ」

「そうだけど、主に〈核武力の時代〉なんだ――そして、それももう終わりに来ている。宇宙空間での大爆発の記録が本当ならね。いずれにせよ、今のわれわれなら、なんなく管理できるが」

「〈核時代〉って……あたしには別に何も思いあたらないわ。スピレインがモーガンに直接言ってきたのなら、大仕事には違いないようだけど」

「そうだ。これを祝う方法をがっちりと考えてきたやつは、ゼイダー・スミス・ワールドでモーガンに次ぐ地位を与えられそうだな。いっしょに考えよう、トーラ、アイデアをプールするんだ」

彼女はあざけるような目つきでソールを見つめた。「あたしがあざけるような目つきで見ているのに気がつかない、ソール・ビータトロム？　誰が誰にいっぱいくわせたと思う？」

「もう何か考えついてるというのか？」

彼女は笑った。「とんでもない、まさか、おじさん！　それに考えついたとしたら、へへっ、あなたなんかに教えてあげるもんですか！」

「このこすっからいドイツ女め！　それになんだ、おれが思ったほど毛深くもないじゃないか、おまえは！」


続く二日間、トーラ・ピーブライトは気が狂ったようにボタンを押して調査に没頭した。世界の五つの首都にちらばった、彼女の五人の同僚たちにしても同様であった。三日目、フェス・リードが南極市から彼女を呼びだした。トーラはフェスをよく知っていた。昔はいっしょに仕事し、乱交した仲で、三五年のアメリカ＝アメリカ動乱以前、ヘミスフェア幻覚剤《ハルシノジエン》社の宣伝を担当したのも二人だった。用心深い態度から、彼女はすぐフェスに何か魂胆があると気づいた。

「どうだい、最近は、トーラ？　何か考えついた？」

「一つ二つ考えがないこともないわ、あなたは？」

「ちょっと変なアイデアなんだが」彼は、デスクの上にちらばったジューク・ボックス（現在のそれとは違うものらしい）をもてあそんでいるだけで、いっこうにスクリーンにうつる彼女の像を見上げようとはしなかった。「この祝典はたぶん何か記念碑を建立するというようなかたちで行なわれると思うんだ――ストーンヘンジを再建するとか、そういったことさ」

「すばらしいアイデアじゃない、フェス！　モーガンには話したの？」

「いや……そうだ、忘れてたよ。というより、ちょっと気になることがあったんだ、そのう、モーガンはぼくらが彼と同じアイデアを考えつくのを待ってるような気がするんだ。彼にはもう計画があるんだとは思わないか？」

「あなた、モーガンという男を知ってるでしょう！　あたしたちの考えつくアイデアに、彼は給料をくれるのよ。いったい、そんな考えがどこから出てきたの？」

　彼女に言われてはじめて自分の頭のことを思いだしたように、フェスは頭を掻いて言った。「モーガンがぼくらを呼んだとき、何かをいじくってただろう。ふつうのジューク・ボックスじゃないんだ。あれがヒントで、そこから何か糸口を見つけさせようというつもりはないのかな」

　彼女はあけっぴろげに笑った。心からの笑いだった。「あなた、あまちゃんねえ！　彼がごそごそやってたの、あれＩＵＤじゃない。一度も見たことないなんて言わせないわよ！」

「子宮内妊娠抑止器具《インター・ユーテライン・ディタラント》だって！　そうか！　ほんと、まだ見たことなかったんだ」

「きっとモーガンはサンプルを貰ったのよ、そこの宣伝を引きうけることになって。女の赤んぼうには、生まれるとすぐそれを挿入するの。子どもの成長につれて、それも大きくなって、〈中央コンピューター〉から出産許可コード・コールが来るまで、人によっては来ないこともあるけど、そこにおさまってるわけ」

「IU抑止器具《ディタラント》か！　ぼくはまた、ゼイダーがなにか変てこな暗号をおもちゃにしてると思ってたんだ！　ありがとう、トーラ――一日も早くきみのナンバーに許可が出ることを祈ってるよ！」

「あたしはだめよ、そういったことにはおくてだから」

彼女はコンタクトを切った。かわいいフェス、いつまでたってもうぶなのね、目の前で見て、抑止器具《ディタラント》だとわからないなんて……

その言葉は、彼女の心にさまざまな連想をよびおこした。抑止物《ディタラント》……古い言葉だ。IUDが、人口過剰という暗黒時代の瀬戸ぎわに立たされていた世界に光明を投げかけて以来、それは人間の生活と切っても切れない言葉になってしまった。IUD使用が義務づけられたのは、イタリー＝スペインCC以来、彼女が生まれる前のことだ。それとも、あれはスペイン＝ユーゴスラビアCCだっただろうか？　いや、スペイン＝ユーゴスラビアCCなんてあっただろうか？

抑止物《ディタラント》……むかし、それは生よりも死と関係のある言葉だった。言葉の意味は、時代とともに不思議な変化をする。かつて、それは爆弾とつながりのある言葉ではなかったか？

彼女は衛星図書館《サテライブラリ》にダイアルすると、百科辞典に切りかえ、爆弾の項を出した。今のところ世界の三大勢力《ビッグ・スリー》、つまり、中国、ドイツ連合、両アメリカしか保有していない凝集物質《コヒレント・マター》（CM）爆弾に関する長ったらしい説明文が、スクリーンいっぱいにうつしだされた。彼女は小見出しを**歴史**に切りかえ、情報回転速度を速めた。下意識だけがチェックできるほどの速度で、「抑止《ディタラント》」の語がひらめいて通りすぎると、彼女は再生のボタンを押し、回転機を停止させた。

核抑止力《ニュークリア・デイタラント》。敵国に対する威嚇の意味では、CM以前のある種の爆弾が、ミサイル以上に有効であるとする二十世紀の軍事理論。**二十世紀**、**軍事**ならびに、**原子爆弾**参照。

ふたたびダイアルしはじめると、活字はシンクロトロンの放射電子のようにスクリーンから散った。やがて目の前にうつしだされたのは、**冷たい戦争**の長ったらしい解説だった。「冷たい戦争」というと、オーストラリアと南極共和国の制限戦争になにか関係があるのだろうか？　当惑しながら、彼女は画像を回転させていった。しばらくして、それとは何の関わりもないことがわかってきた。彼女がいま見ているのは、先CM時代のたいして重要でない国家対立の記述であって、同じ名称で呼ばれるオーストラリア＝南極共和国CCのそれではなかったのだ。画像を消そうとボタンを押した瞬間、一つの日付けが目にとまった。彼女はあわててダイアルを戻した。**一九四五年八月**と、そこにはあった。

関係のありそうな語句が、さらに見つかった。彼女はいやます勢いでそれらを追い、とうとう**第二次世界大戦**の歴史にぶつかった。そんな戦争の名前を聞いたことはなかった——しかし無理もない、当時の世界はまだ小さかったし、〈新惑星群〉はおろか、火星や金星や水星にすら、人類は到達していなかったのだ。すこしすると、彼女はとばし読みをはじめた。エストニア人、ベルギー人、クロアチア人といった、ついぞ耳にしたことのない少数民族の説明にあきあきしてしまったのだ。そして日本のところへ来た。これは、多少おもしろそうだった。ドイツ連合は、日本と多くの商取引を結んでいる。というより、むしろ、三九年の日朝連合分裂以来、日本人たちは世界市場にあまり明朗でないやり口でなぐりこみをかけている。特に宇宙器材の分野では、日本製の融除遮蔽《アブレーション・シールド》、LOR、スター・ガフィー、グリッチ・バフル、宇宙服、さらにはモーラブさえもが、市場を席捲しようとしている。特に苦しい事態に追いこまれているのはMEiで、宇宙器材部では、最近の五会計年度のすべてで売り上げグラフは下降の一途をたどっている。

　ようやくトーラは、例の日付けの個所へ戻った。**一九四五年八月六日**。最初の核兵器が、それは小型の原子爆弾であったが、テニアン島のアメリカ軍基地から飛行機で運ばれて、日本の都市ヒロシマに落とされたのだ。これと、その後ナガサキに落とされた第二の原爆によって、日本の天皇は降伏した。

　彼女は衛星図書館《サテライブラリ》とのコンタクトを切った。そして数分間、じっと考えこんでいた。小さなことだが、不明の問題が一つあって、それをはっきりさせたかったのだ。呼び鈴を押すと、召使いのカールが現われた。けばだった、中性的なグレーの制服を着、頭は剃りあげている。部屋にはいると、彼は頭をさげた。

「カール、この都市《まち》のどこかに、昔の本のコレクションがあるはずなの——表紙が布で、ページが紙でできた、知ってるでしょ？　そんなコレクションのあるところを見つけて。博物館へダイアルするとか——文化センター、もしかしたら有職故実《ゆうそくこじつ》会かなんかいいかもしれないわ」

「はい、ご主人さま」

「特に必要なのは、一九四五年から六〇年までの本。早く！」

　彼はまた頭をさげると出ていった。彼の一家は、この社会での生存競争の負け犬たちである。彼と二人の妹は、〈資力テスト〉をパスできなかったため、十年間の個人奉仕を命ぜられているのだ。

これは、進歩した、そして何よりも能率的な奴隷制度といってよい。

二十分後、待ちきれなくなったトーラが、彼の背中に串でも突き刺してやりたいと考えはじめたとき、カールが調べを終えて戻った。

「その種の本の大コレクションは、〈先CM史博物館〉にございます」

「そんなものが残ってるとは思わなかった。きっと国の所有じゃないわね……誰、その——なんと呼べばいいの、担当の人よ、管理人は？」

「ハインリー・ゴッドスミスです。司書といいます」

「行って、直接会ってみるわ。そこへ連れてって。ちょっと待って、ガウンとパンティーをかえるから」

ハインリー・ゴッドスミスは、美女を目の前にした興奮で顔を紅潮させていた——といっても驚くにはあたらない。トーラが、隠し持った小型超短波アドレナリン刺激装置のスイッチを入れていたからだ。それが彼の体液にある種の混乱を巻きおこしているのである。しかしトーラもまた、このスリリングな発見で多少自制を失っていた。

「このかびくさい、見ばえのしないたくさんの部屋の中に、再発見の価値の充分ある秘密が隠されているんだわ！」先エレクトロニクス時代の年を経た書物がぎっしりとつまった棚を見わたしながら、彼女は感きわまったように叫んだ。

「今は、過去をふりかえる時代じゃないんですね、ミス・ピーブライト」ゴッドスミスが言った。

がっしりした体格、スマートな服の着こなし、無駄のない動作。これまでの人生の大部分を書物とともに地下で送ってきたのに、室内太陽を使っているせいで、彼はトーラと同じくらい日焼けしていた。「生活が刺激的すぎるんです。たくさんの発見が宇宙でなされるものだから、地球の過去まではなかなか関心がむかない」

「でも〈第二次世界大戦〉と呼ばれているあの――」

「近ごろは戦争が多すぎます。いつでも、どこかで、何百万人も人が死んでいる。そんな昔の戦争は、要するに、なかったも同じなんですよ。百年前とは――はっ！　今の連中は、そのころ人間がいたなんて思ってないんじゃないですか！」

彼のそんな態度にやや驚いて、彼女はきいた。「あなたはこの本を好きであずかってるんでしょ！」

「よしてください！　たんなる仕事ですよ――あなたの仕事よりもおもしろくないかもしれない。あなたはどんなお仕事をなさってるんですか、ミス・ピーブライト？　よかったら聞かせてください。きっとここよりもおもしろいはずだ！　宣伝に関係ある仕事でしょう？」

「ご名答、ゼイダー・スミス・ワールドの支店長よ！」

「失礼しました、ちょっと喋りすぎました。で、わたしに何かご用でも？　浮気なんかいかがですか？」

「あたしには仕事があるの。あなたにもね」主客をはっきりさせた今、緊張を解いてもよさそうだった。「核時代の到来百周年を祝う方法をいま捜してるのよ。それで、あなたの本を調べたいの

——衛星図書館《サテライブラリ》は歴史の方面には手薄だし、どっちにしても記録というのはなんにも置いてないの」

ゴッドスミスは、手入れの行き届いた、かたちのいい自分の指の爪を見おろした。「われわれの二、三代前の祖先というのは、馬鹿ばっかりですよ。そうでしょう——セックスや戦争、食物、薬、その他、今のわれわれが楽しんでいるものをみんな罪悪視していたんですからね。連中のたわ言から解放されただけでも、今の人間は幸福だとは思いませんか?」

彼女はしげしげとゴッドスミスを眺めた。「あなた、頭がきれそうね。こんなつまらない職場で何をしてるの?」

「たいていは、つまらない女と話してるんですよ。浮気のほうはどうですか、考えはまだ変わりませんか?」

「仕事してるのよ、あたし」

ゴッドスミスは考えぶかげに彼女を見つめた。「とてもレズビアンとは思えないがなあ」

「だめだめ、そんな誘いにはのらないわ、ミスター・ゴッドスミス。さあ、仕事にかかりましょう。この本はみんな買うわ。あたしの住所へ届けてね」

「売りものではないんです」

「百万クラウト出すわ!」

「売りものではないんです。ここで調べてください、わたしの目と鼻の先で」

「あなたの何ですって?」

彼女は丸一週間、地下室にこもって仕事に精をだした。この間、ゴッドスミスに何度かフル・パワーで勃起力減退光線《ディエレクター・レイ》を使わねばならなかった。過去に関する知識が深まるにつれ、それへの恐怖と反感も強まっていった。あのいやらしいゴッドスミスが言ったとおり、二十世紀中期人たちは、厖大な罪悪感と抑圧の悪臭をふんぷんと放つ、哀れな連中だった。やがて彼女は、必要な知識をすべて手に入れた。そして最後の本、イーザリー少佐の伝記を閉じた。救われない愚かもの、それが彼女の受けたイーザリー少佐の印象だった（イーザリーはヒロシマに原爆を投下したB29のパイロット。戦後、精神に異常をきたし、治療を受けた）。ハインリー・ゴッドスミスの姿が見えないので、彼女は博物館を出て、まっすぐ家に帰った。そしてLSD《アシッド》を少し服んでから、カールをそばにおいて安らかな気持で香水風呂につかった。

やがて不安が頭をもたげた。調査に日をかけすぎたのだ。五人の同僚たちは、この百年祭レースですでに彼女に大差をつけているのかもしれない。彼らは、二〇四五年八月六日をどんなふうに祝おうと計画しているのだろう？

彼女は一人一人にダイアルしていった。五人とも、口はかたかった。だが、浴槽の中でそそるように四肢をひろげたトーラのイメージに反発できるものはいず、みな少しずつ計画を漏らした。

最後の一人とコンタクトが切れると、彼女は浴槽のかたわらに置いたFL板に、今の話のメモを指で書きとり、これを再検討した。

「ソール。全世界の国家首席が参加する乱交パーティのTV中継」

「ジェリイ。世界中から見えるよう、電離層にオーローラで、こう文字を描く。**われらの地球に幸いあれ**」

「フェス。ストーンヘンジを再建し、その拡大プラスチック・モデルを月面にも置く」

「マズダ。超ＣＭ爆弾を使って、木星を新しいミニ太陽にする」

「デイヴ。軌道上大エレクトロニクス万国博覧会」

トーラ個人としては、どのアイデアもあまり感心しなかった。ソールのは少しましだが、それも代わりばえはしない。木星のアイデアは愉快だが、木星衛星の植民地が納得するかどうか。その上、百年祭にぴったりという点では、どれも彼女の案の敵ではなかった。モーガン・ゼイダーに会って、直接話す必要がありそうだった。ゴッドスミスの地下室での荒涼とした日々も、無駄ではなかったのだ。


ゼイダーの私用アパートメントは、モンタレイにあった。彼がトーラを迎えた部屋では、壁にはめこまれたいくつものタンクの中で、ホモセクシャルの男性奴隷たちが全裸のまま遊びたわむれていた。フェラティオ、ペディカティオ、その他活気に満ちた独創的な芸術をつぎつぎと見せてゆくグロテスクな動く壁画。

彼女はゼイダーの手にキスし、形式にのっとった挨拶をした。彼は恰幅のよい醜い男で、タンクの一つから今出てきたばかりのように息をはずませていた。豪華な食卓をかこみながら、彼女は用件をもちだした。

「ほかの役員の方たちは、来年の百年祭を記念する行事をもう提案なさってるんでしょう？」

「いろんな提案が出たよ」

「あたしのも申しあげますわ。これは、ほんと、モーレッツなの！　世界中の人びとが喜ぶと思います」

彼女は背景から少しずつ埋めながら、注意ぶかく核心にはいっていった。

彼女はまずゼイダーに、一九四五年当時、日本人と交戦状態にあった北アメリカ人が、イギリスのアイデアを盗んで原子爆弾を開発したことを説明した。二〇四四年のボタン大のCM爆弾に比べれば、それは大きかった――長さ十四フィート、直径約五フィートで、重量約一万トン。その爆弾は、旧式の飛行機に積みこまれた。機の名称は、一部の記録ではB29、他の記録ではエノラ・ゲイとなっている。爆弾は、リトル・ボーイと呼ばれた。飛行機はそれを日本の都市ヒロシマの上空に運び、そこで投下した。リトル・ボーイが作りだした火の玉は、さしわたし千八百フィート、温度は一億度にも達した。もし宣伝キャンペーンとして行なったのなら、これ以上の成功は望めないだろう。約八万人の人びとが即死し、翌年までにさらに十四万人が、主に放射能症によって死んだからだ。なかなか印象的な数字といえる。時に、一九四五年八月六日午前八時十六分。新しい核武力の時代は、そのときその場所で始まったのだ。

「原爆が戦争をくいとめました」とトーラは言った。「そして凝集物質爆弾のような、より優れた兵器や、今あたしたちが知っている短期間の制限戦争への道を切りひらいたのです。これが進歩というものでしょう。でも、変わりもののあたしたちの祖先は罪悪感から気が狂ったようになって、核兵器を禁止しようとしたり、イーザリーを殉教者にしたてあげたり、解説書や病的な小説や見当ちがいの文章などを書きまくったりしたんです」

「そう、病んだ時代だよ」ゼイダーは、さもけがらわしいという調子で言った。「彼らは、どうすれば幸福に暮らしていけるか知らなかったんだ。そんな昔の記録なぞを掘りおこすべきではなかったな。トーラ――読んでも害になるだけだ」

「でも、それであたしはアイデアを見つけたんですのよ！　聞いてください、来年の百年祭を祝うあたしの計画です！　エノラ・ゲイの複製を持ってきて、それからどこか小さな国に原爆がまだ保存されていたら見つけてきて、世界中の人びとが見守るなかでヒロシマにまた落すんです、午前八時十六分きっかりに！　どう思います、モーガン？」

彼は困ったような顔で、鼻のあたまを掻いた。

「けっこうなアイデアだ、申し分ない。だが、それをわしに持ちこんだのは、きみが最初じゃないんだ」

彼女は息を呑んだ。タンクの中の若者の泳ぎにあわせて、部屋全体がゆらいだようだった。「ソールじゃないわ……フェスでもない……誰なんです？　デイヴ？」

「まったくの他所者《よそもの》だ。ハインリー・ゴッドスミスという若造だよ。なかなか頭のきれるやつだ！すぐ役員に抜擢した」

そのアイデアはＵＳＢＡの大統領のところへ送られ、大統領はそれを世界評議会にかけた。評議会は熱狂のうちに、それを一人の男に依頼した。駅馬車、蒸気機関車、自動車、そういったものは、どこかの国際サーカス団がそれぞれ持っていたが、原子爆弾だけはどこにもなかった。反対したのは、日本代表だけだった。しかし彼はやじり倒された。出席した各国代表の大半が、日本のあくどい市場進出に憤っていたからだ。

ゼイダーは、自分が一度耳にしたアイデアをまた持ってくる人間に対しては、一つのルールを常に適用していた。トーラ・ピーブライトは格下げされた。

彼女は、ハインリー・ゴッドスミスの下で、デザイン・スタッフの職にありついた。ゴッドスミスは、ゼイダーの見たてどおりの辣腕だった。

彼らは、エノラ・ゲイあるいはB29なるものを見つけることはできなかった。しかしチュニス地区の古びた博物館に、ダコタの存在することがわかった。エノラ・ゲイとほぼ同時代に属する旧式のエンジン機なので、これをなんとか充当できそうだった。

原子爆弾では、もっと手間がかかった。あるときトーラは、CM爆弾の保有を許されていない小国間の会議に出席した。彼らは自分たちの国を〈免罪国家〉と呼び、戦争のさいには、いまだに単純な核兵器を使用しているのだった。

その会議には、フィンランド、アイルランド、キプロス、イギリス、ローデシア、リヒテンシュタイン、イエメン、ベネズエラ、フォークランド諸島、それに香港《ホンコン》が参加した。トーラは機会をとらえてイギリス代表を片隅に呼びよせ、考えを伝えた。テリイ・スポールディング＝ウォードという名の、その年老いた首相は、できるかぎりのことはすると約束した。トーラは口約束だけでは飽きたらず、彼とともにイギリスに渡った。観光資源だけがとりえのこの小さな島国を訪れるのは、彼女にとってはこれが初めてだった。経費は、ゼイダー・スミス・ワールド持ちである。

行商や乞食の群れを押しわけて、彼らは国会議事堂にはいった。長い退屈な囁き声のディスカッションが、狭苦しいたくさんの会議室で行なわれた。物見高い観光客がドアから顔をのぞかせ、会議を中断させることもしばしばあった。しかし、ようやく結論が出たらしく、首相みずから現われて、トーラの申し出た金額を了承した。

金をポケットに入れながら、彼は言った。「ミス・ピーブライト、一つお詫びしなければならないことがあります。じつは、それは原子爆弾ではなくて、H爆弾なのです。ご存じのとおり、Hは水素《ハイドロジエン》の略でして。わたしどもとしては、こんな嬉しいことはありません。八十年保存しておいたかいがあったというものです——前世紀の六〇年代には、どうやらそれが、われわれの国の核抑止力であったようですな。きっとまだ使えると思いますが」

二〇四五年八月六日の期限を前に、準備は完了した。その日、世界中の通信衛星《コムサット》の見守る中で、チュニジア所属のガタボロのダコタは、イギリス所属の錆だらけの水爆を積み込んで、ヒロシマ上空へと飛びたった。爆弾は、明るい朝の大気を切って落下した。閃光がひらめいた。とほうもなく巨大な火の玉が、一千の太陽よりも明るくみるみるまにふくれあがり、ガタボロ飛行機まで呑みこんで視聴者たちを狂喜させた。生き残った日本人たちからは、激しい抗議の声があがった。しかし、史上最大の見ものであるという点で、彼ら以外の世界市民の意見は一致していた。

一世紀前でも場違いとは思えない一種の感傷をこめて、誰もがこう主張した。これほどの偉大なできごとを、人びとは忘れてはならない。そしてアンコールが要求された。ナガサキ方面では、飛行士たちが出撃の用意を始めていた。

キング・コング墜ちてのち

フィリップ・ホセ・ファーマー

After King Kong Fell

by Philip José Farmer

映画の前半は暗く重苦しく、いくぶん退屈だった。ハウラー氏には苦にならなかった。これが要するにリアリズムというものだ。あのころは暗い重苦しい時代だった。それに退屈だということは、かえってその裏になにか巨大なおそろしいものが待ちうけているのを予感させる。じりじりとしたペースが、俳優たちの抑えた儀式的な動きとあいまって、これが神々のわざであることをそこかしこで暗示する。悠揚迫ることなく、しかも圧倒的な確信をもって、神々は物事をクライマックスへと導いているのだ。

十五のときにも感じたものだが、五十五になって、いまテレビの画面を見ながら、ハウラー氏はやはり同じことを感じていた。もちろん一九三三年にはじめて見たときも、このあとに何が来るかは知っていた。ここにある出来事のいくつかを実際にくぐりぬけたのは、そのわずか二年前ではなかったか?

おんぼろ貨物船ヴェンチャー号は、霧のなかをやみくもに突き進み、寄せ波のようにとどろく原住民の太鼓の音に近づいてゆく。そして——コマーシャル。ハウラー氏は立ちあがり廊下に出ると、おもてのポーチにいるジルを、階段の上から大声で呼んだ。コマーシャルというのはありがたいものだ、と彼は思った。トイレやキッチンに行ったりできるほかに、タバコを一服つけ、先をつづけて見るか、別のチャンネルに切り替えるか考える余裕をくれる。

それにしても、なぜ人生にコマーシャルがないのだろう？

さてどうなる、というときに現実がプツンと切れ、天上のセールスマンが売りこみ口上を始めたら、どんなにか助かるのではないか？　車がぶつかってくる寸前とか、銃弾が脳みそを直撃する寸前とか、最初の癌細胞が解き放たれる寸前、上役がクビを言いわたそうと電話に手をかける寸前、精子が卵子めざしてとびだす寸前、かつての、あるいは今でもそうかもしれない愛する人に、決定的な侮蔑のことばを投げつける寸前、老化した血管の破裂をひきおこすアルコールの最後の一杯がはいる寸前、身の破滅に直通する決断をくだす寸前。

そこにもしコマーシャルがはいり、席を立つことが許されるなら。考えなおし、人の意見を聞き、それからおもむろにテレビの前にもどって、チャンネルをまわすことができるなら。

しかし、これには技術的にいろいろ問題があるうえ、後番組というのがトーク・ショーで、ゲストはほかならぬ大天使ガブリエル。ホストにねだられて、大天使はようやく喇叭《らっぱ》を吹く気になり……。

ジルがはいってきて坐り、彼が用意したクッキーとレモネードのおやつを食べはじめた。ジルは六つ半の美しい少女。しかし美しくない孫娘がいるだろうか？　いまのジルはふさぎこんでいた。

というのは、いちばんの親友エイミーと喧嘩をしてしまったからで、エイミーは、あんたの顔なんか二度と見たくないといって帰ってしまったのだ。ハウラー氏はジルを前におき、こういうことは今度がはじめてではないし、エイミーはその日のうちではないにしても、あくる日にはいつも戻ってきたではないかと慰めた。孫娘の気をまぎらわせようと、ハウラー氏は、映画のそこまでの粗筋《あらすじ》を話して聞かせた。ジルは気乗りしないようすで聞いていたが、映画のつづきが始まるともう夢中だった。そしてコングが、ジョン・ドリスコル役のブルース・キャボットを求めて断崖のふちをさぐりにかかるあたりで、ジルはおじいちゃんの膝にはいった。コングがアン・ダロウ（演ずるはフェイ・レイ）をジャングルに連れ去る場面では、小さな悲鳴をあげ、両手で目をおおった。

だがコングが死体となって五番街に横たわるころには、それまでの幾百万の人びとと同じように、ジルもコングに声援をおくっていた。ハウラー氏は孫娘を抱きしめ、キスをしていった。「ジルのお母さんがちょうどジルぐらいの年のころだったな、これを見せに連れて行ったことがあるんだ。終わったときには、お母さんも泣いていたよ」

ジルは鼻をすすり、涙をハウラー氏にハンカチでふいてもらった。ロードランナーのマンガが始まると、ジルは膝からおり、またクッキーを食べにもどった。しばらくしてジルがいった。「おじいちゃん、コヨーテは落ちるとき、ずうっと遠く、見えなくなるくらいまで落ちるでしょ。落ちちゃうと地面がブルブルふるえるの。でも、そのあとはいつも、元気になって帰ってくるのよね。どうしてあんなに遠くまで落ちて、ケガをしないの？　キング・コングも落ちたのに、どうして元気になれないの？」

〝生〟番組と〝録画〟番組のちがいを、祖父母と母親はこれまで何回ジルに説明してきたことだろう。だが、いくら説明しても同じことだった。テレビを見て育ったこの歳月に、どうしたものかジルは、〝生〟番組に出る人びとはみんな、実際に苦痛や悲しみや死を味わっているという固定観念を抱いてしまったらしいのである。だから見ていられるのは、おとなたちが〝録画〟だと保証した番組だけ。これはハウラー氏には、日ごろ妻や娘にもらしている以上に大きな悩みだった。ジルはたいへん頭のよい子だが、もし幼いころのテレビの見すぎが、何か取り返しのつかない害を与えているとしたら？　いまから二年か三年ののち、ジルが画面のなかの現実と非現実をたやすく見分け、人に話せるようになったとしても、心の奥底に、そのちがいを見分けられない子どもがなおひそんでいるとしたら？

「いいかい、ロードランナーは絵を動くようにしたものだろう。絵をかく人がいて、絵ならどんなことだってできる。ロードランナーは何回も何回もかきなおせるから、つぎに出てくるときには傷はすっかり治っているし、またうすのろロバみたいな役ができるんだ」

「ロバ？　だってコヨーテじゃない」

「それはね……」

ハウラー氏はいいかけてやめた。ジルが笑っていたからだ。

「そうか、おじいちゃんをだましたな」

「だけどキング・コングは生きているの、録画なの？」

「録画だよ、先週連れていってあげたディズニー映画とおんなじさ。ほら、〈ベッドかざりとほうき〉」

「じゃ、〈キング・コング〉は、ほんとはなかったことなのね？」

「いや、そうじゃない、本当にあったんだ。ただこれは、本当のできごとがみんな終わってから、そのキング・コングのお話を映画にしたものなんだよ。だから、あのとおりのことが起こったわけじゃないし、アン・ダロウやカール・デナムや、ほかいろんな人たちはみんな俳優がやっている。キング・コングだけは別だけどね。コングはお人形なんだ」

ジルはしばらく沈黙し、やがていった。「それじゃ、キング・コングって、ほんとにいたの？どうしてそんなこと、おじいちゃんにわかるの？」

「それはね、コングが暴れだしたとき、おじいちゃんがニューヨークにいたからさ。あの劇場にいてコングが逃げだすのも見たし、コングがエンパイア・ステート・ビルから落ちたあと、おとなの人たちにまじってその死体も見たんだよ。おじいちゃんは、そのとき十三だった。いまのジルより七つしか年上じゃない。お父さんお母さんに連れられて、シアおばさんのおうちを訪ねていたんだ。とってもきれいな人でね、金色の髪がまるでフェイ・レイ——じゃない、アン・ダロウみたいなんだ。すごいお金持ちの男の人と結婚して、雲にとどくような高さにあるアパートに住んでいた。エンパイア・ステート・ビルの中だったから」

「雲にとどくような！　わあ、すてきね、おじいちゃん！」

そうであったら、とハウラー氏は思った。アパートの空気があれほど張りつめたものでなかったならば、素直にそういえただろう。ありあまるお金を持ち、あんな豪勢なところに住んでいるのだから、ネート叔父とシア叔母の暮らしは当然しあわせであるはずだった。ところが、そうではなかったのだ。だれがティム・ハウラー少年に話したわけでもない。だが押し殺した怒りは肌に感じられ、とげとげしい口調は聞こえ、こわばった口もとは目で見ることができた。叔父と叔母のあいだになにか争いごとがあるようで、彼の両親も巻きこまれ、うろたえているのだ。だが彼がそばにいるときには、みんな昔どおりしあわせそうにふるまっていた。

ハウラー少年は見せかけをすすんで信じた。大好きな背の高い美しいブロンドの叔母に、腹をたてている人がいるなどとは考えたくもなかった。われにもなく恋をしていたのだ。昼はつのる思いに胸を痛め、夜はみだらな妄想にふけり、目ざめてはそんな自分を恥じた。しかし、それもいっときだった。シア叔母は、フェイ・レイやクローデット・コルベールやエリッサ・ランディより千倍もセクシイだったからだ。

だがその夜、〝世界第八の不思議〟キング・コングの初興行へそろって出かける時間が来ると、おとなたちのそんなごたごたはハウラー少年の頭からきれいさっぱりと消えた。おとなたちさえ心なしか浮きうきして見えた。両親の意気あがらぬ反対を押しきって、ネート叔父が一階前列上等席の予約をとってきたからだ。切符は一枚二十ドル、不況時代にあっては大金で、家族を一カ月養える額である。だれもが正装した。シア叔母の美しさはこの世のものではなかった。ハウラー少年には興奮は耐えがたいほどで、心臓がいまにも胸をかけあがり、口からとびだすのではないかと思われた。各新聞はこのところキング・コングの話題で持ちきり――といってもカール・デナムが多くを語らないので、推測の域を出るものではなかったが。そんな怪物を、ティム・ハウラーは見ることができるのだ。はじめて見る数少ない幸運なひとりに選ばれたのだ。いいか、イリノイのビュシーリスにいる七年生のやつらめ、待ってやがれよ！　帰って話してやったら、目ン玉とび出ちゃうからな！

だが幸福は、それがあまりにも甘美でありすぎたためか長続きはしなかった。シア叔母がとつぜん、頭が痛い、行けそうもない、といいだしたのだ。そこで叔父夫婦はベッドルームに取って返したが、二人の声は、三つの部屋と廊下をへだてたその玄関の間にいても聞こえた。しばらくしてネート叔父がたたきつけるようにドアをしめて現われた。まっ赤な顔で仏頂づらをしていたが、パーティをおひらきにしようとはしなかった。四人に減った一行は気まずくおし黙ってタクシーをひろい、タイムズ・スクエアの劇場にむかった。だが中に入るとネート叔父さえも口論のことは忘れた、というか、忘れたように見えた。大きなステージ、見上げるような銀色のたれ幕、たれ幕のむこうから伝わってくる興奮と快い危険の波動。それだけではない。たれ幕があってさえ劇場のなかには、むっとする毛深い猿のにおいが充満しているのだった。

「ねえ、キング・コングは映画とおんなじように逃げだしたの？」とジルがいった。

ハウラー氏はぎくりとしてわれにかえった。「え？　ああ、うん、そうだよ。映画とそっくりさ」

「こわかった、おじいちゃん？　みんなといっしょに逃げた？」

ハウラー氏はためらった。ジルのおじいちゃん像は、ヒーローの型に鋳込《いこ》まれている。ジルの目にはハウラー氏は、ヘラクレスなみの強さと非の打ちどころない勇気をそなえた巨人、彼女の守護者でありチャンピオンなのだ。いままでそのイメージをこわさずにきたのは、主として、持ち出される要求が手にあまるものではないからだった。そのうちひび割れが目につき、ぼろをさらけだすときが来るだろう。しかし幻滅を与えるには、ジルはまだ幼すぎる。

「いや、逃げだすものか。騒ぎがおさまるまで待っていたよ」

それは本当だった。すぐ前の席に大男がすわっていたのだが、コングが檻の鉄棒をへし折りはじめると、男はわめきながらとびあがり、ふりむきざま座席の背もたせをとびこえた。その拍子に男の膝がハウラー少年のあごを一撃した。そういうわけで、劇場内が阿鼻叫喚の巷と化し、倒れた人びとが踏みつぶされているあいだ、彼は座席の下のフロアに意識不明のままのびていたのである。

あとになって考えると、ノックアウトされたのは勿怪《もっけ》のさいわいだった。情況に冷静に対処しなかった、ヒロイックな行動をとらなかった絶好の言いわけになったからだ。もし失神しなかったら、ほかの客たちと同じようにあわてふためき、自分が助かりたい一心で両親を置きざりにしていたにちがいない。もちろん事情は逆になり、両親から置きざりにされる羽目になったわけだが、あとで聞いた話では、群衆に押し流されてどうにもならなかったということだった。これは本当かもしれない。父も母も助ける気がなかったわけではないだろう。だが実際にその努力をしたかどうかについては疑わしく、長いあいだ彼は、逃げた両親を軽蔑していた。おとなになってハウラー氏は、あのとき、あの情況なら自分もまた同じことをしただろうと気づいた。両親に対する軽蔑の気持ちは、裏返しにされた自分への軽蔑だったのだ。

目がさめると、あごと頭が猛烈に痛んだ。警察と救急隊がもう着いていて、負傷者の手当てと死者のかたづけを始めている。よろめきながら人びとのあいだをぬけ、両親の姿がないとわかるとおもてに出た。歩道も車道も、何千何万という人間で埋まっていた。徒歩で、または自動車で北へ逃げているのだ。

コングの居場所はわからなかった。群衆が先を争ってマンハッタンの中心部から逃げ出しているのだから、見当をつけることもできただろう。だが頭には二つのことしかなかった。両親はどこにいるのか？　そして、シア叔母は無事なのか？　ところが、もう一つ考えなければならない問題が持ちあがった。ズボンが濡れているのに気づいたのである。巨大怪獣があばれだしたとき、もらしてしまったらしい。

事情が事情だから、気にするようなことではない。もちろん、だれも気づきはしなかった。だが彼は、十三歳の感じやすい恥ずかしがり屋の少年で、乾いた下着とズボンを手に入れたいという欲求は、どうしたものか両親を見つけ出すこと以上に重要に思われた。後年ふりかえってハウラー氏は、いずれにせよ南へはむかったことだろうと自分にいいきかせたものである。だが心の奥底では、もしズボンが濡れていなければ、エンパイア・ステート・ビルに帰る勇気はなかったと知っていた。

ブロードウェイを溶岩のように流れる何千何万の群衆にさからって進むことはできない。彼は四十三丁目を東にむかい、五番街に出たところで南にまがった。群衆の流れはここにもあったが、ブロードウェイに比べれば小規模だった。人のあいだを縫って進むことができた。車道に出て車をかわさねばならないこともよくあったが、さいわい車は時速三マイルがせいぜいだった。

「車をとばせないので、いらいらしてしまう人が多くてね」とハウラー氏はジルにいった。「車を捨てて歩きだしてる」

「やかましくなかった、おじいちゃん？」

「やかましい？　あんな騒ぎは聞いたことがないね。マンハッタンじゅうの人たちが、ベッドの下にもぐりこんだのは別にして、みんなわめいたり話したりしていたんじゃないかな。マンハッタンじゅうのドライバーが、みんな車のクラクションを押している。それから消防車やパトカーや救急車のサイレン。そうさ、やかましかったとも」

何が起こったのか知りたい一心で、逃げてゆく人を何回かつかまえようとした。だが、数秒ひきとめることはできても、声が耳にはいらなかった。あとで知ったのだが、そのころにはすでにラジオがニュースを流していたのだ。コングはジョン・ドリスコルとアン・ダロウを追って、劇場から通りをへだてたホテルにむかった。ホテルの窓をはしご段がわりに使ってビルを登り、部屋に手を入れていた。ところがコングは、ドリスコルを倒しアンをつかんで、アンとともに逃走した。そしてむかったのが、カール・デナムの予想したとおり、島の最高建築だったのである。キング・コングの島では、コングは島の最高点、髑髏《どくろ》山に住んでいた。そこに立ってこそ、コングはおのれが睥睨《へいげい》する万物の王者だったのだ。この地で登るとすれば、それはマンハッタン島の髑髏山、エンパイア・ステート・ビルのてっぺんをおいてほかにない。

ティム・ハウラーはこうしたことを知らなかった。だがコングが三十八丁目から五番街にはいったことは見当がついた。十数台の車が、巨大怪獣のこぶしで屋根をぺしゃんこにされ、あるいは横倒しになったり、裏返しになったりしていた。歩道には、シートをかぶせられた死体が三つころがり、警官が記者に話している声が聞こえた。コングは南へむかう途中いくつかのビルに登り、窓から手を入れて人びとを引っぱりだし、舗道に投げだしたという。

「でも、おじいちゃん、キング・コングはアン・ダロウを腕に抱えていたわけでしょ」とジル。

「一つの腕でしか登れないのよね、おじいちゃん。だったら……だったら、ビルから落ちちゃうんじゃないの？　かわいそうな人たちをつかまえようとするときに」

「なかなか鋭い質問だね、ぼくのおチビちゃん」とハウラー氏。このW・C・フィールズ（三、四〇年代の伝説的な赤鼻のコメディアン）の口まねは、いつもならジルを笑いころげさせるのだ。「ところがコングの腕はとても長いから、ぶらさがった腕のおもて側にアン・ダロウをのせておいて、もう一つの腕で中を探ることができたんだ。それから、ジルが気がついたかどうか知らないが、先まわりして答えておくと、コングは片手で自動車をひっくりかえすことができたんだよ」

「でも……でも、なぜわざわざそんなことをしたの？　早くエンパイア・ステート・ビルに登ってしまえばいいのに」

「人間だって、わけのわからないことをよくするじゃないか。猿のすることがおじいちゃんにわかるものか」

　エンパイア・ステートまであと一ブロックのところに来たとき、飛行機が二ブロックうしろの道路のまん中に墜落し、はげしく燃えあがった。ティム・ハウラーは二、三分気をとられていたが、やがて空を見上げた。赤と緑の明かりをつけた飛行機が五機。サーチライトの光芒のなかに銀色の機体が現われては消える。

「飛行機は五つだけなの、おじいちゃん？　だって映画を見ると……」

「ああ、それはこういうことだよ。映画では飛行機は十四か十五ぐらい見えただろう。ところが本には、はじめから六つだったと書いてある。本のほうが間違いが少ないんだ。それから映画で見ると、キング・コングの最後の大暴れは昼間だったね。だけど、これも違う。まだ夜のうちに起こったんだ」

墜落したのは陸軍航空隊の飛行機だった。展望塔の頂きに立つ巨大怪獣にむかって急降下するとき、時速二百五十マイルは出していたにちがいない。コングはアン・ダロウを足元におき、片手で塔につかまると、自由な手で群がる飛行機につかみかかった。一機が近づきすぎた。コングは複葉機の左側の翼をつかみ、引き裂いた。機の勢いを考えれば、コングは手をもぎとられるか、でなくとも塔から引きはがされ、機といっしょに墜落してもよいはずだった。だがコングはびくともせず、そびえたつ巨体の途方もない怪力は、このことからも知れた。逆にいえば、複葉機がもろすぎたとも考えられる。

ハウラー少年は消防隊の消火作業にしばらく見とれ、それからエンパイア・ステート・ビルをふりかえった。そのときには、すべてが終わっていた。少なくともキング・コングからすれば。これは後年のハウラー氏にとって、もっとも悔しい思い出の一つだった。まっ黒い巨体が、何台ものサーチライトの光芒をつきぬけて落ちてくる、その瞬間を見逃してしまったのだ――闇、そしていちばん上の白い光芒のなかに一瞬ひらめく黒い影、闇、つぎの光のなかにひらめく影、闇、第三のひらめき、闇、いちばん下のひらめき。トン、ツー、トン、ツー、のちにハウラー氏はそう考えるようになる。巨大怪獣が無意識のうちに送りだし、落下を見た人びとが無意識のうちに受けとった暗号。いや、ここには落下の話を聞き、その意味を考えたすべての人びとが含まれる。それとも、これは考えすぎだろうか？　そういえば、自分はいつも暗号をさがしていたのではなかったか？　見つけておいて、解読できなかったのではないか？

十三のあの年以来ハウラー氏は、神話や伝説に残る大いなる失墜の物語をたがいに結びつけ、その中になにか意味を見いだそうと努力してきた。バベルの塔の崩壊、ルシファーの失墜、ウルカヌスの転落、イカロスの墜落、そして最後にキング・コングの落下。だが彼には荷が勝ちすぎる仕事だった。失墜が何を意味するか、見抜くだけの天才に欠けていた。エレクトロニクス用語を使えば――〝ノイズ〟を遮蔽することができなかったのだ。思いつくのは諺《ことわざ》ばかり。上がったものは下りてくる。でかいやつほど激しく倒れる。

「おじいちゃん、いまなんていったの？」

「考えたことを口に出しただけさ。これが考えといえるかどうかは知らんが」

ハウラー少年は現場に一番乗りをしたひとりだったので、やじ馬の最前列に場所をとった。両親やシア叔母のことをすっかり忘れていたわけではない。だが危険は去っており、この場をはなれて捜しに行くには忍びなかった。濡れたズボンのことさえ忘れていた。死体はここからわずか三十フィートのところにある。映画とそっくりに、あおむけに歩道に横たわっていた。だが死んだコングは、映画のように大きくも、おごそかにも見えなかった。死体というより猿皮の絨毯みたいにべったりと広がり、血と臓腑とその内容物がまわりに散乱していた。

しばらくしてカール・デナムが現われた。コングを捕え、ニューヨークに連れてきた責任者である。映画にあったように、デナムは死体のかたわらに立ち、あの有名なことばを発した。「美女さ。野獣は常に、美女によって殺されるんだ」

もちろん、ここは名台詞を吐くにはもっともふさわしいドラマチックな場面であり、エンド・マークを入れるのにぴったりの箇所である。

だが本によると、デナムは展望塔の手すりから乗りだし、歩道のコングを見おろすところで、このことばを発することになっていた。聞いていたのは巡査部長だけである。

これは本も映画もどちらも正しい。というか、半分は正しい。デナムはたしかにビルの百二階に立って、その台詞をいった。だがショーマンであった彼は、歩道におりたところで記者たちに聞こえるように、またそれをくりかえしたからだ。

ハウラー少年にはデナムのことばは聞こえなかった。遠すぎたのだ。それに、ちょうどその瞬間ぽんと肩をたたかれ、こんな声が聞こえたせいもある。「おい坊や、だれかが呼んでるぞ」

ハウラー少年は母の腕のなかにとびこみ、少なくとも一分ばかり泣いた。うしろから父の手がのびた。父は祝福をおくるようにひたいにちょっとさわり、両肩を強くだきしめた。口がきけるようになると、ティム・ハウラーはそれまでの出来事を母にたずねた。両親が覚えている範囲では、息子のそばに行こうとはしたが群衆に押し流されてしまったという。気がつくと通路に出ており、キング・コングが現われたのでブロードウェイを走って逃げた。どうにかこうにか劇場には帰りついたけれど、ティムの姿はなく、エンパイア・ステート・ビルにもどってきたのだという。

「ネートおじさんは?」とティムはたずねた。

母の話では、ネート叔父は五番街で二人に追いつき、いまはシア叔母の安否を確かめるため、警察の非常線を抜けてビルにはいる交渉をしているということだった。

「おばさんはだいじょうぶだよ!」とティムはいった。「コングはおばさんのいるほうの壁を登っていったけど、すぐ逃げられるだろうし、アパートはあんなに広いんだもの!」

「うん、そうだな」と父親はいった。「だが頭が痛くて寝たとしたら、ベッドは窓ぎわにある。まあ、心配はいらんだろう。ケガをしているんなら、連絡が来るはずだ。まだ帰ってないかもしれんし」

ティムには、そのことばの意味がわからなかった。たずねたが、父は肩をすくめただけだった。

三人は群衆のいちばん前に立ち、ネート叔父の帰りを待った。叔母のことは、だれもさほど心配しているわけではなく、コングがどうなるかを見とどけるほうが先だった。ジミー・ウォーカー市長が現われ、役人たちと相談を始めた。ついで知事フランクリン・デラノ・ローズヴェルトが、オートバイの爆音とサイレンのひびく中、おんみずから到着した。一分ほどすると、赤ランプを点滅させた黒の大型リムジンが、サイレンの音も高らかに横づけになった。ステップには、ブロンズの髪と、ふしぎな、金色にきらめく目をした巨人がたっていた。巨人はステップからとびおりると、まっすぐ市長、知事、警察部長のところに行き、手短かな会話を交わした。ティム・ハウラーはとなりにいた男に、あの巨人はだれなのかとたずねた。だが男もよそから来た人間で、知らないという返事だった。巨人が話を終え、群衆のほうに歩きだすと、まるでモーゼが紅海に臨んだかのように、群衆の海はひとりでに道をあけた。巨人は警察の非常線もなんなく通りぬけた。ティムはつぎに両親の右どなりにいた男に、あの金色の目をした巨人の名を知っているかとたずねた。その男はやせて背が高く、イブニング・ガウンとミンクのコートに身をつつんだ美しい女性を同伴していた。男はティムの呼びかけに気づき、鷹のような顔をこちらに向けた。ギラギラと燃える眼差しは、麻薬をやっているのではと疑うほどだった。その目はまた、こうも語っていた。自分は問いかける人間だ、答えを与える人間ではない。ティムは質問をくりかえさなかった。ややあって男がいった。

「行こう、マーゴ。わたしには仕事がある」ささやきだが、その声は遠くまでよく通った。そして二人連れは群衆のなかに溶けこんだ。

ハウラー氏がその二人の男の話をすると、ジルがいった。「どういう人たちなの、おじいちゃん？」

「さあ、だれだろうね。あれからよく思うんだが……ま、それはいい。だれだったにしろ、このキング・コングのお話とは関係ないんだから。ただニューヨークについてひとついえるのは――おかしな人物がいっぱいいる街だということだよ」

ハウラー少年は死体処理がすぐ終わるものと思っていた。そのとおり衛生局からは、大きなクレーンを積んだ大型トラックと、ホース、スコップ、ほうきを持ったたくさんの男たちが到着した。だが、うち十人あまりは、手をつける間もなく仕事を中止した。カール・デナムは、自分が呼んだ剝製師たち以外には、死体に手をふれさせなかったからだ。生きているコングが公開できなければ、死んだコングを公開するという魂胆なのだろう。ローズヴェルト飛行場から大佐がやってきて、死体の引き渡しを要求した。空軍がなぜほしがるのか質問が出たが、大佐は答えられなかった。というより説明をこばみ、一時間後ホワイト・ハウスから電話がはいるにおよんで、しぶしぶ本当の理由をあかした。コングが空中戦で撃墜された唯一の猿であったことから、ある将軍が、毛皮を戦利品にほしがったのである。

エンパイア・ステート・ビル所有者の代理人である弁護士が現われ、死体の所有権を主張した。依頼人たちが、建物に加えられた損害の補償を求めたのだ。

交通営団の代表は、死体を売って六番街高架鉄道の損害を埋めあわせようという見地から、同じく引き渡しを要求した。

コング脱走の舞台となった劇場の所有者が、弁護士ともども到着し、自分はまちがいなく訴えられるであろうから、賠償金を支払うに充分な額をデナムに対して請求する訴えを起こすと発表した。

警察は、業務上過失と重過失致死傷の罪でデナムと劇場所有者を裁判にかけるとき、証拠物件として重要になるという判断のもとに死体の押収を命じた。

過失致死罪はあとで取りさげられたが、デナムはまる一年を刑務所で過ごし、仮釈放になった。出所の直後、デナムは狂信者に殺害された。犯人は髑髏島への第二探検隊が連れ帰った現地人で、じつのところは呪術師だった。デナム殺害の動機は、デナムがこの男の神コングをかどわかし、殺してしまったからである。

ニューヨーク駐在のイギリス領事が現われ、髑髏島がイギリス領海内にあることを証明する書類を提出した。とすればデナムは、イギリス政府の許可なくして、島から何一つ持ち出す権利はなかったということになる。

デナムはたくさんの問題をかかえこんだ。だが最大の痛撃はそのあくる日に待っていた。アン・ダロウが告訴したという通知が舞いこんだのだ。アン・ダロウの要求は、猿による二度の誘拐のさい受けた種々の肉体的屈辱と損傷、ならびに精神的苦痛に対し、一千万ドルの賠償金。アン・ダロウにとって不幸なことに、デナムが一文なしで入獄してしまったため、彼女は告訴を取りさげるほかなかった。というわけで、「肉体的屈辱と損傷」が正確にはどんなものなのか、大衆はついに知る機会がなかったわけだが、さまざまな憶測をめぐらすには、これは何の障害にもならなかった。アン・ダロウはまた、ジョン・ドリスコルをも違う理由で訴えた。理由は婚約不履行だった。ドリスコルは記者団からインタビューを受けて、訴えるなら相手がちがう、ぼくではなくコングのほうだ、というあの有名なことばを残した。これは大衆が想像していたことを裏づける意味で、おおいに効果があった。ただ、それがどのように行なわれたかとなると、説明は困難だった。だが世の中には、たんに困難に挑むばかりでなく、不可能に直面して一歩も退かない道化者がたくさんいる。

実際のところ、行為は必ずしも不可能ではない、とハウラー氏は思った。身長六フィート、体重三百五十ポンドの成長した雄のゴリラを例にとろう。スイスの動物園長エルンスト・ラングによれば、そのゴリラのペニスは、完全な勃起時でも二インチしかないという。ラング教授はどうやってそれを知ったのか？　交尾の最中、檻にはいってファルスを計測したのか？　それはありそうもない。いくら気の弱い、人なつっこいゴリラでも、そうした情況のもとでそうした扱いを受けることには耐えられないはずだ。それはいい。ラング教授がそういっているからには、そうなのだろう。

もしかしたら教授は望遠鏡を使ったのかもしれない。潜望鏡みたいにレンズに目盛りのついているやつを。何にしても、だれか勇気のある人間が、行為中の檻にはいり定規をあてるまで、ラング教授の説は決定的な価値を持つだろう。

平方＝立方の法則を使って数学的に外挿すれば、身長二十フィートのゴリラは、約二十一インチの長さの勃起したペニスを持つことになる。直径がどうなるかはまた別で、おそらくそれがいちばん肝心な問題だろう。少なくとも、アン・ダロウにとっては。人間がそのあたりの可能性をどう考えたとしても、コング自身は、とにかくやってみなければわからないと心に決めたにちがいない。それがどの程度まで成功したかは、コングと犠牲者だけが知っていることだ。ドリスコルとデナムが展望塔にたどりつき、サーチライトが目標をとらえたときには、ことはすべて終わっていただろうから。

ところがアン・ダロウは、恋人のジョン・ドリスコルに真実を打ち明け、けっきょくドリスコルはさほど度量の広い男ではなかったというわけだ。

「何を考えているの、おじいちゃん?」

ハウラー氏は画面を見つめた。ロードランナーはいつのまにか終わり、こんどはピンク・パンサーが、あの哀れなコヨーテにかわって果てしない苦痛と暴力に耐えている。

「なんにも考えてないよ。ジルといっしょにピンク・パンサーを見ているだけさ」

「でもキング・コングがどうなったか話してくれてないじゃない」

「ああ、そうだったね。おじいちゃんたちは夜明けまで立って見ていた。そのうち、偉いさんたちのあいだで折り合いがついたらしい。死体をいつまでも置いておくわけにはいかない。車が通る邪魔にもなるし。車が通れなければ、街の動きはとまってしまう。お金を損する人たちがたくさん出てくる。だからコングの死体は、警察が衛生局のクレーンを借りて運んで行った。持ち主がだれかはっきりするまで、冷凍倉庫に入れておくことになったんだ」

「コングってかわいそう」

「そうともいえないよ。死んでしまったんだから、コングにはもうどうでもいいことさ」

「天国へ行ったの？」

「そうだよ」

「でも、たくさん人を殺したわ。あのきれいな女の人を連れていってしまったし。コングは悪者じゃないの？」

「悪者じゃないな。コングは動物だろう、良いことと悪いことの区別なんかつかない。それに、もしコングが人間だったとしても、みんながやるようなことをしたと思うね」

「どういうこと、おじいちゃん？」

「そうだな。たとえばジルが、一フィートしかない人間たちにつかまったとしよう。そして遠いところに連れてかれて、檻に入れられたら、ジルは逃げださないかい？　で、もしその人たちが檻にもどそうとしたり、ジルがこわいから殺してしまおうなどということになったら、ジルだって踏んづけてやりたくなるだろう？」

「そうよ、踏んづけてやるわ」

「それでいい。キング・コングだって同じさ。本能の命じるままに動いただけなんだから」

「なんのこと?」

「動物だろう。だから何をしたって、責めるわけにはいかない。コングは悪者ではないよ。コングという生き物のまわりで起こったことが、悪いことだったんだ」

「どういうこと?」

「コングは、人間みんなの中にあった良いところと悪いところを引き出したのさ」

だが、たいていは悪いところばかりだった、とハウラー氏は思った。そしてジルに、キング・コングのことはもう忘れ、ピンク・パンサーを見るように促した。ハウラー氏も画面を見たが、目は涙にかすんでいた。四十二年、と彼は思った、あれから四十二年もたつのに涙だ。これこそコングの墜落が、彼にとって意味するものだったのだ。

クレーンが動きだし、コングを吊りあげた。すると下に、ぺしゃんこになった二つの死体があった。登る途中コングが歩道に投げとばし、塔から落ちたとき押しつぶしたにちがいない。だが男女二つの死体がはだかなのは、どう説明すればよいのだろう?

女の髪は長く、わずかにのぞく血にまみれていない部分では金色だった。顔も一部、見分けられた。

そのときまでティムは、叔父がシア叔母をさがし疲れ、もどっていたのに気づかなかった。ネート叔父が、まるでエンパイア・ステート・ビルから落ちていくような、長い悲痛な叫び声をあげた。

つぎの瞬間、ティム・ハウラーも泣いていた。だがネート叔父のが、背信と、おそらくは満たされた復讐の号泣であるのに対し、ティムのそれは、背信と哀惜の泣き声だった。彼が十三歳らしい愛をもって熱烈に愛したひとりの女性、彼のなかにある十三歳の少年がいまだに愛しつづけるひとりの女性が、そのとき死んだのだ。

「おじいちゃん、キング・コングはもうほかにいないの？」

「いないよ」とハウラー氏はいった。いると答えれば、ジルの理解にあまることをまた説明しなければならなくなる。大きくなれば、きっとジルもわかってくれるだろう。訪れる夜明けは、いつも古いコングの死ぬときであり、新しいコングの誕生のときであることを。

M・ジョン・ハリスン

地を統《す》べるもの

Settling The World

by M. John Harrison

第二次月面探査（アポロB計画）チームの一つが月の裏側で神を発見し、波乱にとんだ大がかりな曳行作戦のすえ天降《あまくだ》った神のもと、新たな王国が築かれて以来、地球は大規模な変化の時と見えるものを迎えた。くわしく語るまでもないが、たとえばその中には、気候や政治面での数々の改善があり、〈新医学〉があり、世界的な基本最低賃金制があり、また地形そのものに加えられた修正も、多大の恩恵をもたらした。しかし短時日のマクロな進歩とはうらはらに、昔ながらの活動をしばらくのあいだ続ける機関も一部には存在した。わたしがとりわけ思い浮かべるのは、官僚主義的な性格を持つ組織であり、このたぐいは構造的に退化を嫌うものらしい。

わたしが長年勤めてきた〈部〉もそうした組織の一つであったので、〈新たな御代《みよ》〉が明けてはじめての四月のある月曜の朝、部長から届いた、こちらに立ち寄るようにとのメモも、きまりきった手続きを経てきたものだった。メモは秘書系統とタイピストだまりをだらだらと通過したのち、わたし自身の秘書パジェット夫人（サリーの野菜農園にいる母親を手伝うとかで、いまは退職している）を通じてもたらされた。腰をあげる前に、わたしはひとしきり職場の顔ぶれと無駄話を楽しんだ（いわば、たっぷりした上衣に着替えたばかりの時期とあって、みんなすっかりくつろいだ気分になっていた）。それからエレベーターに乗ると、部長職にある者が代々オフィスをかまえる最上階にのぼり、思案顔の上司と対面した。

「あれをごらん、オクスレード」部長は、眼下にひろがる都市の景観を手ぶりで示した。「あわただしさが消えたいま、みんな、どんなにさわやかな気分でいることかな。どうだ？　空気は澄み、人の心は晴れわたっている！」

そのとおり、見おろす下には落ち着いた清潔な市街があり、かんばしい風と明るい日ざしが、それに呼応する活力を人のうちにわきたたせる。わたしもまさに同じ感慨にうたれていた。公園には数知れぬ水仙が咲きほこり、ベンチは、この新しい天候を悠揚と受けいれる年配の市民で埋まり、どこからか午前十時をつげる大時計の思慮深い、余韻たっぷりの音が聞こえてくる。去年までの灰色の春とは何と隔たっていることか。横なぐりの激しい雨のなか、うなだれて道を急ぐ群衆の頭上で、めくれた宣伝ポスターがもの寂しく風にはためいていた。あのころは生きている歓びすらろくになかったものだ。

「あなたでさえ、世の中が変わってきたと思われますか」わたしは思いきって言った。「はじめのころは——」

「いやいや、オクスレード」と彼はさえぎった。「仕事はまだ山ほどある。このむさくるしいオフィスから抜けだす暇もないくらいさ。物事はどんなにゆっくりとではあれ、進展する。それに、わたしの時間は、わたしだけの所有物ではない」部長はそんなへりくだったひとときが好みだ。これは生まれつきの性格なのか（そうでないと誰がいえる？）、それとも、いまの地位が不可避的に身につけさせたものなのか。だが彼は機嫌よくそれを切り上げると、最初はわたしの妻のメアリと子どもたちのことに（こういう神経の細やかさは非の打ちどころない）、次にはわたしの趣味である蘭の栽培のことに話題をむけた。イーシャーの新しい気候はこの目的には絶好で、わたしは謙遜しながらも、ケフェランテラ・ルブラといった国産種と、エキゾチックな近縁種との戸外交雑がもたらした、まことに驚くべき結果をいくつか報告することができた。

数分後、わたしたちは部の本来の用件に入った。「オクスレード、きみに見てもらいたい写真がある。今朝早く」――ここで部長は、もっとも信頼できる情報員のひとりの名前をあげた――「が、持ちこんだものだ」

部屋が暗くなると、壁の一つに白色光の長方形が現われた。まもなくそこには一連の異様なスライドが映しだされることになる。

「見ればわかるが、オクスレード、これは〈神の高速道〉のスティル写真だ」実のところ、何が写っているのか見分けるのは困難だった。一見とりとめのない光と影の集積が見えるだけ。各フレームの中心には、なんとも得体の知れないぼやけた物体がある。粒子の粗さは、すべてのスライドで均質だった。「もちろん、よい写りとはいえん。しかし、これは〈高速道〉の全区間でかつてない活発な動きが起こっている証拠、そのようにしか見えんのだ」部長は物思わしげに間をおくと、最後のスライドをしばらくスクリーンにとどめ（つかのま、わたしはそこに何か巨大な臓器のかたちを認めたような気がした〉、ふたたびあの手ごたえのない、変わることない白色光にもどした。

「完全な空白か」部長のつぶやきが聞こえ、そのまま数分間、わたしたちは安らかな沈黙の中でスクリーンを見つめていた。やがて部長がいった、「もしかするとこれは、例の八オングストローム帯事件以来の重大事ではないかな、オクスレード」

あの込みいった騒動。実際的というより、むしろどこか形而上学的な結着のついた事件。幹部に昇進するきっかけにもなったので、わたしはよく覚えていた。

「きみに行ってもらいたいのだ。見回ってきてくれ。空気を感じとる、といえばいいかな。〈高速道〉は、われわれにとっては常に興味深い存在だ」

〈神の高速道〉、解けることのない謎。神がなぜそのような道路の建設を命じたのか、テムズ川の河口区域に始まり、かつての〝産業地帯〟イングランド中部のどこかに至る交通路を、神がなぜ必要としたのか、そのあたりのことを知る者は部内にはいない。といっても、わたしクラスの幹部ではということで、部長自身は知っているにしても、政策によるものか自分だけの秘かな楽しみなのか、いっさい口を閉ざしていた。好奇心はつのる一方なのに真相は伏せられたままとあって、その大動脈をじかに見られるチャンスに、わたしの胸はおどった。道路はサウスエンドの海岸から北北西に、内陸部へ百二十五マイルにわたってのびている。それくらいの知識はあった。噂では二十車線、幅一マイル。通常のあらゆる車の通行は禁止されており（じっさい進入路はない）、しかも神の目的にとって、それは必須のものなのだ。

「明日行きたまえ、オクスレード。ほかに誰がいるか見届けるのだ。帰ったら教えてくれ」シャッターが元通りに上がり、部長はふたたび窓の外をながめていた。映写機のどぎつい白色光のあとでは、日ざしは柔らかく落ち着いて見え、つかのま春というよりも秋を感じさせた。「仕事はまだ山ほどある」と部長は考え深げにいった。「しかし興味をそそる風景ではあるな、オクスレード。幸運を祈る」

あくる朝わたしは、リヴァプール街から例のすばらしい最新型列車に乗り、七時半ごろサウスエンドに着いた。そこで見たものは、海いっぱいのカモメと、陽光と、ふしぎに心をふるいたたせる静けさだった。海岸通りでひっそりと朝食にありつくことにした。シューベリネス通りに沿った、アーチ道のあるカフェの並びは、昔から好きだった。どの店も手入れの行きとどいた前庭つきで、けばけばしいパラソルと陽気な色のテーブルが所せましと並び、そこに坐れば、おだやかな心地よいうねりに合わせて帆船が岸壁をたたく音を聞くことができる。空腹をみたすだけが目的ならば、一瞬の気転で店は見つかる。しかし、これはという店、そのときの気分にぴったりの店を選ぶとなると、容易なわざではない。眼前の海の風景に見とれて、午前中いっぱい坐っているということもありうるからだ。

そのようなカフェの一つで、わたしはエストラーデスに出会った。彼は細長い葉巻をくわえ、ミネラル・ウォーターのびんを前において、板ばりの椅子にくつろいでいた。

旧体制の世界では、エストラーデスはわたしの最も手ごわい敵であったといえるだろう。もちろん過ぎたことは過ぎたことだが、かつてベルリンの由緒あるマルガレーテン通りを見下ろす凍てつくような部屋で、わたしは彼の膝がしらを撃ち砕こうとしたこともあった。彼がからくも難を逃れたのは、無線連絡がとびこむというアクシデントがあったせいである。うわべではにこやかに、わたしたちは挨拶をかわした。業種からいえば旧知の間柄だが、共通点というものはほとんどない。エストラーデスは長身でエレガントながら、どこかくたびれた感じの男である。わたしよりも年配で、派手もいいところの白いリネンのスーツに、特大の花一輪というスタイルが好み（もっとも今日のカーネーションは、わたしの襟にある自家栽培のパラエオノフィスの前に敵ではなかった）。実際の年齢はうまく隠しおおせている。だがよく見れば、目のあたりにかすかな皮膚のたるみがあり、あと一、二年でこれはぐんと目立つようになるだろう。ある者は彼をウクライナ人であるという。天山《テンシャン》山脈の西側斜面で生まれたキルギスタン人だという者もいる。しかし、ものうい小揺ぎもしない眼差しは、教養ゆたかなフランス人のものであり、気むずかしいアイロニックなユーモア感覚は、追放されたポーランドの伯爵にふさわしい。本名がエストラーデスでないことは確かである。だが、それが部の握っている唯一の通称だった。

　メニューを眺めるあいだ、わたしたちは社交辞令と昔話で、旧交というか旧怨をあたためた。そもそもは退屈していたからだ、とエストラーデスは切りだした。根強い噂にひかれて腰をあげ（その部分は、アレクサンドリアでの近況報告と同じ軽い口ぶりで話した）、もう何日かサウスエンドに滞在しているという。「きみも〈高速道〉に興味を持っているのか、オクスレード、わが友よ——いやいや、それくらいは、その肩のいからせ方を見ればわかるさ」エストラーデスは妙に抑制のきいた笑い方をした。傷跡のある細おもての表情は変わらず、唇がわずかにひきつっただけだ。「われわれはゲームをするには年をくいすぎている。わたしの忠告に従うことだ。それで自尊心が傷つかなければな。ここに来て一週間になるが、とっくに知れてること以外は、昼間行っても収穫はないよ。夜行きたまえ、夜に」

「とっくに知れてること以外は」——予備知識もろくにないことを、どうして認められよう。わたしはすぐにその両方をやることに決め、話題を変えた。

しばらくのち、エストラーデスは椅子にもたれかかり、あくびをした。「正直に話してくれ、オクスレード、おたくはこれをどう思う?」片手をひらりと回し、海とシューベリネス通りとカモメを示した。カモメたちは、水と大気の結婚を祝う白い紙ふぶきのように空を舞っている。質問の意味がぴんと来ない。今日はまためったにない上天気だ、とわたしは思い、こんなに大きなエビは今まで食べたことがない、と思った。エストラーデスはつかのまわたしを見つめると、頭をのけぞらせ、この上なく整った歯を見せて心から笑った。「歯切れの悪さはむかしから変わらんな」といって目の涙をぬぐい、「オクスレード、おたくは世界一の間抜けか、世界一の慎重派かどっちかだ。いいか。ここで聞いてるのはウェイトレスぐらいしかいない。その彼女にしても、耳はトランジスター・ラジオのほうだ。〝これ〟というのは、この全体さ。この」——と、考えこむように間をおき——「三流詩人と恩給取りの楽園、気がついたらわれわれが住んでいたこの天国だ（きみとわたし、西ヨーロッパのどぶを半分がた漁り、歯形を骨に残してきた二人が、だぜ!）。で、この陳腐なエデンで何にあくせくしているかといえば、ケント州の日当たりのいい庭先でC・S・ルイスを読むか——さもなくば、何たることか、花の栽培だ! 〝わたしたちの現実は神の現実に負うところが大きく、神が刻一刻とわたしたちに投げかける……〟? それがいま残されているすべてなのか？」
「そうはいうがね、エストラーデス」やや当てつける調子になったのは、締めくくる直前に入った無礼な言いまわしがどうやら計算ずくで、わたしをからかっていることが呑みこめてきたからだ。「おたくだって、みごとに所を得ている。わたしは蘭の栽培をやっている。それで十分だ――昔なら他に何も望まなかった。一方おたくは――そう、おたくはサウスエンドのカフェや、アントワープの酒場《エスタミネー》に坐って、持ちまえのウィットを、（こういってよければ）利用価値に乏しい薄っぺらな皮肉癖を、たぶん昔以上に自由に発揮している。へたくそな詩を書けとは誰もいわない――まして、人様の詩を判定する必要はない。みんな、それぞれに満足しているんだ」

彼はゆっくりとうなずいた。「それはいえる。正論だ。しかし感銘はないな。人は不満な状態でいることに満足できるか？　これは、不満な状態でいるのが許されているということか？　そこを考えたんだ。いらだってくる」悲しげに海を見わたし、両手をうごめかす。顔がはりをなくし、年齢をのぞかせた。いっときその目が名付けようのない渇望に輝き、わたしの見守るまえで、のんきさや不敵さなど、絶妙のポーズのすべてがうつろな表情にのみこまれた。やがてわたしをふりかえると、葉巻をすい、ニコチンに染まった優美な指先をながめた。甘やかされた詭弁家、街角のしゃれ男――若かりしエストラーデスを取りもどそうとしているのだろう。しかし指はこきざみに震え、彼の努力を裏切っていた。「オクスレード、われわれは泥棒にあったんだと思う。だが手口がわからない。きみがいうように、みんなそれぞれ満足している。では、なぜわたしだけが置いてけぼりにされ、首をひねっているんだ？」

わたしは自分の勘定を払い、腰を上げた。とたんにエストラーデスは元の表情にかえった。こちらの当惑をよそに、はじめから裏の事情をかいま見せるのが狙いであったかのようにほほえみかけている。これは二人だけの秘密だぞ。そう語っているようだった。この旧友、見かけほどやわではない。

「これがわたしの最後の任務なんだ、オクスレード」いうなり、彼は吸いかけの葉巻をもみ消した。「探りだすことは、あと一つしかない」この誘いにもわたしが乗ってこないと知ると、「ちょっと待ってくれ」すばやく優雅に立ちあがり、左右の海岸を見まわして、「アイゼンバーグ！」と呼びかけた。そして、わたしにむかい、「アイゼンバーグは知っているな。ほら、ピアッツァーレ・ロレート暴動のときの――？」

心当たりはない。しかし〈新たな御代〉を目前にした混沌の時代――世界の首都という首都が、浄めの日の出を無意識に予感して、汚物を吹きあげていたあの動乱の歳月に、似たような男には百人も出会っていた。アイゼンバーグはゆったりした足どりでシューベリネス通りを横切ってきた。筋骨たくましい大柄のスペイン系ユダヤ人。車には目もくれない。交通量はまださほどでもないが、何人かのドライバーがそれでもあわててブレーキを踏み、そのときだけ車のほうをむいて威すような笑みを投げる。眉間には深いしわが刻まれている。眉毛はきれいにそげ、引きつった長い傷跡に取って代わられている。近東産油国のクーデターか宗教戦争のみやげものだろう。

笑みをうかべ、ポーズをきめ、無言のままアイゼンバーグは歩道に立った。海辺の明るい暖かい大気のなかに、真冬のヘルモン山を思わせる冷たさが忍びこんできた。

エストラーデスは、みずから演出した出会いの効果をおしはかるように、わたしたち二人をじっと見比べた。満足したらしい、「暗くなるまで何もすることはないよ」とわたしにいった。「三人で町にくりこんで、昔話に花を咲かせるのも悪くないと思ってね。このコミック・オペラ風の天の恵みが下るまえの時代を——」

アイゼンバーグは笑いだし、急に上機嫌になった。「ビーチ・パラソルにはうんざりか？　そいつはいい！」

「とにかく、ひと見物させていただくよ」とわたしはいい、歩きだした。そんなわたしを軽蔑しているのか興がっているのか、エストラーデスがじっと見送っているのがわかった。目的がたんなる攪乱であったとすれば、彼は失敗したことになる。その苦悩と、口先だけの安っぽい哲学と、稲妻のように激しく変わる感情をあやつって、彼は腕のいい奇術師そこのけに、三十秒ばかりわたしを煙にまいた。しかし非の打ちどころない朝の風景に、そのユダヤ人を呼びこんだおかげで、エストラーデスは、みずから警告していた〝ゲーム〟のあらゆる虚偽、あらゆる空疎なメロドラマを進んであばきたてたばかりか、自身の立場をも暗示と韜晦《とうかい》によってぶちこわしにしてしまったのである。

いまやわたしは何ものにも侵されぬ決意をもって、河口の北岸を歩いていた。〈神ご自身の道〉をじかに見るのも間もなくだ。胸にさしたパラエオノフィスの香りが海の香りと心地よく溶けあい、わたしはたやすくエストラーデスの姿を心から払いのけることができた。

〈神の高速道〉は、シアネス岬の古い製錬所をほぼ正面に見る海の中から現われている。近くに民家はなく、シューベリネスへの道もここで尽きる。海から伸びる〈高速道〉と平行に広いが名ばかりの土手道があり、そこまで行くと大気そのものがはりつめ、わんわん鳴っているようだ。そのうららかな日、息をのんで土手道に立ち、石なのか、それともなにか地上とは縁のうすい物質でできているのか、わたしは材質さえ見きわめられずにいた。〈高速道〉と海とが交わる肝心の境界は、何も見えない――海水はわきたち騒ぎ、しぶきのほのかなカーテンが、あらゆる奇怪な色あいをおびて揺れ動いている。その霧の中から、二十車線道路は（はるか遠方からの旅をさらに続けるように）現われ、断固として一直線に内陸へと伸びてゆくのだ。これをしのぐ偉容は、ほかにあるまい。

ある意味で（それにしても何と低劣な意味であることか）、エストラーデスの言は正しかった。海からの収穫はゼロ。具体的な情報はほとんど得られず、部長への手みやげにはどこかほかを当たるしかなかった。それでも変幻する七色のしぶきを見ながら、その歓喜にみちた活力のみなもとを考えあぐねるうち、午前中は過ぎ去っていた。その間もカモメたちは飽きもせず、しぶきの中をかいくぐっている。たんに気持ちがよいから飛びこむのだろうが、出てきたときには前よりも心なしか白くなっているようだ。わたしも翼があれば、カモメのあとに続きたいところだった。身をひるがえし、輪をえがく、あの飛び方！

その夜、わたしは〈高速道〉の再調査におもむいた。内陸部に三マイルほど行き、町のはずれからぶつかってみる計画だった。出発のとき郊外におりていた深い霧は、やがて思いがけない濃淡をつくって急速に分かれた。手には小型だが強い光の出る懐中電灯と、熱い紅茶を入れた保温ジャーを持っていた。また厚手のコートと夜間双眼鏡を用意していた。双眼鏡は数年前ドルトムントで買いいれたもので、性能はきわめてよい。町の北東部から〈高速道〉にいたる地域には、寒々とした野原と見捨てられた公営団地がある。そのあたりを歩くうち、わたしは人の気配を感じた。しかし闇の中の秘かな動きが、わたしを狙ったものではないという確信はあった。

「〈高速道〉は、われわれにとっては常に興味深い存在だ」と部長はいった。霧をぬって、情報員たちはあとからあとから〈高速道〉に押し寄せている。今夜の連中にとっても、それはきっと興味深い存在だろう。

気がつくと道に迷っており（わたしは夜が好きになれない。この種の職業についた人間にとってはおそらく重大な弱点で、どうしたものかとよく悩んだものだ）、その結果、希望していたよりも早く〈高速道〉にぶつかる羽目になった。しかし着いたことに変わりはない。見上げるような土手が、前方に立ちふさがっていた。その背景には、ふしぎな新しい星座が見える――二年前夜空に現われ、〈神の再発見〉の予兆となった星々である。長い急傾斜の土手をよじのぼるうち、たゆみなく北をめざす重いエンジンの音が早くも聞こえるようになった。〈高速道〉が目覚めたのだ。わたしは金網フェンスにはりつくように陣取ると、夜間双眼鏡のレンズについた夜露をぬぐった。

車線はすべて使用されていた。双眼鏡の視野に入るだけでも四十台、いや、それ以上だろうか、巨大な自動車がわずかに勾配のある道を、うめきつつ這うように動いている。いずれも全長二百フィート以上。いちばん普通に見られるのは、牽引ユニット一台に、車台の低い巨大なトレイラーが一台連結された型だが、中には各ユニットが五つも六つもつながり、さながら列車のような観を呈しているものも少なくない。色はすべて艶のない黒、大きな鋲がずらりと打たれている。牽引部には運転台と形容してよいスペースはあるものの、窓の中には何も見えない。どのような駆動装置なのか、想像もつかない――苦労して進んでいるのは確かのようだ。時速五ないし六マイルを越えている車もない――にもかかわらず、途方もない力が、各車線に熱気のようにたちこめているのがわかる。足元の地面は震えていた。

流れる霧のせいで、とぎれがちの皮相的な観察しかできず、また大気の乱れもあるのか、遠い側の車線はおそろしく見にくかった。はじめに襲ったのは、部長から写真を見せられたときとよく似た感覚だった。いままでは風景も多少はのみこめてきたものの、それでも首をめぐらすたびに視野の中央に入ってくる物体は、およそ理解を絶していた。道路はわかる。自動車もそれなりに見分けがつく。さっぱりわからないのは、その積荷だった。何という奇怪な輸送車隊。夜空のもと、何と捉えどころのない不可思議な形。

しかし眼球と頭脳は、必要な調節をとっさに終えたらしい。要はスケールの問題であり、目の前を行く物体がほかならぬ巨大な人間の手足であることが納得できるようになった。

すぐ近く、二番目か三番目の車線を、手首から下のない人間の拳が、防水シートにおおわれ、直立してゆっくりと通過してゆく。掌をこちらに向け、かたく結ばれた拳は左手のもので、高さは三十フィートもあるだろうか――ひろげれば、切断面から指先まで、いまの二倍はあるにちがいない。はためく防水シートは起伏にとんだ外形を描き、鋼鉄のケーブルがそれを車台につなぎとめている。一瞬すべては明々白々だった――次の瞬間、濃い霧が永遠にその光景をとざした。いっとき、わたしは自制を失った。双眼鏡の焦点を合わせ直すのも忘れ、遠い車線を見ようとそればかりに気を奪われていたため、太古のソテツ類の森を行く恐竜にも似た間のびした謎めいた動きしか目に入らなかった。

　そのとき五車線ほど行ったあたりに、途方もない大きさの前腕が現われた。長さ百フィート余、筋肉も充分に発達している。これはきっかけにすぎず、あとは身体各部の大行進だった――巨大なふくらはぎ、太腿、手足。そのほか何とも見分けのつかない形は、もっと内に隠れた部分、おそらく内臓器官や何かだろう。そしてパレードを引きたてる音楽は、〈神のエンジン〉のうめきと拍動、大地をゆるがす震動、それ以上に、たまさか地上に吹きだしたかと思えるあの莫大なエネルギーの量感なのだった。

　夜明けが近くなるにつれ、車はまばらになった。最後の足が一本、二台のトレイラーを使い、架台に乗せられてそろそろと通りすぎた。霧がふたたび濃くなり、あらゆる動きが停止した。

　うずくまった体をぎこちなく伸ばす。膝は痛んで動きも鈍く、両手は凍え、かじかんでいた。コート、双眼鏡、金網フェンス、何もかもに微細な水滴がまとわりついている。静けさがおりたいま、内に加えられていた圧迫が一度に取り除かれたように、耳がすこしおかしい。一分かそこら、わたしは両手で腰をはたき、温もりと活力を取りもどそうとした。だが、よろめく足で下りはじめたときも、意識はもうろうとしたままだった。

　土手を下ったところで、わたしはつかのま足をとめた。静けさはもはや完全なものではなくなっていた――ひそやかな動きが、いたるところから聞こえてくる。ほかの観察者たちもまた肩をすくめ、あくびをし、小道具をしまい、〈高速道〉から立ち去ろうとしているのだ。朝の光が、たちこめる霧をほのかに輝かせているが、視界は相変わらずきかない。男が二、三人、低い声で話しながら、手の届くほどのところを通りすぎた——その姿も見えない。そのとき流れる白い霧の彼方から、か細い、消えいるような絶望のうめきが耳にとどいた。駆ける足音が、土手の頂きにそって南へと動いてゆく。「止まれ！」と何者かが叫び、さらに何かつけ加えたが、興奮のあまり意味は聞きとれない。

動きが見えないものかとふりかえる。霧が音もなく分かれ、とつぜんエストラーデスがかたわらに立っていた。毛皮の裏のついたレザー・ジャケットのおかげで、細い体がかさばって見える（つぎはぎと油のしみだらけのそのおんぼろは、どこかヨーロッパあたりの空中戦の勇士であった青春時代の形見らしい）。彼は肩で息をしていた。わたしだとはわからぬ様子で一秒かそこら見つめたあと、あわてて霧の中に呼びかけた。「アイゼンバーグ、そいつはまかせた——百フィートばかり先だ、行け！」銃声がとどろいた。走る男はよろめきつつ、なおも走りつづける。

「なんてこった！」エストラーデスは悪態をつき、くわえていた葉巻をとると、むずかしい顔で見つめた。「ユダヤ人を信ずるなかれ」そして口調を変え、「自分が見たものをよく考えてみるんだな、オクスレード」と小声でいった。「イーシャーはもうきみの土地じゃない。これがわかっていて、この先どうやって暮らしていく？　安らかな気分でいられるか？」考えこみ、うなずくと、飛行ジャケットのポケットから小型リボルバーをとりだした。「わたしが何でもやらなければいけないのかね？」と、アイゼンバーグのことで愚痴をこぼし、「やつが逃げたらすべて終わりだ！」いうなり、霧の中にふたたび姿を消した。ややあって二発の銃声が朝の大気の中にひびいた。待っていたが、エストラーデスはもどらなかった。土手の上にいたあの哀れな男は、自分が何者に追われているか知っていたのだろうか。考えながら、わたしは濡れた野原を歩きだした。わびしい帰路だった。

陽が高くなってから、わたしは自分の置かれた立場を注意深く検討してみた。調査は進捗しており、次のような問題に要約できそうだった。観察された最高速度、時速六マイルでは、〈神の輸送車隊〉が一夜で目的地に着くことはまずありえない。ところが日中〈高速道〉は静まっており、その全長にわたって風と日ざしのほか何も存在しないのだ。では、車はどこへ行ってしまうのか？ 奇怪きわまる、しかも重要な現象にはちがいない――しかし部長がまだこれを知っていないと断言できるか？ エストラーデスはこれに気づいている。ほかにもいるだろう。ある一つの見方にたよりきり、不完全と見られるだけがオチの報告書をたずさえてロンドンに帰るのは、賢明とはいえない。部長には何かほかの目論見がある――今のところは瑣末的現象にとどまっている何かに関心がある。そう受けとるほうが安全だった。

エストラーデスのことが、また頭に浮かんだ。

あのひねくれた無国籍者、国際政治の迷路を一千一回くぐりぬけてきたあの古強者《ふるつわもの》は、自分の動機を単純な好奇心にすりかえて見せるのがうまい（事実、あのいかがわしい気怠さの背後には、今朝エセックスの霧の中で見たような凶暴なエネルギーばかりか、過去にわたし自身、一度ならず身をもって知る羽目になった過敏な容赦ない精神がひそんでいる）――しかも、隠退生活を送っていた北アフリカのひからびた河岸段丘地帯から、わざわざイギリスに出向き、ピストル殺人を行なうためには、なにか明確な目標がその前になければならない。いったい彼はどのような細い糸をたぐって、マルセーユの売春宿やブリュッセルの灰色の広路から、このサウスエンドにたどりついたのか？

　午前中いっぱい、わたしはエストラーデスの姿を求めて混雑する岸壁を歩きまわった。赤く日焼けした腕とオペレッタの強烈な、際限ない潮にのみこまれ、魚フライとラベンダー油とスタウトビールのにおいにひたった。彼が待っているという確信はあった。正午、鉛色の雲と弱い銀色の日ざしが入れかわり立ちかわりする空から、珍しく霧雨が落ちてきた。散歩道からみるみる人影が消えていった。わたしは桟橋の影に入った岩の上に坐り、騒がしい射的場兼スロットマシン・ホールを支える筋かいとひずんだ板を見上げていた。頭上の白い手すりには、子どもたちが群がり叫んでいる。ふと水銀のような波の筋に目をやると、腐食した鉄柱の広路の尽きるところにエストラーデスが立っていた。ひと筋の淡い陽光のもとで、その動かぬ姿は輝いて見える。

　たがいに歩を進めるうちに、雨はやんだ。あのとき逆方向に遠ざかっていたらと、ときどき思う。頭の上からは、厚板を踏みならす足音が聞こえてくる。わたしたちが出会うところには、カフェや商店の戸口に雨やどりしていた人びとが、寒々とした行楽の中断を身ぶるい一つでふりはらい、ふたたび海辺を埋めていた。

「海岸にある顔をながめていたんだ」とエストラーデスはいった。「懐しい顔が見つかるかと思ってね。覚えているか、オクスレード？　どの顔も、蠟でこねあげたみたいに灰色だった。吹きさらしの街角でのはりつめた出会いにおびえ、不安感と睡眠不足で灰色をしていた。（その街角だって思い出せるか、オクスレード？　きみの新しい夢のぬくぬくした片隅を憶えているか？）みんな病んでいた、だが本物だった。あれがわれわれの顔だったんだよ」首をふり、「毎晩あの土手にのぼる人間は、五十人を下らんだろう。中には知っている連中も多いはずだ。毎日、海に来てその連中をさがす。しかし、いるにしても、休みをとった金利生活者みたいに、みんなまっ赤に日焼けして、オープンネックのシャツを着、袖をまくりあげている。きみと同じようにな、オクスレード、誰もかものんびりしちまってるのさ」

エストラーデスは溜息をつき、散歩道を行く群衆を指さした。「あそこ――あの中に、魂というものをさがしてみろ。連中をじっくり眺め、声を聞き、あのハッピーな騒ぎの中に何か確固とした動機が見つかるものか考えてみろ」肩をすくめ、「はっ。やつらの目に光なんかない、盲目だ。何か肝心なものを奪われているからさ。下等動物みたいに機械的に行動しているだけだ」

「もしそれが本当ならばだ、エストラーデス――わたしはそうだとは思わないがね――彼らがそう望んだからだろう。それに子どもたちを見たまえ。幸福そうじゃないか。子どもたちの顔が幸福そうで、しかもそれに気がついていることは、おたくにも否定できないだろう」

エストラーデスは答える代わりに砂浜の小石を見つめ、からみついた黄緑の海草を靴の優美なかかとで除《の》けた。そしてすばやくかがみ、細長いがっちりした指で何かを取りあげた。「子どもは不平をいわん。子どもは一生成長しないままに終わるということかね?」こびりついた海草を指で不快げにはじき、古い三ペンス銅貨を見せた。どうしたものかキラキラしており、錆もない。いつごろから渚にころがっていたのだろう。「この中にだって魂はある」格言めいた口調でいうと、投げとばした――硬貨は桟橋の影の中からとびだし、薄れゆく光のもと一瞬きらめいて消えた。

「あの散歩道で続いているのは、凡庸の祭りだ。容認の宴だ。車椅子の芸人で満たされた空虚だ」

つかのま群衆を見つめたのち、関心もなさそうにこうたずねた、「今朝〈高速道〉で殺された男、あれが何者か知りたくないか？」ただならぬ表情がわたしの顔に浮かんだにちがいない、エストラーデスは勝ち誇った笑みをうかべて向きなおった。「きみの部は幹部の動向には特に気をつけているようだな。今朝殺したのは、きみの援護要員だよ。〝すべて順調〟と無線で報告を送っていた。だから二度と交信できないように殺した。きみから話すか？」

「援護要員がいるなどという話は聞いていない」わたしは慎重に言葉を選んだ。「無実の人間を殺したのじゃないかな」

「とすれば、きみはおそろしく事情にうとい男だ。あの土手にいたやつらの中に、無実の人間なんぞいないよ」わたしがぽかんとした顔でいるのを見ると、彼はけたたましく笑った。「オクスレード、オクスレード！」と、あえぐように、「きみにものを見る目さえあればな！」真顔にかえり、「いまのような信仰にはうんざりだ」と苦々しくつぶやいた。どうやらわたしは彼の心を乱すのに成功したようである。

「なぜその男を殺した？」

エストラーデスは遠い何かを見て微笑した。いまでは太陽は雲間からすっかり現われている。埠頭では小規模のオーケストラが、ギルバートとサリヴァンのオペレッタからの曲目を演奏していた。「この薄ばかユートピアにエンド・マークを入れてやろうと思うんだ」と彼は静かにいった。「そのためには、きみが必要だ。きみの組織の代表という役目でしかないにしても。ただし計画が成功するまで報告を送ってくれては困る——尾行者も邪魔っけだった」じっとわたしを見つめて、「どう答える、オクスレード、わが友よ？　対立していたのでは、おたがい才能を浪費するばかりだぞ」そして、わかりきった返事をする間も与えず、「そうだ、いっしょに来れば、計画を阻止することだってできるじゃないか！　何という大手柄！　すべてが水泡に帰したあと、きみは事件の驚くべきレポートを提出するのだ。またまた昇進だぞ。イーシャーの静かな裏庭に、もっとたくさんの蘭が咲き乱れることになる」

「どこへ行く？」

「中部地方さ。〈神の道〉伝いに」

「あんたの計画は、冒瀆的という以上に絶望的だ」わたしは背を向けた。

エストラーデスは、わたしが桟橋の影を出るまで待ち、呼びかけた。「電話ボックスにたどりつく前にきみを殺すぞ、オクスレード」わたしは海岸を見わたした。例のユダヤ人、アイゼンバーグが、防波堤の下にのんきそうに立っている。アイゼンバーグはにやりと笑い、タバコに火をつけ、ライターにかざした両手のかげからわたしを見つめた。距離は十五ヤード。「リスクはおかせないからな」とエストラーデスの声。彼の言葉を信じるほかなかった。

「あんたは悪党だよ、エストラーデス。われわれのほうは悪がどういうものか忘れてしまった」

彼は笑った。「そこがきみの弱点だな」上では、子どもたちが射的場に群がっている。その叫び声がオーケストラの音をのみこんだ。

こうしてわたしは気が進まないながらも、ヨーロッパの情報員エストラーデスと組み、神にはむかう陰謀に加担することになった。あの狂人がなぜわたしを仲間に組み入れたのか、理由は見当もつかない。殺したほうが、はるかに仕事がやりやすいだろう。囚われのオブザーバーをひとりつけ、おのれの虚栄をみたすだけが目的だったにちがいないと、いまでは考えている。とてつもなく虚栄心の強い男なのだ。いずれにせよ選択の道はなく、午後から夕刻にかけての時間は、エストラーデスに同行し、サウスエンド一帯に散った〝安全〟といわれる拠点をつぎつぎと訪ねては出発の準備をかためる彼の様子を、受動的にながめるだけに費やされた。

一味が頼みの綱とする三フィートほどの謎めいた荷箱を、アイゼンバーグが扱うのを見たのも、そんな拠点の一つだった。重さ五十キロはあるだろう。しかしアイゼンバーグは、まるで空箱のように片手で軽々とかつぎ、さらに土手の頂きの金網フェンスを破るのに使うのだろう、取っ手の長いボルト・カッターも持った。その荷箱にはやがて嫌悪を抱くようになるのだが（といって、その時点で中身を知っていたわけではない――知っていれば、広路の裏の混みあった道でアイゼンバーグをまくチャンスに賭けていただろう）、それは相手も承知していた。エストラーデスの注意がほかに向くたびに、わたしの視線をとらえたアイゼンバーグは、意味ありげに箱をたたき、今にも開けようとするそぶりを見せて、長い複雑なだんまり芝居を演じるのだ――しかもその間、凶暴な笑みを一瞬も絶やさないので、眉の傷あとはおぞましい皺となって額に刻まれるのだった。彼は箱をいっときも手元から離さず、またわたしを嘲笑うこともやめなかった。

一方エストラーデスは、古風なスーツと胸のカーネーションからふたたび飛行ジャケットとリボルバーに衣装替えし、高まる緊張と興奮の中で、生来の情緒不安定を証拠だてるロマン派的身ぶり手ぶりを盛んに見せるようになっていた。町のはずれの湿気《しけ》った野原にさしかかると、「来たぞ!」と彼は叫んだ。「旅立ちだ! すべてはわれわれの手にかかっている! 三人で神に挑戦するのだ!」この大げさで幼稚な虚栄心の発露には、夕陽さえもたじろいだように思われた。空は裏返しにされた雲のボウル——シューベリネス方面の縁がわずかに持ちあがって、血のように赤い光が射しこんでいる。「オクスレード、きみは不可能だと思っているか。ばかな! 成功するさ。これからイーシャーを解放するのだ。来年の蘭はいくらか小粒になって、色もさめるだろうが——少なくとも、それはきみの蘭にはなるわけだ!」

「エストラーデス、あんたは無教養な男じゃない。こうした試みが以前にもあったことは知っているはずだ」

「人間の手でやった例はないさ、オクスレード」そして共犯者をこづき、「人間がやった例はないな、アイゼンバーグ?」というと顔を見合わせ、果樹園荒しにむかう悪童さながらにけたたましく笑った。

　土手の頂きに着くと、わたしたちは夕暮れの最後の光が消えるのを待った。冷たい微風が立ち、野原を吹きすぎてゆく。つかのま、夜と昼のあわいに宙ぶらりんにされ、すべては灰色の空虚な荒野と見えた。あてのない孤独な闘いの終わり——神はすでにわれわれ三人から大いなる庇護を取り下げたのだろうか? わたしはそんなことを思った。エストラーデスがぞくっと身震いし、ジャケットのジッパーをあげた。闇がおり、〈神のエンジン〉の音が南から近づくころ、アイゼンバーグは金網の切断作業にとりかかった。金網は予想した以上に頑丈だった。アイゼンバーグはうめき、悪態をつき、エストラーデスはいらだたしげに歩きまわった。針金は不承不承力に屈し、焼けこげた毛のようにねじ曲がった。最初の車が視界に入るころには、突破口が開かれていた——だが穴はまだ小さかった。

エストラーデスがアイゼンバーグと入れかわりに穴の前にうずくまり、そのまま三十分ほどだろうか、いくたびも腕時計をのぞきながら観察していた。自分の行動が何を意味するか気づくのは、それが最初であり、おそらく最後でもあるかのように、その表情は引きつり打ち解けがたくなり、頰の傷跡が生々しく光っていた。坂道をはいのぼってくる謎めいた物体群の中に彼が見ていたのは、おのれの死、非情に去ってゆく〈神の御手〉だろうか？　大地は震え、道路をおおう大気はすさまじいエネルギーの予感にゆらめき、わなないているようだった。とつぜんエストラーデスは自制を取りもどした。追いつめられた、錯乱したとも見える表情をこちらに向けると、どなった。「最後のチャンスだぞ、オクスレード！　もし生きたいのなら、走れ！」

そして、みずから金網の破れ目をくぐった。

記憶はあいまいである。彼が死にものぐるいで走りだすのを、一秒かそこら見送ったのは覚えている。巨大な車輪の近くで手をふり身をかわす、ちっぽけなエネルギッシュな人影。つぎの瞬間、背筋を力まかせに押され、ふりかえるとアイゼンバーグが薄闇の中で、ひたいに汗を浮かべて笑っていた。「つぎはあんただ」と彼はいい、ふたたびこづいた。アイゼンバーグにせきたてられながら、わたしたちは広大な通路の背中を虫のように走った。巨大なマシンの周囲では風が渦を巻き、衣服をはためかせる。鋲だらけの黒い鋼鉄の壁が、見上げるような高さにそそり立っている。つまずき倒れたわたしをアイゼンバーグが引き起こし、知らない外国語でわめきたてた。

第三車線に出ると、発作的な馬鹿力でよじのぼったとしか思えないエストラーデスが巨大なトレイラーの車台で待ちうけていた。八フィートの高みから蒼白な顔が現われ、片手をさしだした。アイゼンバーグは荷箱とボルト・カッターを手わたしたが、自分の身の安全を考えすぎたのか、ジャンプには失敗した。エストラーデスの伸ばした手まで六インチほど距離が足りず、それから三十秒ばかり車に伴走し、二度目のジャンプに入る勇気を奮い起こさねばならなかった。笑い、むせび泣く、その顔はパニックと恐怖の完璧な仮面だった。

パニックと恐怖――それは旅の終わりまで、わたし自身にもつきまとったものだった。

そのマシンの背に凍えながら身じろぎもせず、どれくらいしがみついていたのか、時間はわからない。青い柔らかな光が、〈高速道〉と呼ばれる一帯の空間に充満しており、〈時〉はわたしたちの旅するこの歪んだ風景の中で、理屈に合わぬ流れ方をしていた。エストラーデスの腕時計は、しゃにむに自動車によじのぼる過程で何かにぶつけ、こわれていた。青い光が定期的に異様な変化を見せたところをみると、トレイラーの上で過ごした時間は、数時間ではなく数日間のようにも思われる。〈高速道〉の外部は変貌し、ぼやけ、そこからは手がかりも心の安らぎも得られなかった。（その意味では〈高速道〉は現実に存在するものではなく、いわゆる〝現実〟とはほとんど無関係ではないかという気がする。たとえば〈現世〉に復帰を果たしたのち、わたしは金網フェンスを突破してからの経過時間が三日間であったことを知る――しかし、そのような粗雑な計測をわたしは信用することができない。何にしても、それは人間の〈領域〉を計測する単位にすぎないのだ。わたしたちが旅したのは神の〈領域〉であり、それはわたしの限られた知識に照らしても、神学者がいま

だ誰ひとり定義づけたことのない世界なのだから）
はじめのうちエストラーデスは、わたしたちがおびえた不機嫌な虱《しらみ》さながらに取りつくこの自動車を、調査する気でいた――運転台に近づき、車を〝接収〟する計画さえあったのではないかと思う。しかし希望はかなわなかった。わたしたちはなにか得体の知れないものをつつんだ防水シートと相乗りしていた。そもそも出発点から、こちらは肝をつぶし、恐怖におののいていたわけである。わたしたちはそれぞれ離れて坐り、あごを両膝において、声もなく目の前を見つめるばかりだった。一度だけアイゼンバーグが、からいばりか足の運動のためか、車台をひとまわりしたことがある。しかし防水シートの下をのぞく勇気はなく、エストラーデスが呼びかえすと、ほっとした顔でもどってきた。
驚いたのは土壇場にきてわたしたちに、決断を下すばかりか行動する気力がまだ残っていたことである（実際わたしたちはそれから間もなく動きだした）。防水シートは、暗い谷間にはったテントのように無気味にはためいている。霧が現われ、黒い金属の一面に細かな水滴を残して流れすぎていった。いくたびか突風が骨の髄まで凍えさせた。車は輸送車隊の中で占めた位置を決して崩そうとしない。体はこわばり、疲労はたまり、空腹がこたえた。絶え間ない〈神のエンジン〉の唸りに耳は麻痺していた。この荒涼とした青い浮遊状態の中では、真新しい死者の亡霊になってしまったようだった――その亡霊たちは、もはや取り返しのつかぬ状態におちいったおのれに絶えず気づかされ、恐怖の目で顔を見合わせているのだ。ややあってエストラーデスは、荷箱に救済を求めるかのようにその上に乗り、長時間考えこんだ。

やがて人間の感覚で理解できる〈時〉が、もどってきた。光の規則的な変動がやんだ。前方のパースペクティヴが変化し、正常にもどり、速度と距離をふたたび推し測れるようになった。そして初めて周囲の風景が、目の前にその全貌を現わした。自動車は広大な乾燥した準平原をのろのろと進んでいた。ところどころにひときわ明るいオレンジ色の個所が見えるが、光源は定かでなく、また深い紫の影につつまれている部分もある。大地はひびわれだらけで草木一つなく、アフリカの打ち捨られた台地の泥土を思わせる。フェンスの彼方に動くものはない。

人は分別くさくいうだろう。イギリス諸島にそのような風景が見つかるはずはない、と。わたしは同意するしかない。しかし、それはどうでもよいことだった。地平線上に、神の恐るべき巨体が見えてきたからだ。

ユダヤ人のアイゼンバーグがとつぜん顔をうつむけ、すすり泣きを始めた。エストラーデスは呆然と見つめた。「なんてこった、オクスレード!」と叫んだきり、あとはわたしの聞きとれないマジャール族の方言が続いた。リボルバーを抜き、何か理由があるのだろう、わたしにむかって激しくふりはじめた。その間アイゼンバーグは泣き、声を詰まらせ、ひざまずこうとしていた。その動きをエストラーデスが認め、蛇のように近づいた。「いいかげんにしろ!」と息を殺した声で、「箱を開けるんだ、アイゼンバーグ! やつを捉えたんだぞ!」しかし視線は、理解を絶した〈謎〉というか幻影に釘付けのままであり、命令に従わぬアイゼンバーグにも気付いたようすはなかった。

神をどう形容したらよいものか?

いまもなお神は、永遠にうずくまるその姿のまま、わたしの記憶に焼きつけられている。その一部は、空を背にした黒いプロフィール。張り広げた六本の脚のあいだには十平方マイルの大地が横たわっている。広大な黒い外皮の表面では、虹色の光がおどっている。その光ゆらめく鞘翅《さやばね》の下に隠れた翅《はね》を、もし神が広げたとしたら！　さしわたし百ヤードはありそうな一個の複眼が、わたしたちのうかがい知れぬ領域をひたと見据えている。上空一マイルの高み、かたい触角と動きのない長大な顎のあたりでは、大風が空しく吹き荒れている。細長い腹部の影が落ちるあたりでは、大工場群も玩具と見かけは変わらず、月の裏側から降臨したとき真空も引き連れてきたかのように、空は寒々とした明るい光に染まっている。神の脚が地上におりたあたりには、受け皿の形をした深いくぼみが見え、くぼみの一つ一つから幅広い亀裂が放射している。世界は神の重みを、うめき一つあげず耐え忍んでいるのだろうか？

　神は人間から何を奪い、代わりに何を与えたのか？　エストラーデスは、知っていると公言する——しかし彼は遠いむかしに、おのれの絶望に打ち砕かれてしまった男だ。巨大な昆虫、ルカヌス・ケルヴス・オムニポテンス（ルカヌス・ケルヴスはクワガタムシの一種。オムニポテンスは「全能の」を意味するラテン語）の姿を見上げたまま、わたしは、何かそれ以上のものがあるにちがいないと確信していた。その確信はもはやない。なぜなら、いまのわたしには、何もかもが信じられなくなっているからだ。

　アイゼンバーグが大口をあけ、嘔吐した。手の甲で口をぬぐうと笑いだした。「あれは虫だぜ！虫けらでいやがる！」エストラーデスはびくりとし、一瞬足元を見つめたが、彼もまた笑いだした。二人は泣きながら抱きあい、不器用なダンスでもするように体を前後にゆすった。「急ごうぜ！」叫ぶなり、アイゼンバーグが体を引きはなす。「急ごう！」ボルト・カッターをつかみ、箱のふたをこじあけにかかった。二人とも土気色の顔をし、震えている。箱の上にかがむと、入り組んだ着色ワイヤと機械装置の調節に取り組みはじめた。あわてるあまり、いっとき唯一の道具、小型のドライバーの奪いあいがあった。アイゼンバーグが勝った。

エストラーデスは肩越しにふりかえり、身震いした。「およそ五マイルだな。そのくらいにセットしておけ」

そこでわたしの視線に気づいたらしい。「自由だぞ、オクスレード」とつぶやいた。「自由が手に入るんだ」身震いの発作がおそった。前方では、巨大な形がますます近づいてくる。

「余裕をとって一時間二十分」とアイゼンバーグにいう。「むこうに着いてしまったら、何が起こるか予測はできんぞ」

「本気で実行するつもりなのか！」わたしは思わず叫んでいた。三人をとらえていたパニックを表現する言葉はない。ほとんど生理的な何か――それは神経細胞に刻みこまれた太古の恐怖だった。

「エストラーデス！　あれに近づくんじゃない――！」彼の肩をつかむ。震えがそのまま伝わってきた。すこしのあいだ、わたしたちは声もなく互いにしがみついていた。エストラーデスが声にならない唸りをあげた。わたしは身をふりほどいた。「箱の中は何だ？　何を企んでいる？」震えがゆっくりと引いていった。エストラーデスは長く激しく息をついた。苦しげな表情でピストルをあげる。そして自嘲的な笑い声をあげると、くるりと背をむけた。

「このすべてが何なのか、それを先に聞け」小声でいうと手をひとなぎし、〈高速道〉、ありえない風景、影の中の工場群をさし示した。

「聞いてみろ、化けものが何を企んでいるのか、おれたちから奪ったこの世界で何をしているのか。おれたちを観光客や、司祭や、にたにた笑いのしろうと芝居の役者にしてしまう必要がどこに――」しかし震えがふたたび始まり、言葉はとぎれた。拳をかたく握り、つきあげる発作をこらえていた。アイゼンバーグはドライバーをとり落とし、口元をわなわなと震わせながら恐怖の目で見上げている。パニックと戦慄の中で、わたしは思った。近づけば事態はさらに悪化するだろう。神がこれ以上わたしたちを近づけるはずはない。あの巨大な顎がもし動いたら――それがわたしにはこわかった。エストラーデスは、現実にみずからをつなぎとめるように、両手でピストルを握りしめている。「箱の中には五キロのプルトニウムがある」――食いしばった歯のあいだから絞りだすように声がもれた――「起爆装置はアイゼンバーグが作った。こいつをシールドするために二十人が死んだ。ヨーロッパだけでも、ほかに百人以上が作戦に参加している。やりとげるぞ……おれは……何が起ころうと……」

彼はうめき、ついに震えの発作に屈した。

何をしようとしたのか、自分でもわからない。二人が力尽きたと見るや、わたしは爆弾におおいかぶさっていた――車から落とせばこわれるだろう、でなくとも回収はできなくなる、とでも考えていたのか。しかし二人はすぐさま行動を起こし、わたしの頭や内股を狂ったように殴りつけていた。エストラーデスのリボルバーが轟然と鳴りひびいた。何かがふくらはぎを引き裂いた。アイゼンバーグは咆哮し、真上からわたしにのしかかると、こわばった指でわたしの頸動脈をまさぐった。ボートの底に投げだされた魚のように、わたしたちはのたうちまわり、あえぎ、うめいた。その瞬間、手の下にころがっているボルト・カッターに気づいた。耳の下を狙ってボルト・カッターを何回もふりおろすと、アイゼンバーグは力なくころがり、動きをとめた。

もつれる足で立ちあがる。わずか二フィート離れたところで、エストラーデスが膝をついていた。「やめないか、オクスレード、これには世界の命運がかかっているんだぞ！」ピストルはわたしの腹を狙っている。しかし震えの激しさに、引金はひけないらしい。わたしはボルト・カッターで彼の頭をたたき割った。彼は血まみれになって膝をつき、「相手がちがう」といった。そして死人のように倒れた。

わたしは爆弾にむかって一歩踏みだした。左足はきかなくなっている。空をつかむようにして道路にころがり落ちた――そのまま動くこともならず、容赦なく通りすぎてゆく車を見送った。熱気とゴムのにおいを発散しながら、巨大な車輪が通過した。苦痛と吐き気の霧のむこう、わずか一ヤードと離れていないところだ。一分ほどたったころ、車台の上にエストラーデスがまた現われた。その姿は小さく、かろうじて身を支えているかに見える。両肩は血糊の外套だった。リボルバーをゆらゆらさせ、ひとしきりよろめいた。銃弾が二発、近くの道路ではねかえった。そして彼は向きを変えると、うずくまる神を狙って挑むように残りの弾丸を発射した。それがエストラーデスを見た最後だった。

あとは大して語ることはない。わたしはすべてに背をむけると、ふくらはぎの筋肉を貫通した銃創もものかは走った（回復期の数週間ほどこれ見よがしではないが、現在も多少びっこはひいている）。祈ったのを覚えている、「神よ、爆発する前に逃がしてください！」あれほど近くでは、神が聞きとどけたということもありうる。わたしが代わりに何を捧げたか、そこまでの記憶はない。金網を破ろうと、何回か空しい試みを続けた。しかし針金を一、二本切った程度でパニックにおそわれ、また走りだしていた。あえぎのリズムにあわせて祈ることも忘れなかった。背後にそびえる揺ぎない〈神秘〉を、痛いほど意識していたが、決してふりかえらなかった。

やがて力尽き、倒れた。〈高速道〉のその付近は切通しになっていて、柔らかな赤い土から成る、ゆるやかな広い斜面が両側に続いている。わたしはそこに浅い穴を掘った。そして穴に顔を埋めると両手で頭を抱え、その服従的な姿勢のまま、エストラーデスの生みだした狂気が襲いかかるのを待った。長い時が過ぎ、わたしは失神した。爆弾ができそこないだったのか、起爆までの手続きを終える時間がなかったのか——それとも、わたしがけっきょく二人を殺してしまったのか。何にしても爆発はついに起こらなかった。

起こりうるはずがなかったのだ。成功するなどと一瞬でも考える——それ自体が〈信仰〉の欠如にほかならないのだから。爆弾が一ダース爆発しても、神は毛ほどにも感じないだろう。いまではそう考えている——日ざしの中を飛ぶイエバエさながら、爆風にむかって巨大な透明の翅《はね》を広げる、その神の姿が見えるようだ。

ごく平凡なトラック運転手が、ブラウンヒルズの近く、A5号線のぬかるんだ路肩をよろめき歩いているわたしを見つけて、拾いあげてくれたという。なぜそんなところにいたのか、わたしには説明もできない。おそらく最終的に、フェンスを破るのに成功したのだろう。神はそのおごそかな雄姿を、バーミンガムとウルヴァーハムトンの郊外地区に見せている。神の工場群もそこにある。

しかしその姿は、金網フェンスのむこうにあるもう一つの中部地方——同時的に、というか多元的に存在する〈異境〉——から見たものに比べると、さほど大きくはない。そして人びとは神の御姿にふれながら、平和な暮らしを営んでいる。

回復期患者は、ベッドの牢獄から解放されたとき何という喜悦を味わうことか！ 旺盛な活力の足枷であり鎖であったシーツは、ふたたび何の変哲もないシーツとなる。退屈な同室者たちも、退院する彼にとっては、興味尽きない人びとに見える。そして窓からの眺め——回復期の強迫的な妄想の中では悲しいステージであり、俳優たちの動機も自分で空想するしかなかった、ガラスのむこうの芝居は、ふたたび〈世界〉となり、彼はその最も新しい加入者となる。しかも、それは何とすばらしい世界であることか！ 何という再発見、何という深甚な再評価であることか！ こうした新生の感覚を真底から味わいつつ、わたしが職場から家路についたのは、〈神の領域〉での冒険からひと月あまりたった日のことだった。

その朝わたしは退院したばかり。予備レポートはすでに提出してあったが、細部をもうすこし鮮明にする仕事——いうなれば、スケッチを完成させる必要があったのである。周囲には、かぐわしい五月の昼下がりの風景が広がっていた。わたしはベイカー街をぶらぶらと歩き、しばし足をとめてクラレンス・ゲートの花壇を観賞した。身のひきしまるような爽やかな風が、リージェント公園を吹きわたってゆく。しかしそのかげには、やがて来る夏のけだるさがすでにひそんでいる。わたしが留守のあいだに、桜は盛りを過ぎていた。水鳥たちも真新しい、こざっぱりした羽衣《うい》に着替え、ペンキを塗り替えたばかりのボートハウスのあたりで、白い日ざしを浴びながら尊大なよたよた歩きをしている。

穏やかな幸福感にひたりながら、わたしはかすかに聞こえた動物の鳴き声に導かれ、橋をわたって遠い動物園の方角に歩きだした。風が朗誦風の声や子どもたちの笑い声を運んでくる――野外劇場で『真夏の夜の夢』が上演されているのだ。湖の北側にある広い土地を横切るうち、新築の野外音楽堂から流れてくるフランダースとスワンのメドレイの中に、部長と昼食の席でかわした会話のこころよい断片がよみがえってきた。「すばらしい貢献だ……ヨーロッパだけでも百人以上が逮捕されている。アフリカでも速やかに慎重に捜査が進められている。もちろんエストラーデスのシニカルな陰謀には気付いていた。まぎれもない勝利、品位と良識の勝利だ……昇進は確約できる」老人たちが、パゴダのわきのベンチで凧をあげている。〈神の高速道〉で見たカモメの群れのように、澄みきった大気への感謝をこめて、恍惚と舞い狂う白い凧の群れ！

子どものころより、わたしは動物園のあのエレガントな檻と厳密な空間、あの華麗な色彩と豊かな生命力に魅せられてきた。ヒョウの仮借ない気品、あの純化された活力に比肩するものが、ほかのどこに見つかるだろう？　小動物館に見る、あの神秘的な月明かりの薄闇でもよい。コンゴウインコやヒインコが発するあの叡知の不協和音、象の皮膚からこんこんと湧きあがるあの深いユーモアはどうか？　その昼下がり、わたしは再生された別人であった。メアリや子どもたちも、一時間ぐらいの寄り道は我慢してくれるにちがいない。そう考え、わたしは檻を見て歩いた。ギボンやオオツノヒツジ、そして虎。虎はエストラーデスを連想させた――腹をすかし、歩きまわる、その無駄のない剣呑な動き。わたしは思わず目をあわせまいとしていた……

申し分のない眺めだった。シロクマはさながら脂肪太りしたノイローゼのバレエダンサー、刺激的なアンモニア臭につつまれたサイ、群がる子どもたち、なごやかでいて獣的なあの活動の雰囲気――そこまでは申し分なかった。しかし昆虫館に足を運ぶべきではなかったのだ。

わたしの目を釘付けにしたのは甲虫のたぐいではない、ましてやルカヌス・ケルヴスではない――それは灰色の落ち葉と見える生き物で、ばかげた話だが、モスリンのぼろ衣装を着た女を連想させた。それは身じろぎもせず、気配を殺して、小枝にとまっていた。その静止状態にひそむもの――まったく異質な時間感覚――それを感じとるだけで充分だった。飼育ケースの暑い黄色い空洞をのぞきこむうち、〈神の高速道〉の終点で出会ったあの〈謎〉がよみがえった。わたしは思った。この生き物が人間とのあいだに、どのような感情を共有することができるのか？　神の〈領域〉で遭遇した歪んだパースペクティヴ、ゆらめく青い光、影の中の工場群が思いだされた。そしてエストラーデスの最後の苦々しい忠告、「聞いてみろ、化けものが何を企んでいるのか、おれたちから奪ったこの世界で――」

かりにわたしたちが思いたったとしても、いったいどんな現実を、時空体をめざせば、あの悪夢のような同時存在的〈異境〉に出会えるのか？　あの荒涼としたまだらの風景と、君臨する巨大な天帝を、どこで見出すことができるのか？　人間が野外音楽堂を建てるのと同じように、神が巨大な人体を組み立てる、その理由は何か？　神は人間に何を求めているのか？

この文章を読みかえすとき、わたしの心をむしばんでゆく喪失感が、いままで使ってきた語の一つ一つに反映しているのが見える。きっかけはエストラーデスかもしれない。所期の目論見どおりに、サウスエンドの海岸で、彼は疑問を投げかけた――そのときは一瞬の迷いにすぎなかった。しかし、いまは……見学者たちが聖体拝受を待ちうけるように列をつくり、ひそやかな足音だけが聞こえていた昆虫館。あの昆虫館での啓示以来、わたしは新鮮な感覚を取りもどすことができなくなっている。エピパクティス・テトラリクスの第二世代を眺めても気はまぎれない。イーシャーオペレッタ協会のリハーサルでも、退屈し、落ち着かなくなる。わたしはいらだっている。

さらに告白するなら、いまのわたしには、部長に会いにあの最上階のオフィスにあがることすら怖ろしい。永遠の陽光と風に恵まれた市街を一望するあのペントハウスに、部長はうずくまっている。「仕事はまだ山ほどある」とつぶやきながら、前脚をすばやく上下させて和毛《にこげ》の生えた触角をみがき、虹色の燕尾服と見えるあの硬い鞘翅《さやばね》をばたつかせる――でなければ、薄闇の中でスライド映写機が投げる純白の長方形の光を、その複眼で見つめながら、わたしにはうかがい知るべくもない新たな感覚の世界、新たな意識の領域に思いをはせるのだ。わたしはいま彼の補佐役をつとめている。人間としては、昇りうる最高の位に達した。眼下のこぎれいな公園で憩う年金生活者たちのことを思えば、わたしは誇ってよいだろう。

エストラーデスが何を知っていたというのか？　彼は老人である。〈再発見〉のはるか以前に隠退し、北アフリカに、ビザンチン戦史の研究に引きこもってしまった男だ。慣れ親しんだ市街を、ビルの上から見下ろしたことはない。世界中のあらゆる要職を占める、小さなエネルギッシュな〈神の複製〉には、相対したこともない。そもそもエストラーデスに勝ち目はなかったのだ。

なぜ神はこのような形で人間界におりたったのか？　あれほど神の到来を願っていたわたしたちのもとに。

最後のジェリー・フェイギン・ショウ

ジョン・モレッシイ

The Last Jerry Fagin Show

by John Morressy

ほかのネットワークは全滅した。それは当の連中も承知していた。今夜を最後に、もう〝ビッグ3〟なんてものは存在しない。残るはただ一つのネットワークだけ。そいつをジェリー・フェイギンは、王者のように支配するのだ。

もちろん敵も勝負にでた。この業界に負けっぷりのいい連中なんかいない。あるキー局は、『カーマ・スートラ』のヌード・ミュージカル版をぶつけてきた。もう一つのキー局は、政治犯への拷問と刑執行を世界中からレポートする八時間の生特番を組んだ。公共のPBS局はいちばん利口だった。フィッシャーとスパスキーのチェス選手権試合を再放映したのだ。

だが、H・G・ウェルズに誓って本物の、宇宙からやってきた生きた異星人をゲストに迎えられるのはジェリー・フェイギン・ショウだけだった。予想視聴率は全米テレビ家庭の九十九・三パーセント。あとの〇・四パーセントは、ただもう習慣から他の局にチャンネルをあわせ、〇・三パーセントは、自前で録画した音楽番組なんかのビデオを見るだろうという勘定。

ジェリーの個性とテレビ産業の本質を考えあわせれば、この視聴率独占は当然といえた。虎のうようよ入った檻はなかなかの壮観だが、その檻にばかでかい恐竜をぶちこめば、虎どもはたちまち子猫に変わる。いまやジェリー・フェイギンは超大型のティラノサウルス・レックスみたいなものだった。もともとそうだったのだが、その事実をうまく隠してきたのだ。みんなジェリーを子猫としか思わなかった。事情を知っているおれたちは何もいわず——ただ、せっせと仕事に精出してきた。

ジェリー・フェイギンというのは愉快な男だ。これは誰でも知っている。ひとりコント芸人《スタンダップ・コミック》あがりで、爆笑まちがいなしのキャラクターを片手にあまるくらい演じ分ける。だが実際のところ、ジェリーにはそんなものは必要ない。無表情でカメラの前に立ち、両手をポケットにつっこみ、天井を見上げる。あとは喋るだけで、まわり中が笑いころげるのだ。生まれついてのコメディアンの本能というのを持ちあわせているらしい。

顔見知りのいないパーティで彼が、たぶん二百人はいただろう客の中から、自分に完璧な台詞をつけてくれそうな相手を、一発で嗅ぎあてた現場をおれは見ている。

おそらくジェリーは、おれが組んで働いた中では（今まで、ひと通りのコメディアンの下働きをしてきたが）いちばん面白い男だろう。そうした面白さと抱きあわせに、おそろしく残忍なところもあった。だがジェリーには才能があり、それ以上にツキに恵まれていた。おかげで残忍な面は、ほとんどおもてに出なかった。たまたまいいタイミングでいい場所にいたり、都合のいい誰かと知りあいで、その人物の弱みをにぎっていたり、という風だった。

そんなわけで二十九歳にして彼は、深夜のトーク・ショウ《レイト・ナイト・ライヴ》のホスト役についた。三十の年には、業界最大のタレントにのしあがっていた。《レイト・ナイト・ライヴ》の番組名は忘れられた。誰もが《ジェリー・フェイギン・ショウ》と呼んだからだ。

ジェリーは、ちょうどホロヴィッツがバイオリン、いや、ピアノか、とにかく楽器をひきこなすように視聴者をひきこなすことができた。わかるね、おれが何をいいたいか。ど田舎のしろうと演芸番組の優勝者をひっぱりだして、自分の番組まで持つようなスターに仕立てあげた例はいくらでもある。本をカメラに向けるだけで、どんな無名の三流作家の駄作もベストセラーに変わる。クラブハウスの使い走りをつかまえて、ひとかどの政治家にしてしまう。これは事実あったことだ。しかも、それがみんな利益を生んだ。

もちろん金で支払われるわけではない。そのころにはジェリーは金に不自由しなくなっていた。彼はもっと別のものをほしがった。つかず離れずのところにいて、にこにこと温厚なジェリーおじさんの役を演じ、頃あいがきたら動く。催促を二度する必要はなかった。手ずから一夜で築いたものを手ずから一夜でこわすぐらい、ジェリー・フェイギンにとって朝飯まえの仕事であることは、みんな知っていたからだ。

異邦の宇宙船がワシントンに着陸すると、ジェリーはたまった借用証を調べ、今こそ取り立ての時期と判断した。生き物を自分の番組にひっぱりだすため、ありとあらゆるコネを使ったにちがいないが、とにかく彼は成功した。それも大統領のお墨つきで。

異星人はトウェルヴ（12）と呼ばれた。彼の生まれた惑星は、泥だまりに牛糞を投げこんだみたいに聞こえる名前で、誰にも発音できなかった。ホワイト・ハウスのスピーチ草稿の作者が〝兄弟世界〟といいはじめ、以後ウーマンリブの怒りの抗議もむなしく、その名前が定着した。

トウェルヴは、どこかの委員会が設計し、保育園の中退児が組みたてた人間みたいな格好をしていた。はじめはシンメトリーをめざしたのだが、どこかで計算が狂ったらしい。腕は二本、脚は二本。これはおれたちと同じ。ところが、それがみな違う長さと太さで、あるべき位置からちょっとずれているのだ。ジャガイモみたいな丸っこい胴体。その上にのっかっている小さなジャガイモが頭だ。目は二つ、鼻は一つ、口は一つ。けれども、それが溶けだした雪だるまの目鼻みたいに、移動するのだった。片目の上には、光る部分が一つある、トウェルヴはそいつをウェイオクスと呼び、機能の説明をはじめた。誰にもかれにもちんぷんかんぷんだった。関係者たちは、おそらく耳の一種だろうといい加減に想像し、その件はそれでケリがついた。

ウェイオクスと、ほか主に内臓器官にからむ二、三の細かい点を除けば、トウェルヴの話は始めからけっこうはっきりしていた。彼が過去六十三ハイルーメ、つまり当地時間にして二十七年間、地球をめぐる軌道上にいたことが明らかになった。その間、彼はずっと地球の電波をモニターしていた。情報源がほとんどテレビとラジオに限られるため、彼の中には独特の人類観ができあがった。

一例をあげてみよう。トウェルヴには、ホーム・コメディの再放送と《十一時のニュース》、古いキャグニーの映画とインスタント食品のＣＭ――そういったものの違いが（まあ、ふつうは違うわけだが）わからなかったんじゃないかと、おれは思う。彼には何もかもが目新しく、何もかもが同じように本物、というか、まがいもの、というか、得体の知れない何かであったからだ。

トウェルヴの文明には、〝娯楽〟に相当する語はなかった。そのコンセプト自体がたんに存在しないのだった。音楽はあるにはあるが芸術ではなく、消化機能に付随するものなのだ。で、以上終わり。ドラマもなければ、どんなたぐいの文学もなく、美術もなく、ユーモアのかけらもなかった。また戦争もなかった。トウェルヴには、武器というものが理解できないようだった。おかげで、みんなかなり楽に息ができるようになった。

そこで、おれに見えてきたことがある。もしトウェルヴみたいな相手をテレビで、それも生で——史上最大の視聴者を前に——インタビューするのだったら、引退したセヴァレイドをかつぎだすか、リップマン、クロンカイト並みの誰かまじめな解説者をさがしだすのが一番、ということだ。大統領選や月着陸を扱うタイプの人間が必要なのだ。ジェリー・フェイギンはお呼びではない。だが、そんな相談をおれに持ちかけてくる奴はなかった。ジェリー・フェイギンは異星人にわたりをつけ、金曜の夜を出番にあてた。そしてふんぞりかえり、新聞の大見出しをながめ、ジャンジャン鳴る電話の音を聞きながら、ひとりほくそえんだというわけだ。


その晩、おれはひとりでテレビを見た。もちろん、ほくそえむ心境ではなかった。もうひと月近く——ジェリーがおおっぴらに派手派手しくおれをスタッフからおろして以来、ひとりきりだった。この業界で、負け犬くらいアンタッチャブルなものはない。それも、仕事にあぶれたコメディ作者ときては、ヒンデンブルク級の負け犬だ。

おれはどっかり腰をおちつけた。内心、ジェリーがへまをやらかして、面目まるつぶれになってくれたらという甘い期待。その実、心の奥底では、ジェリーがどんなクソ野郎かしれないが、あいつはプロだ。きっと一世一代のショウにするだろうという諦め。しかし誰でも期待ぐらいはできる。と同時に、ジェリーが破滅するところは見たくなかった。ひどい手傷を負い、回復に手間がかかるぐらいでよい。恥をかき、さげすまれるのはけっこうだが、ずたぼろになってもらいたくはなかった。おれにすれば、まだまだ一番の金づるが、ピンチにおちいりそうな気配なのだ。今夜トラブルが起これば、必ず電話をよこすだろう。今まで間違いひとつなく、自分をトップの座にのしあげた出し物に、手を入れてほしいと頼んでくるだろう。で、おれが駆けつけるという趣向。公衆の面前でおれをうすのろ呼ばわりし、あらゆるスタジオから締めだすような目にあわせたからといって、この業界最高の仕事口を蹴る馬鹿はいない。おれにはプライドもある。だが、つけの払いだってあるのだ。

ばか騒ぎをじっくり楽しませていただくつもりで、おれは早くから見はじめた。番組のお知らせは十五分ごとに入った。《七時のニュース》では、五分間の特別宇宙解説。八時からは、九十分にわたるインタビュー番組。登場するのは、宇宙飛行士、スターの卵、聖職者、SF作家、上院議員、ロック・グループ、そして〝先史宇宙人来訪者の子孫の会〟会長。九時半のコマーシャル・タイム——歯みがき、脱臭剤、洗剤の宣伝を、寸劇風にそれぞれティーンエイジャーと異星人、女秘書と異星人、主婦と異星人の取り合わせで——に入ると、おれは飲みはじめた。ボトル一本と引き換えにするには惜しい夜なので、あとで焦らずにすむように、早くからちびちびとやるほうを選んだのだ。

コマーシャルの集中攻撃が終わると、つぎは一時間の特番でハリウッド描くところの宇宙人バラエティ。六十分にわたるドロドロ、ネバネバ、昆虫、ナメクジ、這いまわる目玉、脳を食うやつ、死体を乗っ取るやつ、精神をあやつるやつ、ミミズ、バイ菌、ロボット、アンドロイドの大行進。そして十分おきに、生涯に二度とない今夜の《ジェリー・フェイギン・ショウ》を紹介する、絶叫調のスポット。

こういったものがトウェルヴの目にどう映るかは、とても想像がつかない。おそらくテレビの前に近づけないぐらいの手は打っただろう。

十時半には、前よりも長く、前よりもやかましい番組のお知らせ。そして成人向けのコマーシャル――ワイン、タンポン、便秘薬の宣伝を、それぞれ外交官と異星人、女性スカイダイバーと異星人、おばあちゃんと異星人で――のあとは、三十分の特別枠を組んで、太陽系には九つの惑星があることをひょっとしたらお忘れの方々に、われわれは無限の大海の岸辺にある砂つぶの一つにすぎない、等々のご講義。これはおそろしく荘重で、まるで説教番組か保険のコマーシャルを見ているようだった。おれは飲みつづけた。

十一時からは、例のとおりニュースとコマーシャルと局名アナウンスのごった煮。そしていよいよ十一時半、《ジェリー・フェイギン・ショウ》が始まった。これはもうキリストの再臨を思わせた。

おなじみのテーマ・ミュージックはない。スタジオ・オーケストラも見えない。かわりにハリウッド交響楽団とモルモン教会堂聖歌隊による、ホルストの『惑星』の一部。神聖なる夜とあって、リンゴのほっぺに白髪頭の丸ぽちゃ名物アナ、ビリー・ブラッグもおどけてはいなかった。ビリーはカレッジの卒業式に出たみたいに、カメラの前にしずしずと進み出た。白ネクタイにモーニングという出でたち。おれはまたガブリとひと口飲んだ。

当然予想してよかったことだが、ジェリーは客をじらす趣向をとった。厳粛なムード作りのあと、番組は若いコメディアンの登場で幕をあけた。ビリーは、テレビ初出演のこの若者への暖かい拍手を客席に求め、この救われない芸人——こともあろうに、名前はフランキー・マーズ（火星）——は舞台に立つと、もし異星人がブルックリンにおりたらというお喋りをはじめた。それは、トウェルヴの到着以来おれが聞く三十一番目のネタだった。ほかにも異星人がからむ話、異星人にプエルトリコ人がからむ話、異星人にお巡りがからむ話、ユダヤ人の母親に異星人がからむ話と、ジョークはいろいろ出揃っていた。どれもみんな、おれには心地よい、なつかしいネタだった。仕事を覚えたてのころ、そっくりのギャグをたくさん盗作したことがあるのだ。

コメディアンは無惨にこけ、つぎに出てきた女性シンガーは、トウェルヴを記念して書かれた新曲をうたった。歌詞の中で今でも覚えているのは、「あなたの目鼻のただよいと、ウェイオクスのウィンクに、あたしも宇宙をただよい気分」というところだけだ。あとはもっとひどかった。シンガーは実力をだしきってうたった。だが、彼女もフランキー・マーズ同様、タイタニック号並みにこけた。客席にいる三人の身内からまばらな拍手、あとはひんやりした沈黙。全米のテレビ家庭では、きっとトイレや冷蔵庫に行っている時間だろう。コメディアンやシンガーなどいつだって見られる。見たいのはジェリーとそのゲストなのだ。

そこがジェリー・フェイギンならではのタッチだ。えもいわれぬ緻密さに加えて、毒がある。細工をこらす彼の顔が見えるようだった。ほほえみをうかべながら、ジェリーおじさんはいう——「史上最大の視聴率はまちがいなし。だれか若手のタレントにチャンスを与えようじゃないか」有頂天のタレントは、カメラの前に立ってはじめて、客がうわの空でいることに気づく。すっぱだかになって、ゴミ圧縮機に身を投げたとしても、見向きもしてくれないだろう。ジェリーはなぜあのコメディアンとあのシンガーをわざわざ生け贄に選んだのか。探れるものなら、きっとおもしろい裏話が見つかるだろう。おれは二人の冥福を祈った。

白ネクタイから何からの正装で、ジェリーが悠然と現われた。拍手と歓声はまる五分間やまなかった。ジェリーは両手をポケットに入れ、いかにも謙虚に聖人風にこれを受け、騒ぎがしずまると短いスピーチをした。その中で彼は〝光栄〟ということばを九回、〝名誉〟を八回使った。〝感謝〟に至っては十一回とびだした。それも一分ちょっとのあいだにだ。

そして、とうとうトウェルヴが登場した。歓迎の拍手のあいだ、おれはボリュームを下げ、じっくりと眺めた。よじれたような体形にしては、トウェルヴの動きはなめらかだった。灰色がかった茶の、ぶくぶくしたプラスチックの袋でパテ色のからだを包んでいるが、それで見ばえがよくなるというものでもない。まるでコーンフレークの箱の絵から脱けだしてきたような生き物で、バランスの狂った、珍妙な、ただよう目鼻だちは、悪夢の怪物と愚者の面のあいのこといったところだ。

ボリュームを上げる。熱烈な喝采はまだ止まず、ジェリーも別にとめはしなかった。だが客席から口笛がひびくと、ジェリーは両手をあげ、静粛を求めた。トウェルヴの目と鼻がわずかにただよいだし、まもなく動きをとめた。

「こちらのゲストの方にかわって、わたしからみなさんに一つお願いがあります」とジェリーは口をきった。「口笛は、この方の感覚器官にたいへん苦しいフィードバックをひきおこすのだそうです。というわけで番組の最中、口笛はどうか控えてください」

「ありがとう、ミスター・ジェリー・フェイギン」太い、ねばっこいトウェルヴの声が流れでた。シロップに入った砂利をゆさぶるような声だった。

「大使閣下、この番組にご登場いただけて、わたしのほうこそたいへん光栄です。ありがとうございます」

いったん礼をいいだすと、ジェリーはとまらなくなった。大統領に感謝し、議会に感謝し、陸海空軍、全米市民、視聴者、ネットワーク、友人、スポンサー（もちろん一つずつ名前をあげて）、両親、さらに今の細君に感謝し、それでも足りずトウェルヴの惑星の統治者たち、その地の宇宙船産業、その他ニュートン、ガリレオ、アインシュタイン——とにかくトウェルヴをここに引っぱりだすのに、多少とも貢献したと思われる誰もかれもに感謝した。唯一入れなかったのは、神の名前だけだった。それもぶちこんだほうがよかったかもしれない。

やがてすべての前置き、すべての歓呼は終わり、トウェルヴの話す番になった。今こそ待ちに待った瞬間、星々からの声、宇宙からのメッセージが人類にむけて伝えられるのだ。絶対の静寂がおり、みんな耳をすませた。

ところが、このトウェルヴの退屈なことったら。

別世界から祝いのことばをたずさえて、大宇宙をわたってきた生物だ。その相手を退屈のひと言でかたづけるなどというのは、およそばかげた、ありえない話だが、トウェルヴは事実その通りだった。生まれ故郷では超大物かもしれない。だがこの地球では、でくのぼうなのだ。これは必ずしもトウェルヴひとりが悪いわけではなかった。地球の電波をモニターする過程で、トウェルヴは英語のありとあらゆる常套句を吸収した。いま彼はそいつをかたっぱしから使っているのだった。ごぼごぼいう太い声も、いっこうに役立っていなかった。

彼がこの任務を大いなる歴史的実験と受けとめ、二つの偉大なる種属のあいだに、とこしえなる友情のかけ橋をわたす希望を胸にはせ参じ、かくして銀河の歴史に新しい一ページがひらかれた今、自分にこの大任が与えられたことを誇りに思うとともに、今さらながらにおのれの非力を痛感し云々と――まるで過去四十年間のキャンペーン演説を丸暗記したみたいに――トウェルヴがぶちあげるころには、ジェリーもさすがにトラブルのにおいを嗅ぎつけていた。スタジオの観客は騒々しい身じろぎを始めている。その中にまじる咳や、すり足の音。

ジェリーが軽くまばたきするのが見えた。いらだってきた証拠だ。頭の回りだす音が聞こえてくるようだった。タレント人生最良の夜、テレビ界始まって以来の夜だというのに、ゲストがこのざまでは。彼の目には、全米一億九千二百万の視聴者が腹をぼりぼり掻きながら、こう話している姿が見えることだろう。「なあ、ハニー、八チャンネルのはだか踊りのほうがおもしろいんじゃないかな。そっちに切り換えてみるか?」

そこでジェリーは決断した。トウェルヴがまったく役立たずのゲストなら、ここは何としてでも自力で乗りきらねばならない。


トウェルヴのごぼごぼ声はつづき、宇宙的連帯をうたう長いスピーチは終わろうとしていた。おれはまたブラウン管に注意を向けた。「……手をとりあってよりよい未来を築く決意を表明するとともに、地球の方々の生来の慎しみ深さと本源的な善意への変わらぬ信頼をいしずえに、いま新たなる友好と正義の時代の夜明けを迎えて、銀河系がわれわれに何をしてくれるかではなく、われわれが銀河系に何をしてやれるかを絶えず問いかける二つの種属の連帯を、ここに高らかに予言するものであります」と彼はいった。

丁重な拍手が起こった。トウェルヴは満足したようだが、彼はこの業界の人間、というか生物ではない。それはどんなタレントの耳にも、死にぎわの喉鳴りに聞こえる拍手だった。

「へへえ、死んだ親父がしてた話にそっくりだ」ジェリーがカメラに向きなおっていった。

その晩最初の笑いが来た。誰もがこの台詞には気づいた。ジェリーの手持ちキャラクターの中ではいちばん古株のひとり、〝ドジなお巡り〟ダミー・ラモックスの決まり文句だ。これなら視聴者も安心して聞いていられる。反応のしかたも心得たものだった。

「しかし、より高い見地に立てば、今夜はわたしがあえて銀河時代と名付けるものの、ほんの端緒にすぎません」とトウェルヴはつづけた。「なぜなら、われわれがともに固く手を結びあい、未来の試練に立ちむかう前に、かたづけなければならない問題は山ほどあるからです」

「そりゃ大層ご立派なことだが、うちの田舎じゃそうはせんな」

客はこれにもとびついてきた。おれのほうも満更ではなかった。それはおれの創ったキャラクター、〝恥さらしの赤毛布《あかげつと》〟エルモ・クランクの決まり文句だったからだ。エルモはジェリーの頼みの綱のひとつで、少なくとも二週間に一度は登場する。客席では緊張がとけ、笑い声は先刻よりちょっぴり大きく、ちょっぴり長くつづいた。

おれは酒をたっぷり注ぎたし、椅子にかけたまま前ににじりでた。宇宙からの訪問者がコケにされる番組など、そう毎晩見られるものではない。

「ありがたいおことば、まことに光栄の至りです、大使閣下」とジェリー。「ところで、この番組の視聴者が、あなたの星のことや、そちらでの習慣についてたいへん興味を持っていることは、もうお聞きおよびですね。たとえば、そちらの世界にはコメディというものは存在しないとうかがったのですが」

「そのとおりです。コメディはありません」

ジェリーは共感するようにうなずいた。「こちらでも、おんなじ問題にぶつかっておりましてね。新しい台本作家がほしいですな」

このひと言はおれの心臓を直撃した。グラスになみなみと酒が入っていなかったら、ブラウン管に投げつけていたかもしれない。

トゥェルヴはいっとき間をおき、ごぼごぼといった。「そのとおりです。われわれの星には作家はおりません」

「よかったら、うちのスタッフをまわしますよ。コメディは駄目かもしれないが、優秀なボウリング・チームができる」

ジェリーの台詞が笑いを呼び、またひとしきり間をおいたあとトゥェルヴは答えた。「わたしの知るところでは、そのボウリングとは、不活発なハイルーメにおいて、あなたがたが土曜日に行なう仕事のことですね。はい、われわれの星にはボウリングはありません」

「コメディはない、作家はいない、ボウリングはない。ではうかがいますが、大使閣下、そちらの星ではどんな娯楽があるんですか?」

「そうです、われわれの星には娯楽はありません。そのコンセプトがよくわかりません」

「簡単なことですよ。娯楽とは、仕事時間でないときに、みんながするものだ」

トゥェルヴは、こんどはもっと長いあいだ沈黙した。ジェリーの台詞が、聞いたとおりの意味には受けとれないらしく、理解しかねている様子が見てとれる。客席からは、答えを待ちうける忍び笑い。ようやく出てきたごぼごぼ声は、気のせいか、おれにはどこか言いわけがましく聞こえた。

「働いていないときには、われわれは眠ります」

「今までほかの局にばかりチャンネルを合わせていた人たちみたいなものですな。なるほど。しかし、まじめな話、大使閣下……」こうしてジェリーの攻勢はつづいた。視聴者が自分にぴったりついていると確信した今、口調もわずかに早くなっている。実際スタジオの客たちは、ここぞというときには笑い、宇宙から来たぼけ役にジェリーがつける次の台詞を待ちうけた。

　ジェリーは次から次へと話題を変えた。まじめな質問には気のきいたジョークを添え、ばかな質問をしては政治家なみに太っ腹なところを見せ、ついには観客は笑いで息絶えだえになった。トウェルヴにはこの状況がまったく呑みこめない様子で、間のびした答えはますますゆっくりしたものになってゆく。質問のたびに、あいだの沈黙も長くなった。やがてジェリーが生殖を話題にとりあげるに及んで、トウェルヴはとうとうサジを投げ、声もなく坐りこんでしまった。もっとも顔の造作は別だった。目と鼻と口は、バニラ・プディングにはりついた四匹の蠅みたいに、顔面を這いまわっている。

　ジェリーは快調にとばしていた。テレビ史上最大の視聴者を前に、この番組のスターはジェリー・フェイギンその人であり、ほかの何者も、宇宙から来た生物さえも、ものの数ではないことを証明しようとしているのだ。ジェリーの目に、射るような狂ったエゴの光がうかび、やがて彼は立ちあがると、髪をくしゃくしゃにし、大音声をあげた。「今こそ全貌を話そう、諸君。ただし、決して口をはさまないと約束していただきたい。わたしがいちばん勘弁ならんのは、諸君、話の腰をおる奴だ」

　ジェリーお気に入りのキャラクター、〝ワシントンの議事妨害の名人〟ウィン・バッグズ上院議員の登場だ。そうと気づいた観客は狂喜してはやしたて、ジェリーの演説を盛りあげた。

　その間トウェルヴはずっと彫像のように坐ったまま、ジェリーの一挙手一投足を見つめていた。べつに腹をたてているようにも、屈辱をかみしめているようにも見えなかった。少なくともそのジャガイモ顔から、いらだちらしいものは見てとれない。おれの感じるかぎり、トウェルヴのそれはうっとり見惚れている顔だった。ジェリーを顕微鏡の下においたはいいが、そこで見たものが信じられないといった表情。ジェリーはチョコレート・サンデーを前にした子どもみたいに、この視線にくらいついた。

そのときトウェルヴが、「わかった《エウレカ》！」とでもいうように両手をはねあげた。古ぼけた電球が頭の上にパチンと灯るのが目に見えるようだった。その晩はじめてトウェルヴの目鼻がまったく停止した。客席は一瞬静まりかえった。

「これはトーヘイ＝メイオクスなのだ！」それですべて説明がつくといわんばかりに、トウェルヴがとつぜん宣言した。

ジェリーが本能的にまぜっかえす。「もしそうなら、降ろしたほうがいい。ただ、ひと言ご注意申しあげるが——プロデューサーの奥方がたいへんご執心でね」

トウェルヴは顔の造作を変え、しまりのない笑顔のようなものをうかべた。「この儀式におけるわたしの役割がどういうものか、いま明らかになりました」声からも心なしかねばっこさが消えている。

トウェルヴが椅子から立ちあがろうとしたとたん、ジェリーはトラブルを予知した。相手が動作を半分も終えないうちに、彼は立ちあがった。にっこりとほほえみかけて、「大使閣下、今夜はわたしの番組においでいただいて、ありがとうございました。テレビの前のみなさんにとっても、これは大きな喜びであり、また胸おどる体験であったと思います。まだまだお話を聞きたいところですが、大使としてのお忙しい身を考えれば、これ以上お引きとめするわけにもまいりませんね」彼は舞台前部に出て、手をたたきはじめた。「さあ、大使閣下に盛大な拍手を」と、うかれる観客に呼びかけた。

トウェルヴはその程度ではくじけもせず、性の秘密を知ったばかりの子どもみたいにはりきっている。「事情にうといわたしは、これをホーヘイメイウスな接触とばかり思っておりました。そのため四番目の声を使ってしまったのです。これがトーヘイ＝メイオクスであることを知っていれば、第三声で話したのに。お許しください、ミスター・ジェリー・フェイギン」

話しながらジェリーのとなりに来る。その最後の二言三言あたりから、トウェルヴの声はすっかり変わった。聞いていて背筋が寒くなった。ジェリーが与えたショックで、思春期がとつぜん発動してしまったかと疑ったほどだ。数秒のうちに、ねばっこいごぼごぼ声は消え、ジェリーとそっくりの、どこに力を入れるでもない、歯切れのよい声がそれに取って換わった。

「女房をもらってください*」とトウェルヴはいった。

誰もひと言ももらさなかった。トウェルヴが発狂したとでも思ったにちがいない。おれだって一瞬そう思った。だが台詞の意味がわかったとたんトウェルヴのもくろみがうすうす読めてきた。

信じられなかった。気が変になっている。だがトウェルヴが目鼻を――ちょっぴり、それも非常

＊戦前から活躍する、息の長いコメディアン、ヘニー・ヤングマンの名台詞。ぼやきコントを得意とし、細君の料理、掃除のしかた、彼女との性生活などをこぼしながら、最後は「女房をもらってください」で落とす。

におずおずと——ぐらつかせたところで、何もかもはっきりした。彼は客にウケようとしているのだ。宇宙からやってきたこの珍妙な、まともな台詞一つ喋れない生き物は、ひとりコント芸人《スタンダップ・コミック》になろうとしているのだ。おれはこの化けものに哀れをおぼえた。考えてもみろ。宇宙の彼方からわざわざやってきて、初登場でここまでこけては。

そのときのおれは、トウェルヴの呑みこみのよさにまだ気づいていなかった。

「すばらしいお話でした」いいながら、ジェリーはじりじりとさがってゆく。「ありがとう、大使閣下。お忙しいスケジュールの中でもしご都合がついたら、また是非ともおいでください」

「いやいや、ジェリー、わたしこそお招きにあずかりまして」トウェルヴはホストの前に進みでると、客席にむかって話しかけた。「もっと早く着くはずだったんですがね。交通止め《ホールドアップ》にあいまして。信号で止まったんです。そしたら男が二人出てきて、わたし〝手をあげろ《ホールドアップ》〟をくらっちゃった」顔の造作がぴくんと動いた——目は左へ、鼻は右へ。観客は笑った。おそるおそるだが、とにかく笑った。

「それはお気の毒に、大使閣下。さて次のゲストは、みなさんよくご存じ——」ジェリーがいいかける。だがトウェルヴの話は終わらなかった。

「プロデューサーに誘われましてね、五十四丁目のレストランにめしを食いに行った。サラダはわるくなかったな。けれど、あの小さな男どもが気にくわない。腰みのを巻いて、矢の先っぽをちゃぶちゃぶロシア風ドレッシングにつけてる」

「——舞台や映画で活躍、またこの三シーズンはテレビにも出演し、すでにみなさんにもおなじみになった——」ジェリーは再挑戦を試み、声をはりあげると、異星人の前に出ようとした。

トウェルヴは二つの目玉を反対方向にまわすと、ウェイオクスをぱちくりさせた。

「ウェイターにね、ニューバーグ風ロブスターはうまいかとたずねたんです。するとウェイター、〝そんなものメニューにございましたか?〟だからわたし、〝いや、メニューで見たんじゃない。おたくのネクタイで見たんだ〟」こんどは客は、もっと声高に、もっと長いあいだ笑った。トウェルヴが気にいったのだ。

異星人を押しのけ、ジェリーが鼻息荒く叫ぶ。

「あの頓狂な、愛すべきプレグノウスキー夫人を演じ、全国テレビ家庭のハートを射止めた、才能豊かな美しいレディー」

トウェルヴがよろめいた。うしろに倒れそうになり、両腕をふりまわし、そのまま宙にはねあがると、プープー・クッションに襲いかかるバグパイプみたいな音といっしょに、古典的な尻もちをついて着地した。客席はわきかえり、拍手と歓声の中でジェリーは完全に食われた形になった。立ちあがるトウェルヴの顔面では、動きのにぶい振子のように、鼻が右に左に這っている。静かにというトウェルヴの合図で、ようやく声が聞こえるようになった。

「うちのプロデューサーがいうことにはね、〝おれだって食ってすぐ走りたいわけじゃないさ。しかし、おれのチップのやり方からすると、これしかないんだな〟」といいながら、両腕のひじから先をプロペラさながらにふりまわす。

ネタは確かにひどいものだ。だが、おれはトウェルヴの話しぶりに天性のうまさを感じた。いい作者がつけば、彼はきっと成功するだろう。自分の番組だって持てるようになるかも。

つぎに起こったことは、おれには絶対に偶然とは思えない。カメラがジェリーに切り換わった。ジェリーは顔を紫色にして、四人の年配の警備員とひとりの泣き顔のプロデューサーにおさえこまれている。カメラはその一団から動かなかった。

一億九千二百万の視聴者がジェリーの叫び声を聞いた。

「そのくそ野郎——宇宙から来たジャガイモの化けものを、舞台からおろせ！　撃ち殺せ！　ライトを落っことせ！　みんな殺されるぞ！」

これは誇張というものだろう。トウェルヴは番組に奇蹟をもたらした。彼はジェリーを殺していただけなのだから。


おれたちは番組の名を《十二時のトウェルヴ《トゥエルヴ・アト・トゥエルヴ》》と変えた。といっても始まりは、前とおなじ真夜中の三十分前からである。プロデューサーのいうとおり、《十一時半のトウェルヴ《トゥエルヴ・アト・イレヴン・サーティ》》ではみんなを混乱させるだけだろう。

それにしてもトウェルヴくらい、いっしょに働いていて楽しい奴はいない。彼と話すだけで、こちらはどっぷりとノスタルジアにひたれる。地球の電波をモニターしていたあいだ、彼は偉大なコメディアンたち——ミルトン・バール、ジャッキー・グリースン、シド・シーザー、グラウチョ・マルクス、ジョニー・カースン、誰でもいい名前をいってごらん——のお喋りを聞き、ありとあらゆるギャグや芸、この業種に関する細かい知識をことごとく吸収した。ただ集めた資料をどんな風に扱ったらよいものか、ジェリーが実践してみせるまで、まったく気づいていなかっただけのことなのだ。いまやトウェルヴは、天職をとうとう見つけた男のようだ。彼がこの地球、この業界を去ることはないと思う。おそらく永遠に。

トウェルヴはまた、たいへんな働き者だ。昼下がりには必ず局に顔をだし、今夜の番組のお喋りを予習してゆく。世界中、誰が聞いてもすぐにわかるキャッチフレーズは、もう二つ三つできあがっている。「では、ウェイオクスをぱちくり」の台詞は、子どものランチ・ボックスからビキニにまで氾濫しているし、「女房をもらってください」といいだして笑いころげる人間を見ない日は一日もない。ヘニー・ヤングマンさえ、トウェルヴの番組にゲスト出演したときには、それを使った。

トウェルヴの故郷の星から間抜けなポン友、サーティ・ワン（31）がやってきたという設定で、長期間使えるギャグの用意もある。そして台詞が効かなかったときは、ただ目鼻をかるく動かすだけでよい、そうすれば客席は沸く。

いまトウェルヴは形態模写でも売りだしている。中には相当に気味のわるい芸もある――ソビエト共産党政治局のメンバー全員の物真似をやりながら、同時進行でホンダの小型車にヘラジカの剝製を積みこむところを演じる芸人なんて、おれはほかに知らない。だが彼のジャック・ベニーはほぼ完璧だ。

トウェルヴがこの業界を見捨てないとおれが思うのは、彼が誠実をむねとすることを心得てきたからだ。二晩前、彼は午後の新クイズ番組の司会者に返り咲いたジェリーを、丁重に特別ゲストに迎えた。二人はハイスクール時代の恋人同士のように抱きあった。

トウェルヴはすばらしかった。本物のプロだった。最後に彼は目をぬぐい、ジェリーの背中に腕をまわすと、こういって番組をしめくくった。「この愉快な人物は、みなさんのこのすばらしい惑星でわたしがいちばん敬愛する友人です。今のわたしにあるすべては、ジェリー・フェイギンからの借りものといってよいでしょう」

ジェリーの顔には、借りを返してもらいたそうな表情がうかんでいた。

だが、おれはトウェルヴの肩を持つ。

フェルミと冬

フレデリック・ポール

Fermi and Frost

by Frederik Pohl

九つの誕生日、ティモシー・クレアリーはケーキにありつけなかった。その日はずっとニューヨークはジョン・F・ケネディ空港にいて、TWAターミナルの片隅で過ごし、切れぎれに眠りながら、疲れや恐ろしさのあまりときおり泣き声をあげた。口にしたものといえば、軽食用ワゴンにのった風味の抜けたデニッシュ・ペイストリーだけで、それもたくさんの数はなく、おまけに消え入りたいくらい恥ずかしいことに、ズボンのなかに漏らしてしまっていた。三回もだ。すし詰めの避難者の体を乗り越えてトイレに行くのは、まずもって不可能だった。二千八百人の人びとが、その何十分の一かの収容人員しかないスペースに流れこみ、全員がひとつの思いに取り憑かれているのだ。逃げろ！　いちばん高い山へ登れ！　平らにつっぷせ、どこか広い砂漠のど真ん中に！　逃げろ！　隠れろ！――

そして祈れ。根かぎりに祈るのだ。なぜならたまに避難者を受けいれる旅客機が見つかり、人を押しのけ、首尾よく離陸できたとしても、どこであれ機が行き先へ着いたとき、そこに逃げ場があるという保証はないのだから。家族は散りぢりだった。母親たちは泣き叫ぶ子どもをジェット機に押しこみ、ふたたび群衆に呑みこまれながら、今度はもっと声をころして泣いた。

発射命令はまだ出ていない、というか、一般大衆の耳には届いていないところからして、脱出の時間はあるかもしれない。すこしぐらいの時間は。ＴＷＡターミナルをはじめ、いたるところの空港ターミナルが、おびえたレミングの群れで満杯になるくらいの時間は……。疑いもなくミサイル群はいま、飛びたつ用意をかためているだろう。不発に終わったキューバのクーデターをきっかけに、事態が野放図にエスカレートし、原潜のひとつが他の原潜に核攻撃をしかけたのだ。それが合図だというのは、だれしもが見るところだった。つぎに何かが起これば、それは最終局面だろう。

ティモシーはこうしたことを何も知らなかったが、知っていても、できることは何もなかっただろう――せいぜい泣くか、悪夢にうなされるか、お漏らしをするぐらいで、その三つは現に実行中だった。父親の行方は知らない。母親のほうもわからない。父親を呼びにいくといって、どこかへ出かけたきりのところへ、七四七機の三つの便の搭乗アナウンスが同時にあり、次いで起こった逆らいがたい怒濤のなかで、ティモシーは置かれた場所からずっと遠くに押し流されてしまったのだ。それだけではない。濡れて風邪っぴきのうえに、ひどく気分が悪くなっていた。デニッシュ・ペイストリーを持ってきてくれた若い女性が、ティモシーのひたいに心配げに手をあて、何もできずにひっこめた。この子には医者が必要だ。だが医者を必要としている人びとは、ほかに百人もいた。心臓のぐあいの悪い年配者、おなかをすかせた赤んぼう、そして出産間近の女性が少なくとも二人。

もしこのとき脅威が去っていたなら、死にもの狂いの交渉が成立していたなら、ティモシーは両親とめぐりあうことができたかもしれない。おとなになり、結婚し、孫たちを両親に引き合わせることもできただろう。もしどちらかの陣営が先手を取り、相手を倒し、復興していたなら、ティモシーは四十年後、米軍事政府の白髪まじりのシニカルな大佐となって、レニングラードに駐留していたかもしれない（それとも、デトロイト駐留のロシア人大佐の召使いか）。それより、もし早くに母親がもうすこし力を込めて押していたら、ティモシーは難民の飛行機にたどり着き、ピッツバーグに降りたところでプラズマと化していただろう。それとも、もし彼の容態をみていた女性がもうすこし不安にかられ、もうすこし勇気を出していたなら、ごったがえす群衆のなか、彼を中央ターミナルの応急診療所へ運んでいけたかもしれない。そこでティモシーは薬をもらい、庇護してくれる人間を見つけ、安全な場所へ逃れ、生きのびることも……

だが実際、そのとおりのことが起こったのだ！

ハリー・マリバートは、英国宇宙旅行協会の会議に出るためポーツマスへ飛ぶところだったので、ビーフィーター・マティーニを早めにちびちびとやりながら、ターミナルの《アンバサダー・クラブ》で待ち時間を過ごしていた。そのとき、だれも目をくれなかったバーの奥のテレビが、とつぜんみんなの注意を引きつけた。

例のばかげた核攻撃警報システムで、ときおりラジオ局がテスト放送を入れ、いまでは気にかける者もなくなっているが――なんと、こんどは現実！　本気なのだ！　季節は冬で、雪も激しく降っているので、どちらにしてもマリバートの乗る便はおくれていた。変更された出発時刻が来るまえに、すべてのフライトが離陸禁止となっていた。どこかの役人がよしというまで、何者もケネディ空港から飛びたつことはないのだ。

　ほとんど時をおかず、ターミナルに難民志願者が押し寄せはじめた。《アンバサダー・クラブ》はすぐには満員にならなかった。三時間にわたって、地上勤務の乗務員は、レジにきて呼び鈴を鳴らす客のうち、入場許可証の小さな赤いカードを提示できない者を、ひとり残らず断固として追い返していた。だが中央ターミナルの食料や飲み物がなくなりはじめると、管制本部長の命令で、すぐさまクラブは開け放たれた。といっても、外側の過密状態はゆるまず、まえより内部が込みだしただけだった。その直後、ボランティアの医師グループが、傷病人を混雑から遠ざけるためクラブの大半を確保し、ハリー・マリバートのような健康人たちは、いやおうなくバー区域へ押しこめられる羽目になった。人込みのなかに管制本部の職員がひとりいて、酔っぱらうよりカロリー補給用にジントニックを徴発に来ていたところだったが、その男がマリバートの顔に気づいた。「ハリー・マリバート博士ですね。以前ノースウェスタン大学であなたの講演を聞きました」

　マリバートはうなずいた。ふつう人からこういわれたときには、「楽しんでもらえましたか」と大様《おおよう》に受けることにしているが、この状況ではノーマルに大様なのは、というかノーマルであること自体、ふさわしくないように思えた。

「アレシボ（プエルトリコの宇宙観測所。世界最大級の電波望遠鏡がある）のスライドを見ましたよ」男は夢見るようにいった。「こういうお話だった。電波望遠鏡を使えば、アンドロメダの大星雲まで、二百万光年の距離をこえて通信を送ることができる――もし受けとる側に、おなじくらいの性能の電波望遠鏡がありさえすればいいのだと」

「よく覚えていらっしゃる」マリバートは驚いた。

「印象が強烈でしたからね、博士」男は腕時計に目をやると、逡巡し、また飲み物に口をつけた。

「壮大なすばらしい話だったな。大きな望遠鏡を使って、宇宙のどこか遠くにある異星文明からの通信に耳をすますなんて――もしかしたら何かが聞こえ、コンタクトがとれ、この宇宙でひとりぼっちではなくなるかもしれない。聞いているうちに不思議に思えてきましたよ。どうしてそういう人たちにまだ出会っていないのだろう、というか、なぜ何も聞こえてこないのか。だが、もしかしたら――」男は警護つきで並ぶ旅客機の列を苦々しげにながめると、いいおえた。「もしかしたら、これが答えなのかもしれない」

男が立ち去るのを目で追いながら、マリバートの心は重かった。彼が生涯をかけようとした仕事――SETI、地球外知的生命探索計画――は、いままではほとんど無意味に見えた。もし核戦争が起これば、実際、だれもが起こると見ているようだが、そうなれば事は終わってしまう。永久とはいわないまでも、少なくとも――

バーのつきあたりで、がやがやと声が上がった。マリバートはふりむくと、マホガニーに寄りかかり、首をのばした。《しばらくお待ちください》のテロップが消え、髪をポマードでまとめた若い黒人女性が、ふるえる声でニュース速報を読みはじめた。

「――大統領は、合衆国に対して核攻撃がはじまったことを正式に認めました。複数のミサイルが北極圏上空で探知されており、こちらに接近中です。市民の方々はみんな避難所をさがし、指示があるまでそこにとどまるように――」

そう、終わったのだ、とマリバートは思った。永久とはいわないまでも、これから当分のあいだは。

驚いたことに、ニュースが報じられても、ターミナルには何ひとつ変化はなかった。叫び声もなく、ヒステリーもなかった。避難所をさがせという命令はジョン・F・ケネディ空港では無意味なことで、彼らがいまいるところ以上にましな避難所はほかにはなかった。しかしそれが当てにはならないことも確かだった。いまマリバートは、ターミナルの屋根のへんてこな空気力学的形状をはっきりと思いだしていた。どこか近辺で爆発が起これば、いとも簡単に引きちぎられ、湾を越えてロッカウェイ地区まで飛んでいってしまうだろう。おそらく、大勢の人びとを乗せたまま。

といって、ほかに行き場所はないのだ。

どういうつもりなのか、撮影クルーはいまだに各所で活動していた。テレビ画面にタイムズ・スクエアやニューアークの群衆が映った。ジョージ・ワシントン橋では自動車の流れが止まり、ドライバーたちが車を捨ててジャージー側の海岸へ走っていく。テレビのまえには百人ほどが群がり、まえにある人間の頭をよけながら画面を見ていたが、出てくる声といえば、見知ったビルや通りに気づいて名前をいうぐらいのものだった。

命令する声がひびいた。「みんな、もっと下がって！　場所がほしいんだ！　あなた方のなかでだれか、この患者さんたちを見てやってくれないか」おやおや、これは間がもちそうだ。マリバートはすぐさま志願し、幼い少年の看護を引き受けた。少年は熱を出し、歯をがちがちと鳴らしていた。「テトラサイクリンを打ちました」と女医がいい、少年をマリバートにあずけた。「体をきれいにしてやってくれますか、できたら？　すぐに治る病気なんです、もし――」

もし最後まで言葉がつづかないほど、患者たちに急《せ》かされていなければか、とマリバートは思った。さて、どうやって少年の体をきれいにするか？　少年のズボンが濡れていて、たちのぼる臭《にお》いから水分の正体がわかったとき、答えはひとりでに出た。マリバートは少年をそっと二人掛けのレザー椅子に寝かせると、ズボンとぐしょぬれのパンツを脱がせた。当然ながら、少年は着替えを持っていなかった。この問題は、マリバートが自分の手提げかばんからブリーフを一枚出すことで解決した――もちろん、子どもには大きすぎるが、もともと伸び縮みがきくぴったりしたデザインなので、腰まで引きあげるとその位置におさまった。つぎにペーパータオルを見つけると、ブルージーンズに押しあてながら、できるだけ水気を吸い取った。乾きぐあいは悪かった。マリバートは顔をしかめ、ズボンをバーのスツールにかけると、しばらくその上にすわって体温で乾かした。十分後、かすかに湿り気が残るだけとなり、子どもにはかせた――

サンフランシスコからの送信が途絶した、とテレビが伝えた。

さっきの管制本部の男が人込みをかきわけ、やってくるのを見て、マリバートは首をふった。「はじまったね」というと、男はまわりをうかがった。彼はマリバートに顔を近づけた。

「ここから出してあげられます」とささやいた。「アイスランド航空のＤＣ８がいま搭乗中です。アナウンスはしていません。すれば、みんなが殺到する。席を用意しました、マリバート博士」

まるで電気ショックだった。体がふるえた。自分でも気づかぬうちにたずねていた。「代わりにこの子を乗せてやってくれるか?」

管制本部の男は迷惑そうな顔をした。「連れていきなさい、もちろん。息子さんがいたとは知らなかった」

「ぼくの子じゃないよ」とマリバートはいった。だが声はひそめたままで。そして機内にはいってからも、マリバートはまるでわが子を抱くように少年を優しく膝にかかえていた。

ケネディ空港の《アンバサダー・クラブ》は静穏であったにしても、パニックは世界中いたるところで発生していた。超大国の都市では、人びとはだれもが命のせとぎわにいることを知った。何をしても無駄だろうが、何かをしなければならないのだ。何であれ、思いつくかぎりのことを! 逃げるか、隠れるか、身をかたくするか、密航するか……祈るか。都会人たちはメトロポリスを捨て、広々とした田舎に安全を求めた。農民や郊外周辺区域の住民は、都会の頑丈で安全な建物をめざした。

そしてミサイル群が落下した。

ヒロシマ、ナガサキを焼きつくした原爆は、これに比べればマッチの火のようなものだった。核融合爆弾の光と炎は、最初の数時間のうちにアメリカで八千万の命を奪った。百の都市の空に、火炎嵐が噴きあげた。車、瓦礫、人間、何もかもが時速三百キロの風に吸いこまれ、灰となって空にたちのぼった。溶けた岩石のしぶきと塵が、空中にまき散らされた。

空が暗くなった。
やがて、なおいっそう暗くなった。

アイスランド機がキェプラヴィク空港に着陸すると、マリバートは少年をかかえて通路をどんどん歩き、《入国管理》と表示のある小さなスタンドに着いた。列は長かった。乗客のほとんどがパスポートを持っていなかったからで、マリバートの番が来るころには、審査官の女性は一時滞在の許可を出す作業に疲れきっていた。「息子です」マリバートは嘘をついた。「この子のパスポートは妻が持っているんだが、いま所在はわかりません」

女はうんざり顔でうなずいた。口をすぼめて事務室のドアのほうを向き、その奥で上司が汗をかきかき報告書にサインしているのを見ると、肩をすくめ、二人をそのまま通した。マリバートが少年を抱いてはいったのはSnirtingと表示のあるドアで、これはアイスランド語でトイレの意味らしい。ほっとしたことにティモシーは、まぶたはまだ重たげなものの、ひとりで立っておしっこをすることができた。ひたいはとても熱かった。マリバートは、レイキャヴィクの医者に向かって祈った。

バスのなかでは、英語のできるツアーガイドが——観光客が到着せず、仕事がなくなってしまったため——最前列のシートのひじ掛けにすわり、マイクロフォンを手に、はつらつと避難民に話しかけた。「シカゴ？ ヤー、消えたわ、シカゴね。それからデトロイトとピッツ、ピッツボールグ——ひどい。ニューヨーク？ あたりまえよ、ニューヨークだって!!」と彼女はにべもなくいい、その頬をつたって流れる大粒の涙を見て、ティモシーまでが泣きだした。

マリバートは抱きしめた。「心配しなくていいよ、ティミー」といった。「だれもレイキャヴィクにまで爆弾は落とさないから」事実、落とさないはずだった。だがバスがさらに十マイルほど行ったとき、前方の雲のなかでとつぜん光がひらめき、乗客たちは思わず目を細めた。ソ連側のだれかが、最後のほつれを繕うときだと判断したらしい。何者なのか、どこか中央ミサイル管制基地のなれの果てに生き残っただれかが、北大西洋における米帝の最大級かつ屈辱的なまでに危険きわまる要塞、すなわちキェプラヴィクの米空軍基地が、いまだ攻撃を受けていないことに気づいたのだ。

不運なことに、そのころには電波障害と軍事的損耗によって狙いの精度が落ちていた。マリバートの言葉は正しかった。だれも——故意に——レイキャヴィクにまで爆弾は落とさない。だが四十マイルそれたミサイルがことをなしとげ、レイキャヴィクは消え失せた。

彼らは猛火と放射線を避けて、内陸へ大きく迂回した。そしてアイスランド到着第一日目の太陽が昇ったとき、マリバートは、少年がアイスランド人看護婦に抗生物質をたっぷり打ってもらったあと、そのベッドにもたれてうとうとしながら、空に満ちわたるどぎついまっ赤な夜明けを見た。

それは一見の価値あるながめだった。なぜなら以後、夜明けのない日々がやってきたからである。

いちばん厄介なのは闇だったが、当初、それは大事《おおごと》には見えなかった。さしせまった問題は雨だった。数知れぬ粉塵が水蒸気を凝固させた。水滴が生まれた。雨が降った、とめどもなく——どしゃぶりの雨、滝のような雨が。川は増水した。ミシシッピ川はあふれた。ガンジス川、黄河がつづいた。アスワンのハイ・ダムはふちから水がこぼれだし、決壊した。雨の降らない土地に雨が降りだした。サハラ砂漠は鉄砲水なるものを知った。ゴビ砂漠のはずれの〈燃える崖〉（赤色砂岩の崖で、世界でも屈指の恐竜化石の産地）は、もはや燃えていなかった。十年分の雨が一週間で降りそそぎ、砂の斜面をすすぎ落としてしまった。

こうして闇がたれこめた。

人類は飢餓を逃れて、ふつう八十日生きる。これが地球上のありったけの食糧貯蔵量だ。世界は核の冬を、それ以上でもそれ以下でもない量で迎えた。

ミサイル群は六月十一日に飛んだ。食糧庫が世界に均等にちらばっていたなら、最後の一口は八月三十日に食べられることになるだろう。餓死は、つづく六週間のうちにはじまって終わり、人類退場となる。

食糧庫は均等にちらばっていなかった。北半球は種まきを終えたものの収穫には遠く、上げた片足をすくわれるかたちになった。実際、そこには何も生えなかった。日ざしを求めて地中の暗がりから顔を出した苗は、光を見つけられずに死んだ。太陽はなかった。核爆発によって巻きあげられた分厚い粉塵の雲が、すべてをさえぎってしまったのだ。白亜紀の再現であり、絶滅が身近にせまった。

北アメリカやヨーロッパの豊かな国には、もちろん山ほどの食糧備蓄があったが、それもみるまに消えた。裕福な国は、家畜というかたちで大量の富を蓄えていた。若い雄牛一頭一頭が、百万カロリーのたんぱく質と脂肪だった。また一頭処理するごとに、日ごと餌として削られていく何千カロリーという穀物や粗飼料が浮いた。牛、豚、羊が——さらに山羊や馬、ペット兎やひよこ、果ては子猫、ハムスターまでもが——缶詰、根野菜、穀類の貯蔵分をなるべく長持ちさせるために、たちまち殺され、食べられた。肉は配給されなかった。腐るまえに食べなくてはならなかったからだ。もちろん裕福な国においても、食糧は均等に配分されてはいなかった。家畜の群れや大穀物倉庫は、タイムズ・スクエアやループ（シカゴ・ダウンタウンの商業中心部）に配置されているわけではない。アイオワ州からボストン、ダラス、フィラデルフィアへとうもろこしを運ぶには、軍隊の護衛が必要だった。まもなく人を殺す必要も生じた。そして輸送はまったく不可能になった。

そんなわけで、都市が最初に飢えた。輸送車隊を護衛する兵士が、都市住民のためからわが身のための食糧確保へと方針を切り替えるにつれ、暴動が続発し、大量死の第二波が押し寄せた。大多数は飢えて死んだのではなかった。他人の飢えが、彼らに死をもたらしたのだった。

これも長くはつづかなかった。〝夏〟が終わるころには、凍りついた都市の残存部はどこもそっくりだった。どの都会にも、二、三千のやせて凍えた無法者たちが生き残り、缶詰や冷凍品や乾燥品の山をかかえて、目を光らせているのだ。

世界中の川という川が、河口までどろどろのぬかるんだ流れとなった。木も草もすべてが死んで、土にしがみつく力をゆるめたからである。雨が降るたびに土砂が流された。冬の闇が深まるにつれ、雨は雪に変わった。〈燃える崖〉はいまや氷のシーツをかぶり、おぼろげに光るガラスの指を暗い空に突き出していた。ロンドンでは、わずかに残る生存者たちはテムズ川を歩いてわたることができた。ハドソン川、黄河、二つのカンザス・シティ（同市はカンザス州とミズーリ州にある）を隔てるミズーリ川も同様だった。うちつづく雪崩《なだれ》がデンヴァーの名残りを埋めていった。立ち枯れた森では地虫が繁殖した。飢えた捕食動物は虫をほじくりだし、むさぼり食った。捕食動物のなかには人間もいた。ハワイ人の生き残りは、白蟻の存在をとうとうありがたく思った。

平均的な西欧人は――日に二千八百カロリーのダイエットで心地よく太り、贅肉を落とすため決然とジョギングをつづけている者も、太くなる腿となかなか締まらないベルトを見て良心の呵責に苦しんでいる者も――食物なしで四十五日は生きのびられる。そのころには脂肪はなくなっている。筋肉からのたんぱく質吸収も進行している。ぽっちゃりした主婦やビジネスマンは、いまでは骨と皮ばかりだ。とはいえ、その段階までなら、介護と治療によって健康は回復できる。

そこからがひどくなる。

神経系の溶解がはじまる。目が見えなくなる。歯茎の肉がなくなり、歯が抜け落ちる。感情鈍麻は痛みにかわり、苦悶となり、つぎには昏睡。

そして死が訪れる。地球上のほとんどの人間の死……

四十日と四十夜、雨が降り、気温は下がりつづけた。アイスランドは全土が凍りついた。

マリバートは驚き、事情がわかって安堵もしたのだが、アイスランドはこれに対処する設備を持っていた。そこは氷雪に埋もれながら、なお生きていける、地球上でも稀有な場所のひとつだった。

地球をほぼぐるりと取り巻いて、ひとすじの長大な火山の尾根がある。アメリカとヨーロッパにはさまれた区域は大西洋中央海嶺と呼ばれ、名前のとおり、おおかたは海中に没している。ところどころ、上腕に吹き出物ができたように、火山島が海面から顔を出している。アイスランドはそういう島のひとつだ。地球上のたいていの土地が凍結して滅びても、アイスランドは火山熱にたよって生き残れるが、もうひとつの理由は、もともとそこが寒冷な土地であったからだろう。

生存対策本部は、マリバートが何者であるかを知ると、さっそく彼を仕事につけた。もっとも、遠いはるかな（存在するかどうかも怪しい）異星種属とのコンタクトに関心のある電波天文学者などにおあつらえ向きの仕事はない。しかしながら、科学教育を身につけた者、ことにアレシボを二年も運営していたエンジニアの実績を持つ人物とあれば、仕事はうなるほどあった。ティモシー・クレアリーは肺炎から静かにゆっくりと快方に向かっていたが、少年の看病から手が離れたときには、マリバートはパイプ輸送される熱水の熱損失や汲みあげ速度を計算した。

アイスランドはみずから密閉空間を造りだした。その空間を、煮えたぎる地下水脈から引いた熱湯で暖めた。

熱だけをとれば、アイスランドは何ひとつ不自由しなかった。むずかしいのは、間欠泉地帯から各所の密閉空間へ熱を移すことだった。熱水は、熱量を日光とは別のところに依存しているので、温度はまったく下がっていないが、マイナス三十度Cの寒さを締めだすには、五度Cの場合よりははるかに大量に必要だった。生き残った人びとを暖めるだけが、そのエネルギーの用途ではない。食物を育てる必要があったからだ。

アイスランドには、もともと地熱利用の温室がたくさんあった。花をつける観賞植物は引き抜かれ、食用植物が取って代わった。野菜や穀物を育てる日光がないので、ありったけの地熱発電所がフル稼働にはいった。太陽スペクトルを発する白熱灯が栽培トレイに光子を浴びせた。元来の温室だけではない。ジム、教会、学校――あらゆる施設が、ぎらぎらする光を使って食物を育てはじめた。食物はほかにもあり、何千トンというたんぱく質が、丘陵地で飢えてメーメーと鳴いていた。羊たちは生け捕りにされ、殺され、精肉され――ふたたび戸外に置かれた。必要なときが来るまで冷凍しておくためだ。斜面で凍死した動物たちは、ブルドーザーで百もの山に積みあげられ、そのまま放置された。測量地図にはそれぞれの山の位置が注意深くしるされた。

結果的に、レイキャヴィクが消失したのは僥倖《ぎょうこう》だった。おかげで、島の資源にたよって生きていく人間が五十万は減ったからである。

負荷率の計算にかかりきっていないときには、マリバートはすさまじい寒さのなかへ出て、作業員を叱咤した。汗まみれの人夫たちが凍った穴にもぐりこみ、縮んだ管をくっつけ合わそうと奮闘する――その穴のなかには、彼らの体熱で溶けた冷水がみるまに溜まっていくのだ。人夫たちはマリバートのたどたどしい指示に辛抱強く耳をかたむけた。彼のアイスランド語の片言はほとんど役に立たなかったが、ときには人夫のほうが観光英語をしゃべることができた。彼らは胸にとめた放射線モニターを見やり、頭上の嵐をあおいでは、また仕事にもどり、祈った。マリバートさえ祈りかけたことがあった。ある日、埋まった海岸道路のルートをさがしに出かけた彼は、海側の氷原を見わたし、灰白色の氷丘ともつかぬ氷丘に気づいた。肉眼でかろうじて見える距離にあり、道路作業班の明かりのふちのあたりをぼんやりと動いている。「北極グマだ！」マリバートが班長に耳打ちすると、全員が動きをとめ、獣がのそのそと視界から消えるのを待った。

その後はライフル必携となった。

アイスランド保温計画の（能なし）技術顧問の職に暇ができ、ティモシー・クレアリーの（能なしすれすれだが、見込みある）代理父の手があいたときには、マリバートは生き残る可能性の計算に死にもの狂いで取り組んだ。彼らだけでなく、全人類のための計算である。目のまわるように忙しい生き残り作業のさなかでも、アイスランド人は未来について考える時間をつくっていた。研究チームが結成された。レイキャヴィク大学の物理学者たち、キェプラヴィク空軍基地の生き残り補給将校、ライデン大学から北大西洋気団の実地研究に来ていた気象学者。彼らはマリバートが少年とともに住む下宿屋《ギストフース》に集合したが、議論がつづくあいだ、ティミーはいつもマリバートのとなりに黙って坐っていた。最大の問題は、粉塵の雲がいつまで残るかということだった。いつの日にか粒子は空から落ちてこなくなり、世界は復活の日を迎えるだろう——といっても、新人類を生みだすだけの数が残っていればの話だが。しかし、それはいつのことになるのか？　答えは出なかった。核の冬がどれほど長く、どれほど寒く、どれほど殺傷力を持つのか、予測がつかないのだ。「われわれはメガトン数も知らない」とマリバートはいった。「どういう大気の変化が起こったのかも知らない。日射率もわからない。わかるのは悪化するだろうということだけだ」

「もうすでに悪いよ」と公安局長のソルシッド・マグネッソンがつぶやいた（この役所は、悪人を捕まえることと関係があったようだが、それも犯罪が大きな社会的脅威であったころの話である）。

「もっと悪くなるんだ」とマリバートはいい、そのとおりとなった。寒さはきびしくなった。世界各地からの報告は減っていった。知りえたことを表示するさまざまな地図がつくられた。ミサイル地図一式には落下地点が表示されたが、一週間とたたないうちに、それは何の意味もなくなった。その時期には、凍死者の数のほうが爆死者の数より重要になりはじめたからである。まばらにはいってくる気象情報をもとに、等温線地図がつくられた。だが氷結点が赤道へ刻々と下っていくため、毎日書き換えなければならなかった。最終的に地図は不要になった。そのころには全世界が凍っていたからだ。死亡率地図もつくられた——はいってきた報告をもとに、それぞれの地域の死者の割合を推計するわけだが、まもなくこれはつくるに耐えない恐ろしいものとなった。

イギリス諸島がまず滅びた。核攻撃を受けたからではなく、まぬがれたからだった。そこでは生きている人口が多すぎた。イギリスには四十日分以上の食糧が備蓄されていたことはなかった。船の入港がなくなると、飢餓がはじまった。日本もおなじ道をたどった。すこし遅れて、バーミューダ、ハワイ、カナダ島嶼《とうしょ》地方がつづき、それから大陸の番になった。

ティミー・クレアリーはこうした話を一言もらさず聞いた。

ティミーはあまりしゃべらなかった。両親の行方も、最初の二、三日以降はたずねようとしなくなった。いいニュースはあてにしていないし、悪いニュースは聞きたがらなかった。感染症は治ったが、心は癒されていなかった。空腹の子どもがむさぼる量の半分しか食べなかった。マリバートがなだめすかしたときだけ食べた。

ただひとつ、ティミーの顔が生きいきとしてくるのは、ごくまれにマリバートが宇宙について話して聞かせるときだった。ハリー・マリバートとＳＥＴＩのことはアイスランドでも有名で、マリバート自身とおなじくらい熱心な者もいくたりかいた。暇ができると、マリバートのまわりにはグルーピーが集まった。郵便配達人のラルス（手紙が来なくなったいまでは、つるはしやシャベルで氷掘りが仕事）、ロフトライダー・ホテルのウェイトレスのインガル（いまは住居の壁の断熱に役立つ重いドレープを縫っている）、英語教師のエルダ（いまは凍傷専門の準看護婦）。ほかにもいたが、この三人は仕事のやりくりがつけば顔を見せる常連だった。彼らはハリー・マリバートのファンであり、彼の本を愛読し、アルデバランの奇怪な異星人からの通信や、百万の人口を乗せ、銀河系十万年の旅にのぼる世界船を、彼とともに夢見てきたのだ。ティミーは聞きながら、世界船のスケッチを何枚も描いた。マリバートはティミーにその大きさを教えた。「ゲリー・ウェッブと話したんだ。細かいところまで、よく計算してあったよ。要するに、回転速度と材質の強さの問題なんだ。むりなく住める疑似重力をつくるには、船は円筒形で、回転していなくてはならない。直径は十六キロは必要になる。それに内部を広々とするには、円筒は長くないといけないが、回転力でぐらついたりたわんだりするので、いくらでも長くするというわけにはいかない——せいぜい六十キロかな。一個所は居住区にする。別のところに燃料を貯蔵する。そして船尾には反応炉があって、水素の核融合の後押しで、船は銀河系をわたっていく」

「水素爆弾か」と少年はいった。「ハリー、どうして世界船は爆弾でこわれないの?」

「そこが工学技術というもので、細かいことはわたしも知らないんだ」マリバートは正直にいった。「ゲリーはポーツマスの集まりで論文を発表する予定だった。それもあって、わたしは出席しようとしていたんだがね」しかし、もちろん英国宇宙旅行協会の会合がポーツマスで開かれることはない。今後永久に。

エルダがそわそわといった。「そろそろお昼だわ。ティミー、スープをつくったら、あなた飲む?」そして少年の返事などおかまいなしに、彼女はスープをつくった。エルダの夫はキェプラヴィク空軍基地のPX（売店）で会計係をやっていた。そのキェプラヴィクに追撃ミサイルが飛んできて、前回のミスを挽回したとき、不運にも彼は残業しているところだった。だからエルダには夫はなく、埋葬するほどのものさえ彼女には残らなかった。

地底の熱水をパイプがはちきれそうなほど全速で汲みあげても、下宿屋《ギストフース》のなかは暖かくなかった。エルダは少年を何枚もの毛布でくるみ、少年がおとなしくスープを口に運ぶあいだ、そばにつきっきりでいた。ラルスとインガルは手をとりあって坐り、少年が食事をとるのを見まもった。

「星から声が聞こえてくるなんて」とラルスが不意にいった。「そうだったら、すばらしかったのになあ」

「声なんかないのよ」とインガルが苦々しげにいった。「いまでは、あたしたちの声だってないんだから。フェルミ・パラドックスの答えが出たってわけね」

少年がスプーンの手をとめ、何のことなのかと質問したので、ハリー・マリバートはできるだけていねいに説明した――「エンリコ・フェルミという科学者の名前をとってつくられた言葉なんだ。フェルミはこういった。〈宇宙には、この太陽と似た何百億もの星がある。この太陽にはいくつもの惑星がある。だからほかの星にも、同じように惑星があると仮定してもおかしくはない。この太陽系の惑星のひとつには、生き物が住んでいる。そういう生き物のひとつがわたしたちで、ほかに木なんかもそうだし、微生物も、馬もそうだ。星の数があまりにもたくさんなので、なかには生き物がいる星もいくつかあるだろう。そう考えて間違いないような気がしてくる。生き物、というより異星人だ。わたしたちと同じくらい知能が高い――ひょっとすると、もっと高いか。いまのわたしたちみたいに、宇宙船を建造したり、ほかの星へ通信を送れるような人たちだ〉――ここまではわかったかな、ティミー？」少年は眉のところにしわを寄せ、うなずいたが――マリバートを喜ばせたことに――スープを飲む手はとめなかった。「そこでフェルミはこういう問題を出した。〈なぜいままで会いに来る者がいなかったのだろう？〉」

「映画と同じさ」少年はこくりとうなずいた。「空飛ぶ円盤がそうなんだ」

「ああいう映画はみんな作り話なんだよ、ティミー。ジャックと豆の木やオズの魔法使いみたいにね。ひょっとしたら、どこかの宇宙生物が一度ぐらい会いに来ているのかもしれない。だが、はっきりした証拠が見つからない。もしほんとうに起きたのなら、証拠が残るはずだ。きっとあるはずなんだ。もし何度も来ているのなら、火星のマクドナルドみたいな店のビッグマックの箱だとか、使いきったシリウス製のフラッシュキューブだとかを、少なくともだれかが落としているはずで、それが発見され、地球外のものだということで陳列されていてもいいはずだ。そんなものはひとつも見つかっていない。だからフェルミ博士の問題には、考えられる答えは三つしかない。ひとつ、地球以外の星に生物はいない。ふたつ、いるのだけれど、地球人とかかわりを持ちたいとは思っていない。コンタクトをとりたがらないのは、こちらが暴力的でこわいというのもあるだろう。それとも、なにか想像もつかない別の理由があるのかな。そして三つめの理由というのは――」エルダがあわてたような仕草をしたが、マリバートは首をふって――「どこの星の生物であれ、文明がいろいろと進歩して、宇宙に出ていくようになったときには――わたしたちみたいなテクノロジーを持ったときには――それといっしょに、制御しきれないような恐ろしい爆弾や兵器も抱えているということだ。そのために戦争が起こる。殺しあって自滅し、充分に成熟するチャンスをつぶしてしまう」

「いまみたいに」とティモシーはいい、まじめな顔でわかったとうなずいた。スープは飲みおえていたが、エルダは皿を下げるかわりに、少年を腕いっぱいに抱きしめ、涙をこらえた。

いまでは世界はまっ暗だった。昼も夜もなく、それがいつまでつづくか知る者はなかった。雨も雪もやんでいた。海洋から水分を吸いあげる日光がなくては、地上に降るだけの水蒸気は、もはや大気中に残っていない。洪水は一転して、凍てついた旱魃《かんばつ》に取って代わっていた。地下二メートルでは、アイスランドの土はもう鋼鉄のような硬さで、人夫たちにも歯は立たない。追加のパイプを埋設できる見込みはなかった。もっと熱が必要なときは、建物を閉鎖し、暖房パイプを止めるしか方法はなかった。エルダの患者は、いまでは凍傷よりも放射能症による疲れやすさのほうが主で、薬品と食糧を求めてレイキャヴィクの廃墟を出たりはいったりする影響がじょじょに現われていた。だれもこの仕事をまぬがれることはできなかった。エルダはスノーモービルを駆って、ロフトライダー・ホテルへの食糧あさりの旅からもどると、少年にプレゼントをわたした。みやげもの屋で手に入れたキャンディ・バーと絵葉書で、キャンディ・バーは分配されたが、絵葉書はすべてティミーのものになった。

「これが何だかわかる？」とエルダはたずねた。葉書には、大柄でずんぐりした醜い男女が千年まえの衣装を着ている姿があった。「これはトロール。アイスランドの神話だと、ここはトロールの住みかだったというの。いまでもいるのよ、ティミー、話ではね。山々というのは、年とって動けないほど疲れたトロールなの」

「それ、作り話でしょう、そうだよね？」少年はきまじめな顔でたずね、彼女がそうだと保証するまで、にこりともしなかった。それからジョークをいった。「戦争で勝ったのはトロールたちなんだ」

「まっ《アハッ》、ティミー！」エルダはショックを受けた。だがジョークをいえるまでに回復してきたわけで、ブラック・ユーモアでもないよりはマシだと自分にいいきかせた。新しい患者たちのおかげで、エルダにもすこし精神的余裕ができ——というのも、放射能症に打つ手は何もないからだが——少年を楽しませる方法を何か考えようと、彼女は気力をふるいたたせた。

そしてすばらしいことを思いついた。

燃料が貴重になってからは、氷に埋もれたアイスランドの見学旅行はとだえていた。どちらにしても、永遠の闇のなかでは何も見えはしない。しかし病院のヘリコプターに出動要請がはいり、背骨を折った子どもを入院させるため、東岸のストックスネスまで空席のまま飛ぶことになったとき、彼女はマリバートとティミーを同乗させてほしいと頼みこんだ。エルダ自身は、傷ついた子どもに付き添う当直看護婦として、乗ることは自動的に決まっていた。「雪崩《なだれ》で家がこわれたの」とエルダは説明した。「ちょうど山脈のふもとだからね、ストックスネスは。だから着陸にはちょっとてこずると思う。だけど海のほうから行けば、安全でだいじょうぶ。少なくともヘリコプターの着陸灯の光で、何かが見えるでしょう」

彼らはもっとラッキーだった。光はそれだけではなかった。といっても、分厚い雲を突き抜けてくるものはない。そこではかつてエルダの夫だった何十億もの粒子に加えて、デトロイトでありマルセイユであり上海《シャンハイ》だった何兆の何兆乗もの粒子がまざりあい、空のあいだに立ちふさがっているのだ。だが雲の内側や下では、ほのかに色づいた蛇やシーツがゆらめき、鈍い赤のしぶきが舞い、うす緑の扇がひろがっていた。北極光はそんなに明るいものではない。しかしパイロットの計器盤のうす明かりを除けば、ほかに光はまったくないのだ。目をこらすにしたがい、ヴァトナ氷河《ヨクトル》の黒々とした輪郭が下方を流れすぎていくのを見ることができた。「大きなトロールがいっぱいだ」と少年は嬉しそうに声をあげ、エルダもまた彼を抱きしめてほほえんだ。

パイロットはエルダが予言したとおり、東の山脈の斜面を下り、海上へ出て、慎重に小さな漁村へと引き返した。先っぽが赤いフラッシュライトの光をたよりに着陸に移ったとき、ヘリコプターの着陸灯の光のなかに、白っぽい塊がはいってきた。ぼんやりと円盤状の外形が見える。「レーダー・ディッシュだ」とマリバートは少年にいい、指さした。

ティミーは凍った窓に鼻を押しつけた。「あれがそういうやつ、ハリー父さん？　星と話ができるという望遠鏡？」

パイロットが答えた。「アハッ、ちがう、ティミー――軍事用だ、あれは」

マリバートもいった。「こういうところには置かないんだよ、ティモシー。北に寄りすぎている。

大きな電波望遠鏡を置くには、空全体がながめられるようなところがいいんで、空の小さな部分しか見えないアイスランドのような場所は不向きなんだ」

そして骨折した子どもを担架に乗せ、できるだけ優しく、揺らさず、ヘリコプターに運びこむあいだ、マリバートはそうした遠い場所のことを考えていた。アレシボ、ウーマラ、ソコロ、その他さまざまな名前の土地。いますべては機能を止め、まちがいなく氷の重みでつぶれ、激しい風に切り裂かれているだろう。こわれ、錆びつき、流され、いま宇宙に向けたすべての目はふさがれてしまった。そう思うとハリー・マリバートは悲しかったが、それも長くはつづかなかった。そんな悲しみを補ってあまりある喜びは、ティモシーがはじめて彼を〝父さん〟と呼んでくれたことだった。


物語のひとつの結末では、ようやく太陽がもどったときには、何もかも遅すぎた。アイスランドは人類が生き残る最後の土地だったが、飢餓はそのアイスランドにも及んだのだ。もう地球上のどこにも、話したり、機械を発明したり、本を読んだりする生物はいなかった。フェルミの残酷な第三の答えは、やはり正しかったことになる。

しかし、ここにもうひとつの結末がある。太陽は手遅れになるまえにもどった。おそらく紙一重のところだったろうが、食物が尽きてしまうまえに、世界のどこかで日ざしを浴びた大地に緑がさし、凍った種、貯蔵された種からふたたび植物が育ちはじめた。この結末では、ティモシーは立派に生きのびた。おとなになり、その間マリバートとエルダの結婚という椿事もあって、ティモシーは二人のあいだにできた娘のひとりと結ばれた。また彼らの子孫についていえば――二世代のち、あるいは十二世代のちになるのか、フェルミ・パラドックスが妙にほほえましい時代おくれの悩み――的外れでこっけいなことでは、十五世紀の船乗りが平らな地球のふちから落ちてしまうのを恐れたのとまさに同じレベル――になりさがってしまう日を、じかに体験した者もいた。その日、はるかな天空から声がとどき、そこに住む人びとが訪ねてきたのだ。

おそらく、これこそがほんとうの結末だろう。そのなかでは人類はいがみあい争いあう道を選ばず、みずからを闇に葬ってしまう危険から逃れる。この結末では、人類は生き残り、生きることのあらゆる知恵と美を守りぬき、星からの訪問者を喜びをもって迎えいれる……

だが実際、そのとおりのことが起こったのだ！

というか、少なくとも、そう信じたいと思う。

海の鎖

ガードナー・R・ドゾワ

Chains of the Sea

by Gardner R. Dozois

ああ　時の情けぶかい仲立ちのおかげでぼくが幼くてのんびりしていたころ、
　時はぼくをつかまえ緑のまま死にむかわせていたのだ、
ぼくは　自分の鎖につながれて　海のように歌をうたっていたのだけれど。

――ディラン・トマス「ファーン・ヒル」（田中清太郎訳）

ある日、こんなこともいつの日かあろうという世人のことば通り、異邦の宇宙船が着陸した。船はあっけらかんとした青空から、澄みきった冷たい十一月の日なたに降ってきた。数は四つ。その週ずっと、降りそうで降らなかった雪に代わって舞いおりてきた四隻の異邦の宇宙船。惑星への降下にはいったとき、アメリカがちょうど夜から抜けだしたところだったので、船はアメリカにおりた。一隻はフィラデルフィアから二十五キロほど北に外れたデラウェア渓谷に、一隻はオハイオ州に、一隻はコロラド州の人里離れた地域に、そして一隻は――どういう根拠によるものか――ベネズエラの首都、カラカス郊外の砂糖きび畑に。じっさいに目撃した人間には、船は知的な制御を受けて降下するというより、むしろ落下してくるように見えた。空の一点に、いきなり黒い釘のあたまが打ちつけられる。どこからともなく、経過といったものもなく、チャールズ・フォートの岩さながらに唐突に高みに現われ、宙ぶらりんのまま、日ざしの中でまばゆく瞬《またた》いている。つぎの瞬間、見た目にも明らかに、重力がそいつをとらえる。落下が始まる。最初は遠く、夢の中にあるようににゆっくりしている。だが、しだいに大きくなり、ふくれあがり、信じがたい嵩《かさ》になり、地上に投げとばされる山そこのけにすさまじい速度で落下し、宙をころがり、もんどりうち、頭上に接近する――そして何事もなかったように地面におりている。墜落したわけではない。速度をゆるめもしなかったし、停止したわけでもないが、そこにあるのだ。雪ひらさえも凍った泥土にこれほど軽やかにおりはしないだろう。

エイリアンが領空にひょっこり現われたとき、運よく東部海岸地帯上空九千メートルをいつものパターンで飛んでいた写真偵察ジェット機隊には、また合衆国航空宇宙防衛軍（略してUSAD《ユーサッド》COM《コム》）東部追跡基地の、レーダーの目とコンピューターの反射神経を持つ完全自動の施設には、そしてUSADCOM本部には（あいにく偵察機を飛ばしていなかったので再確認こそできなかったが）――絵はちがって見えた。高速度カメラは、着陸のもようを一つのプ、ロ、セ、スとしてとらえていた。あたかも宇宙船が、降下する線上のあらゆる点に同時に存在していたかのように、窓から飛ぶ紙テープ、階段を下るスプリングに似て、成層圏から伸び、しだいに地上へと流れ落ちているのだ。フィルムでは、船は偵察機の視点から遠のくように見え、背景の中に消え失せていた。それはいい。ところが、地上にある東部追跡基地の視点からも、無限遠に吸いこまれていくように見えるとなると、これは只事《ただごと》ではない。この現象に関するもっとも建設的な論評でさえ、変だ、というただ一語に尽きた。地球に接近する宇宙船を、月面の観測基地や軌道上の人工衛星が探知していないというのも変なことで、これに答えられる人間もまたいなかった。

大気圏接触の最初の瞬間から着地まで、地球への侵入は十分足らずで終わった。そのときには四隻の巨大宇宙船が地上におり、あたりはもうもうとした蒸気につつまれていた――はじめは降下のさいの摩擦熱を冷やしているのだろうと考えられたが、そうではなかった。蒸気はじっさいには霧であった。船の周辺十五メートル以内にあるものは、みなカチンカチンに凍りつき、気温が零度以上にあがるにつれて即製の氷が融けだしているのだ。大陸全土にはりめぐらされたＵＳＡＤＣＯＭの神経系を、逆上した通信がとびかい、全面核戦争は一触即発のせとぎわを迎えた。人間たちはうろたえ、かけまわるばかり。それにひきかえ、ＭＩＴとベル研究所共同開発になる〝人工《アーティフィシャル・》知能《インテリジェンス》〟（ＡＩ）の対処はすばやかった。赤色警報《レッド・アラート》発令によって第二十世代の高速コンピューター・ネットワークが優先的に傘下に入ったのをさいわい、みずからをそれに接続すると、一分半のあいだ慎重にデータを吟味し、ロシアにあるそのライバルに接触をはかった。ＡＩにはそのため自主的に創出した手段があり、ほとんど瞬時にコンタクトは成立した。ペンタゴンはそのころまだクレムリンと連絡がとれていなかったが、それは問題ではない。彼らはたかが人間であり、重要な会談は別の媒体を通じて行なわれているのだ。ＡＩはさらに七分間ロシア・ネットワークと話しあい、電子的なスケールでいえば悠久の時を経て、第三次世界大戦は回避された。両〝知能〟は最終的にどういうことなのかわからないという点で合意に達した。それは人間たちの政府が、あと数時間たたなければ達しない結論であり、以後も決しておおやけには認めようとしない事実であった。

　唯一のはなばなしい戦闘は、エイリアンの着地から、ＡＩが防衛ネットワークを掌中におくまでの空白の三分間に起こった。ＵＳＡＤＣＯＭ本部にいた将軍のひとりがパニックにおちいり、（実際に使われることはまずない）フェイル・セーフ装置の故障につけこんで、小型の戦術核ミサイルをコロラドの着陸点めがけて発射したのである。ミサイルは異邦の宇宙船の横腹を直撃した。だが火球は現われなかった。爆発すら起こったようには見えなかった。かわりに、直撃をうけた船体のその部分が、白熱して目もくらむばかりに輝き、ついで青みがかかった白に衰え、地獄のような赤、沈んだ菫《すみれ》色へと、ゆらめきながらスペクトルの階梯を下っていった。船の外縁でも、同じような光の模様がしばらく追いつ追われつをくりひろげたが、やがて直撃点に集束し、船体はまた元の鈍い黒にもどった。船に損傷はなかった。音はなく、さやぎすら聞こえなかった。その戦術ミサイルはきれいな爆弾にはちがいないものの、エネルギーや放射線はいっさい計器に検出されなかった。

これ以後、USADCOMはきわめて慎重になった。

トミー・ノーランはもう学校に三十分も遅刻していたけれど、べつに急いではいなかった。ぶらぶらとわき道にはいり、古い製材所の裏手にある丘を登りながら、家々の煙突からのぼる煙の、太い黒っぽいたくさんのすじをながめていた。晴れわたった明るい朝空に、まるで刷毛《はけ》ではいたように、煙はゆらぎもせず一直線に立ちのぼっている。家々の屋根は冷たいグレイや赤の瓦でできていて、それが陽光をきらきらと照り返しながら波止場まで連なり、そのあたりではカモメの群れが舞いあがり舞いおり、輪を描き、遊びたわむれている。煙突と屋根とTVアンテナと木々の梢《こずえ》を隔てて、カモメたちの啼き声が遠く、か細く聞こえてくる。波止場のむこうには、海の切れっぱしが三日月形にのぞき、世界の片隅から薄目で様子をうかがう青い瞳を思わせる。トミーは石を蹴り、もう一度蹴り、そこで空缶を見つけたので、今度はそいつを蹴って進む先にカラカラととばした。風がパーカの毛にフワッと吹きつけ、つかのまカモメの啼き声を高くはっきり聞かせると、また街から海へと運び去った。空缶を崖っぷちから蹴とばし、下ばえの中をころがり落ちてゆく音に耳をすます。節もつけずに口笛を吹いていた。十一月にしては寒いから手袋だけはしていなさいと、母親からきびしく言いわたされたのに、手袋はとっくに脱いでパーカのポケットに押しこんでいた。缶はどんな気持ちだろう。ふとトミーは思った。深い羊歯《しだ》や雑草のあいだをとんぼ返りしながら、木の根っこのかげになった暗い秘密の隠れがを見つけるというのは、どんな感じだろう。ザクッ、ザクッと騒々しく小石を踏んで、トミーは歩きつづけた。坂を途中まで上がったとき、崖の反対側にある工場で丸のこの音が始まった。ひきつったような金属的なうめきは、朝の静けさをついて哀れっぽく高まってゆき、歯にジーンとこたえる鋭い絶叫となったところで、しだいに衰え、低い不機嫌なうなり声におちつく。怒った巨人が喉の奥のあたりでうなっているようだ。怪獣だ。鋸《のこぎり》だとわかっているのに、トミーはそう思った。恐竜かもしれない。快い戦慄が走る。恐竜なんだ！

今朝のトミーの楽しみは、水たまりのジャンプだった。おくれた理由はそれなのだ。夜のうちに降った小雨が、道路のあちこちに水たまりを作っており、トミーは家からここまでの水たまりを、一つ一つ丹念に跳びこえてやってきたのである。しくじらずに跳びこえるのは時間がかかるもので、トミーはその点きわめて良心的だった。彼は自分が機械、くるま——水たまりジャンプ車になったところを想像した。車輪のかわりに脚しかなく、腕や頭がおまけについていようと、それはまさにそんな種類のくるまだからであり、内部のどこかにトミー自身がすわり、機械を運転し、その眼を通して外を見わたしつつ、くるまを進めるレバーやギアやスイッチに取り組んでいるのだ。水たまりにぶつかると、慎重にくるまを操ってバックし、ブレーキをかけ、もう一度前進し、正しい位置につく。そして跳躍《ジャンプ》ギアに切り換え、アクセルを踏みこみ、ブレーキ・スイッチを切るのだ。すると、トミーは跳んでいる。弩砲《カタパルト》から射ちだされる石のようにビューンと空に上がり、走り過ぎる水たまりを下界に見て、つぎの瞬間降下にうつる。小石が足の裏でザーッと鳴り、大地がはねあがって彼を迎える。ジャンプにはたいてい成功した。水をはねあげたのは今朝は一回だけで、七十センチぐらいの水たまりもたくさんあったのである。跳びおりたところで休憩し、琥珀色の故障注意ランプを手がかりにシステムの具合を見る。計器板がみんなグリーンなので、走行《トラベル》ギアに切り換え、つぎの水たまりめざして前方を几帳面にスキャンしながら、さらにくるまを進める。これには、もちろん相当な時間がかかるのだが、手を抜くわけにはいかない——ちゃんとやり通さなければならないのだ。

ママはきっとまた怒るだろうな。そんな考えがときたま浮かんだが、大した重みもなく、風にとばされていった。今日の朝食からしてすでに、百万年前に起こったことのくりかえしのようだった——暖房がわりに火がはいり、心地よさそうにシューシューと音をたてる古びたガス・オーブン、融けかたまってミルクに浮かぶ温かなシリアル、トミーには聞く気も起きないたわ言をバックグラウンドで冷ややかに語りつづけるラジオ、窓からキッチン・テーブルにさしこむ寒々としたグレイの光。

ママははれぼったい目で、咳をしていた。また夜おそくまでテレビを見ていて、長椅子で眠ってしまったのだ。目をさましたトミーが、朝食の前に起こそうと居間にはいり、ブーンと鳴るテスト・パターンだけの画面を切ったとき、コートを毛布がわりにはおった母親の姿は、おそろしく年老いて見えた。朝食の最中、トミーの父親がまた彼女にどなりだしたので、トミーは長いあいだバスルームにはいり、のろのろと丹念に手を洗い、父親が仕事に出かける音が聞こえるまで隠れていた。母親は泣いてなんかいないという顔で、トミーのためにシリアルを作り、〝コーヒー〟をいれた。カップ半分の冷たい水と、山ほどのミルクと砂糖でドラマチックに薄めたそのコーヒーは、おもてむき〝チビのため〟だが、それは母親自身の飲むコーヒーのいれかたでもあった。夫の足音が遠のいたとたん、音のしないテレビには耐えられないとでもいうように、彼女はすぐさまスイッチを入れていた。かえりみる人間もいないまま、居間のテレビはひそひそ話をつづけ、トミーさえ見るに堪えない早朝の子ども番組をしつこく消化してゆく。テレビをつけておくのは、トミーが学校におくれないように時間を見るためだと母親は話していたが、時間を見たためしはなかった。学校へ行くため、上着やレギンスや――雨が降っていれば――ゴムブーツに着替えるときが来ると、教えるのはトミーのほうなのだ。ひとりでゴムブーツをはけるなら、こんな苦労はないだろう。それがトミーの大の苦手で、まじめに一所懸命にためしてみたが、いつもこんがらがってしまうのだった。

　丘のいただきに着いたとき、丸のこがつかえたような音をたてて止まり、あとにはワーンと鳴りわたる沈黙が残った。気がつくと、水たまりはなくなっていた。トミーはすぐさま、テレビの戦争のニュースで見るような大きな頑丈な戦車に早変わりした。キャタピラーや車輪で走ることができ、沼地みたいなところではホバークラフトのエアクッションを使うやつだ。ガーガーと音をたて、エンジンの回転速度を上げては落とし、トミーは砂利道から外れると、樅《もみ》の木のうっそうと茂る森に突入した。小道づたいにキャタピラーにものをいわせて突き進み、木々をなぎはらい、地面に押しつぶしてゆく。だが、トミーは木が好きなので、これはあまり壮快ではなかった。自分の体重でしなうだけで、通りすぎればまた元にもどるのだと考えようとしたが、それでも納得できなかった。トミーは立ちどまり、首をひねった。森はひそやかなざわめきに満ちており、あらゆるものが静かにリズミカルに息をしているようだ。大きな、おとなしい緑の生き物にのみこまれたという感じ。そいつは食べようとしてのみこんだわけではない。ただ安全な腹の中にトミーを休ませただけなのだ。二番生《ば》えの若木さえ、トミーの背丈より大きかった。あたりの気配に耳をすますうち、森の奥に行ってサント族と話したくなった。だがそんなことをすれば、学校へ行きそこなってしまう。車輪は木の根っこにからまるからだめだ。そう思いなおし、ホバークラフトのスイッチを入れた。スロットルをぎりぎりまで押しさげ、トミーは浮かんだまま小道を下った。遅刻しすぎるとどうなるか、ちょっと不安になったからである。

車輪に切り換えると、トミーは森からハイランド・アヴェニューにとびだした。ここでは交通は激しかった。南はボストン、北はポートランドをめざし、大きなトラックやトラクター・トレイラーが道路を埋めて走っている。十分近く待ったところでようやく車の流れがとぎれ、道路の向かい側にかけうつった。母親からは、この道を通って学校へ行ってはいけないといわれているので、都合さえつけば、必ずこの道を通ることにしていた。本当のところ、学校まではウォルナット通りをまっすぐ歩いて七、八百メートルしかない。だが、とてつもない回り道をするのが、いつものトミーのやり方だった。もっともトミーからすれば回り道ではない——それが好きな場所に全部行ける道順なのである。

トミーはアヴェニューの路肩にそって、のんびりと歩きつづけた。道路のこちら側は広々とした野原で、野生の麦や低木が茂り、ジェブリングの一族が住んでいる。彼らは道路を嫌い、道路と野原のむこうに見える森とのあいだをひょいひょい行きかっているのだ。トミーは通りしなに呼びかけたが、ジェブリングたちは恥ずかしがり屋で、今日は特にびくついているようだった。〝違う人たち〟がみんなそうであるように、彼らをまともに見ることはむずかしい。だがトミーは目の隅で、ちらちらとその姿を捉えることができた。豆の茎みたいなひょろりとした体、大きなカボチャ頭、光る細長い目、不必要に長すぎる先細りの指。ジェブリングたちは始終とびまわっている——茂みをかけぬける音と、かん高い神経質な忍び笑いは、通りすぎてからもしばらくのあいだ追いかけてきた。だが、出てくる様子はなく、止まって話しかけることもないので、なぜ興奮しているのかトミーには見当もつかなかった。

学校が見えるところまで来たとき、ジェット戦闘機の中隊が、空の高みをすごい速さで通りすぎた。あとには白いまっすぐな傷口が残り、数秒後、鋭い爆音が追いついた。そのうしろには大きな飛行機の編隊が、もう少しゆっくりと続いている。爆撃機かな？　視界の外に消えてゆく大型機をながめながら、トミーはこわいような、楽しいような気分だった。もしかすると、これは戦争になりそうだ。トミーの父親は、いつも戦争の話をしていた。戦争になれば何もかもが終わりだという——必ずしもそうなってほしいわけではないけれど、それはトミーにはなかなか面白そうに思われた。ジェブリング族が落ち着かないのも、たぶんそのせいだろう。

そのとき一時間目の終わりを告げるベルが鳴りひびき、それは鞭のようにトミーを打つとともに、戦争よりはるかに恐ろしい思いを彼の中に吹きこんだ。ほんとに叱られちゃう。トミーはそう思い、走りだした。うろたえるあまり、子ども以外のものに変身することも忘れていれば、北東から飛んでくる重爆撃機の新しい編隊に気づく余裕もなかった。

学校に着くころには、クラスの移動はとっくに終わり、つぎの授業が始まってもう五分が過ぎていた。廊下は明るく、がらんとして、蛍光灯で照らされた墓穴のように音をこだまさせていた。建物にとびこんでからもトミーは走りつづけようとしたが、足音のあまりの大きさにひるんでしまい、ふつうの足なみにもどった。こうなったからには大した違いはない。じたばたしてももう遅い。運命は決まったのだ。

トミーがはいると全員の目がこちらを向き、教室は死んだように静まりかえった。すくみあがって入口に立ち、地面にもぐれたら、透明になれたら、逃げだせたら、そんなことばかり考えていた。だが彼にできることといえば、恥ずかしさにまっ赤になって、こちらに向いたみんなの顔を見ながら立っていることだけなのだ。軽蔑と悪意と冷笑と期待をうかべた級友たちの顔、顔、顔。親友のスティーヴ・エドワーズとボビー・ウィリアムスンは、先生に気づかれないように注意しながら、にたにたと嘲るように笑っている。トミーが罰をくらうことは目に見えている。だからみんなは、自分はよい子だと納得し、その一方、叱られるのが、自分ではなかったことにほっとしながら、一部始終をながめようとしているのだ。ミス・フレデリックスはつきあたりの教壇から、無言のまま冷やかにこちらを見つめていた。トミーはうしろ手にドアをしめ、ドアがしまるすさまじい音にたじろいだ。ミス・フレデリックスは、トミーが机のところへ行って坐るまで待ち、彼のうちにかすかな希望が芽生えたところで、おもむろに名前を呼び、立ちあがらせた。

「トミー、遅刻ですよ」ミス・フレデリックスの声は冷たかった。

「はい、先生」

「たいへんな遅刻ですよ」デスクの上には前のクラスの遅刻表があり、ミス・フレデリックスは話しながら紙をいじくり、指で引き伸ばしては皺にしている。背の高い、棒みたいにやせた女性で、としは四十過ぎ。だが六十でも二十《はたち》でも大した違いはないだろう——水分はとうの昔に干上がり、年齢もなければ変化もない。ミイラみたいな不朽の存在になってしまったのだ。日なたに干した肉がジャーキイになるように、人生の変なオーブンで焼かれたのか、彼女は堅い、したたかな、革のような何かに変わっていた。その肌は、きめが細かく、乾ききって、かすかに黄ばみ、羊皮紙を思わせる。乳房はウエストのあたりまで垂れ、異様なはれものか何かのように、スカートのベルトのすぐ上ででっぱっている。顔はつるつるしたラテックスの仮面だ。

「今週あなたの遅刻は二回ね」見えるか見えないかというほどのかすかな口の動きで、ミス・フレデリックスは几帳面にいった。「先週は三回だったわね」紙に何かを書きつけると、トミーを呼んでその手にわたした。「もう一度、これをお母さんに見せなさい。今度はちゃんとサインをもらうこと。そしたら先生のところへ持ってきなさい。わかったわね?」ミス・フレデリックスはトミーを正面から見すえた。その目は、ものさびしい氷の海へと通じるトンネルだった。「このつぎ遅刻したり、問題を起こすようなことがあったら、学校の精神科の先生のところへ連れて行きます。精神科の先生なら、あなたが扱えそうだわ。さあ、席にもどりなさい。何の足しにもならないこういう話は、もうたくさん」

トミーは机にもどり、しびれたように席に着いた。教室は重苦しくざわめいている。彼はひとことも聞いていなかったし、両側の生徒たちのひやかすような笑いとささやきにもほとんど気づかなかった。ポケットにおさまったメモは、信じられぬほど重くかさばり、なぜか熱く感じられた。トミーの注意をメモからそらした唯一のものは、授業が終わりに近づくにつれ、窓の外でしだいに大きくなってゆく騒音への高まる興味だった。〝違う人たち〟が動いている。彼らのざわめきは学校の裏の森全体に広がり、行き場のない潮の流れのように、彼らは落ち着かなげに右往左往している。いつもなら考えられないことである。ミス・フレデリックスやクラスの者たちは、べつに異常な物音を聞いてはいないようだが、トミーには、それは当面の問題さえ忘れるほどはっきりと聞こえ、何事かと、彼はくすんだ灰色の朝の戸外に目を向けた。

何かが起こりかけている……

ＡＩとその仲間の知能たちを地球の真の政府とするなら、それに対する人間たちのおもてむきの政府が最初にとった行動は、すべてのもみ消しをはかることだった。国民に情報を与えまいとする衝動は、習慣としてすっかり身につき、いまやそれは向性《トロピズム》──あくびと同じように自動的かつ不可避なものとなっていた。ホワイト・ハウスが、エイリアンの着陸をエイリアンの着陸と認識する前に、すでにもみ消しを始めていたことは事実である。だが正確には、何をもみ消そうとしているのか判らないうちに、体が動いていたというのが真相だった。何かとてつもない、きわめて非公式な事態が発生したと聞いて、本能的に起こした反応が、それに蓋をしてどっかりと上に居すわる行為だったわけである。メディアに主導権を握られた四十年間の混乱を通じて、政府は、台本にないことを国民に知らせる必要はないという結論に達していた。また着陸現場がどこであれ、そこに最初に着いた政府の公式代表が、情報の流出をくいとめる以外何も眼中になかったことも事実である。その一方、起こりうるエイリアンの侵略行為に対して、国土を防衛するために派遣された重装備の陸軍パトロール隊はなかなか現われず――ところによっては四十五分も遅れた――政府が何を優先しているかをはからずも露呈させた。その年は大統領選挙の年であったので、それがことを面倒にするものかどうか見きわめがつくまで、ひた隠しにするに越したことはなかったのである。

しかし蓋をしておくのは、なかなかの難事であることがわかった。デラウェア渓谷への着陸は、ペンシルヴェニアとニュージャージーの何十万という人びとの目にとまり、オハイオ州では、ノース・キャントン＝キャントン＝アクロン地域の大半の住民がこれを目撃した。異邦の宇宙船のところに最初にかけつけたのは、フィラデルフィアにある大きなテレビ局の移動中継車のクルーで、事実上彼らが四地点の中で、着陸現場というものにたどりついた最初の人間となった。空が裂けたとき、一行はある少数派候補の意気あがらぬ大集会を付近で取材していた。怪物の姿をカメラにおさめる絶好のチャンスとばかり、彼らは一刻も無駄にせず現場に急行した。長年なじんできた深夜SF映画のおかげで、円盤を最初につつきまわる人間たちに何が起こるか、ハッチがガチャンと開き、触手を持つ化けものがはいだしてくるとき、どんな恐ろしい運命が待っているかは重々承知していたが、彼らは一か八《ばち》かに賭けたのである。一行は宇宙船からまずまずの距離に中継車を停めると、プレハブ・ガレージの裏手にある道具小屋の屋根からおそるおそる望遠レンズをつきだし、警察が到着するまでの十五分間、東部海岸地帯にヒステリックな解説つきの実況画面を送りつづけた。

五台のパトカーと、少しおくれて機動隊のトラック一台が乗りこんだときには、事態は警官たちの理解を絶望的に超えていた。彼らは恐怖と怒りと不決断のあいだを内心行きつ戻りつし、何よりもこの問題を肩代わりしてくれるだれかが現われることを願った。警察は非常線をはり、ことの成り行きを見守ることでいちおうの決着をつけた。中継クルーは警察のけんか腰の黙殺に耐えながら、それからさらに十分間、恍惚とした中継をつづけた。政府の保安チームがホバークラフトで到着し、中継クルーに放送の中止を求めると、アナウンサーは連邦刑務所行きも辞さず、これほどの事件がほかにあるかと食ってかかった。けっきょく中継車は、あとから来た重装備のパトロール隊に撤去されたが、そこでもひと悶着は避けられなかった。しかし、そのころには東部人口の大半は自宅のテレビに釘づけになっており、放送のとつぜんの中断は、着陸の現地レポートに倍するパニックを引き起こした。

オハイオ州では、宇宙船はトウモロコシ畑に着陸し、近くにいたガーンジー種乳牛の群れをスタンピードさせた。キリスト教原理主義者の農場主一家もいあわせたが、神の御使いが第七の封印とともに天降《あまくだ》る姿を見たと思ったのもつかのま、たちまち追いちらされた。ここでは二、三百人の地元民を除けば、軍部と警察がだれよりも先に到着した。地元民はただちにまとめて保護勾留され、厳重な監視のもと、すきま風のはいる農民共済組合ホールに押しこまれた。当局ははじめ、事態を完全に掌握できるという見通しを立てていた。だがキャントンやアクロンから自動車で押しかけるやじ馬は増える一方で、小一時間もするころには、彼らはさばききれぬ群衆をむこうにまわして戦っていた。頭を割られる者が現われ、スピーカーから流れる鉄の声が、十数キロにわたる戦線におそろしい警告を発した。しかし、ひとり残らず逮捕するわけにはいかない。どうやらオハイオ州北部の人口の大半が、宇宙船の調査にやってきたようだった。

正午には、くるまの流れは東はノース・キャントン、西はマンスフィールドまで、収拾のつかない渋滞を起こしていた。駐留部隊の隊長は、現場付近からやじ馬をしめだす考えをしだいに放棄せざるをえず、ついには数による圧倒的な攻勢の前に、となり町からしめだすことも諦めた。部下の兵士たちが、ほかのだれもかれもと同じようにいらだち、おびえているのは見てとることができ、また武器を所持しているのは彼らだけではないはずなので——空飛ぶ円盤の見物に来た人びとの大多数が、おそらく何らかの武器を携帯しているだろう——隊長はしぶしぶ部隊を呼びもどし、深刻な流血騒ぎにならぬうちに、宇宙船の周囲に堅固な非常線をはりめぐらした。

組合ホールから解放された地元民は、その足で電話や弁護士のところへ直行し、目の玉のとびでるような金額の訴訟を手当たりしだいに起こしはじめた。

カラカスでは事態はもっと悲惨だった。これはその時期のベネズエラの社会情勢を考えれば、さほど驚くべきことではない。外国からの侵略と核攻撃がいまにも始まるという噂、黙示的な超自然の力が下ったという噂、この二つが引き金となって、市内数カ所に大規模な暴動が発生した。この機に乗じて、半ダースほどの革命グループと、現政権内部にあった、ほぼ同数の権力志向の分裂グループがそれぞれ独自の行動を起こし、混乱に油をそそいだ。数時間のうちに、カラカスの半分は火につつまれていた。午後になって、軍はついに強硬策に転じ、詰めかけた群衆に五〇口径機関銃の火ぶたをきった。機関銃は十分間にわたって広場を掃射し、あとには百五十名あまりの死者と、その一・五倍になんなんとする負傷者が残された。負傷者については、軍は顧みることさえ威厳にかかわるとでもいうように、市民警察にその後始末をまかせた。市民警察はライフル銃隊を送り、負傷者たちを射殺することで問題に取り組んだ。これにはさらに一時間を要したが、あらゆる宙ぶらりんの事項にきちんとけりをつけるという意味では効果があった。教会は死体の収容に追われ、大火にのみこまれていない聖堂には、すべてロウソクの火が燃えることになりそうだった。

　唯一ともかくも人を安心させたのは、コロラドへの着陸だった。ここでは宇宙船は、荒れ果てた、無人に近い半砂漠地帯のまん中に舞いおりた。おかげで軍は、ＵＳＡＤＣＯＭ本部の指導のもと、心ゆくまで着陸地点の周囲を装甲や歩兵や火器でかため、旋回するジェット戦闘機や爆撃機やヘリで上空を埋めることができた。しかも市民や報道陣がまぎれこむおそれはないのだから、願ったりかなったりといえた。ほかのエイリアン連中がここの半分も思いやりを見せてくれていたら、とは政府下級官僚のひとりがいみじくも漏らした言である。

　その日の午後、最後のベルが鳴ったあとも、トミーは席にすわったまま、ボビー・ウィリアムスンがやってくるまで立とうとしなかった。

「よう、今日おまえ、フレデリックス先生にすごくやられてたじゃん」とボビーがいった。

トミーは腰をあげた。ふつうは最初に学校からとびだしてゆく組だ。だが今日はちがっていた。何か変だった。自分の一部がここにいるだけ、残りはまるでミス・フレデリックスの目を避け、どこかにちぢこまっているような気がするのだ。何かいやなこと、いやなことが起こりそうだ、とトミーは思った。先に立って教室から出てゆくボビーは、聞く気にもならないようなことをくだくだと喋っている。からだがだるく、腕や脚は冷たくぎこちなかった。

おもてのドアの前には、スティーヴ・エドワーズとエディ・フランクリンが待っていた。「今日おまえ、かわいそうなの！」とエディが挨拶がわりにいった。スティーヴがにこっと笑い、ボビーにいった。「フレデリックス先生こてんぱんにやってたもんね！」トミーは気恥ずかしさを空《うつ》ろに感じながら、顔をあからめ、うなずいた。「うちに帰ってからのほうがもっとこわいの」スティーヴが賢しげに口を添える、「今度はママにやられるんだものな」

学校を出る道すがら、仲間たちはトミーをからかいつづけた。周囲の笑顔はますますあからさまになってくる。立場をわきまえてストイックにこれに耐えるうち、いくらか気分が軽くなった。挑発はしだいにおさまり、最後にスティーヴがいった。「そんな気にすることないよ。ヒステリーのおばあが何かくちゃくちゃ言っただけじゃん」これにはみんなが思いやりをこめてうなずいた。「あんなの目じゃねえよ」とトミーはいったが、腹の中にはまだ頑固に融けない氷のかたまりが残っていた。仲間にとっては、これは済んでしまったことだ――憤懣《ふんまん》は吐きだし、事件はもう存在していない。だが、トミーにとっては、それは今もなお存在する生々しい力だった。結果は行くての鉛色の闇の中にひそみ、それが人生の地平線上にしだいに盛りあがってくるのが感じられるようだった。トミーは両手をポケットにつっこむと、指をからませて幸運のおまじないをした。こんなものでも、もし役に立つのなら。

「それはもういいよ」ボビーがさりげない蔑みをこめていった。「それよりかさ、おれ、いいこと聞いちゃったんだ。教えてやろうか、エイリアンが着陸したんだぜ！」

「そんなのウソだろう？」スティーヴが疑わしげにいった。

「ウソじゃないよ、ほんとだってば、エイリアンがいま来てるんだ。ニューヨークにいるんだ。ばかでかい円盤とかさ、いろんなの」

「どうしてわかったんだよ？」とエディがきいた。

「休み時間にさ、教員室のそば通ったら音がしてるの。先生がみんな集まってて、テレビ見てるんだよ。そしたら空飛ぶ円盤だって、テレビがいってた。ブローガン先生なんか、怪物が出てこなけりゃいいなんて言っちゃったりしてさ。怪物だぜ！　すごいじゃん！」

「つまんねえの」スティーヴがシニカルにつぶやく。

「怪物よ。わかんないかなあ？　きっと大きいんだぜ、きっとものすごいの、五十メートルぐらいあったりしてさ。ばかでかい気持ちのわるい怪物なんだ。目なんか、大きいのが一つだけあってさ、触手やいろんなのが出てるの。きっと変な、お化けみたいな顔だぜ。光線銃やなんか持ってて、そいでみんな殺しちゃうの」

「つまんねえの」スティーヴがもう少しきっぱりとくりかえした。

エイリアンはそんなふうじゃない、とトミーは思った。どんな格好かは知らないし、想像もつかないが、そんなふうではないという確信はあった。その話題は彼には不快だった。なぜか気分が落ち着かず、早く終わってくれないものかと願った。彼は心うつろに会話に調子を合わせ、耳に入れまいと努めた。

その途中のどこかで、だれいうとなしに、浜辺に行く話がまとまった。エイリアンの話はひとしきり続いたが、大部分は前に出た話の焼き直しだった。シニカルに徹したスティーヴも含めて、だれもが怪物に興味を持ちだしていた。怪物が現われることを熱烈に期待していた。限られた知識と、親にいいきかされた常識への反証になりさえすれば、凶暴なやつだろうがかまわなかった。怪物の話は自然に行動にうつり、たちまち寸劇が始まった。人物と筋書きのほかに、リーダーの休みない語りがはいる寸劇である。こうしたゲームでは普通はトミーがリーダーなのだが、今日はふさぎこみ、うわの空の様子なので、その役は暗黙のうちにスティーヴにまわり、アクションをたっぷり盛りこんだ、けれんのない単純な芝居が進行した。それはけっこう満足のゆくものではあったものの、トミーのようなけばけばしいイマジネーションの持ち主がリーダーではないので、惜しむらくは動機づけとディテールとテーマと対位法に欠けていた。

半数がエイリアン、半数が兵士になり、かたむく日ざしのなか、子どもたちは岩場でレーザー銃の射ちあいをした。

トミーは超然と戦いに加わると、走り、指をつきだし、ピシュッピシュッと口まねし、「おまえ死んだ！　おまえ死んだ！」とはやしたてた。だが熱中しているわけではなかった。遊びがそもそもエイリアンをだしにしたものなので、その話題はまだ彼の心にひっかかっていた。〃違う人たち〃がますます落ち着きをなくしているのも気がかりだった。彼らはあたりの森の中を動き、降りやまぬ不気味な雨のように木の葉をたたいている。視界の片隅に、カーン族のグループが見えた。草深い急斜面のふもとにある、ひねこびたオークと胡桃《くるみ》の木立を抜けてやってくる。彼らは動きをとめると、容易ならぬ表情で子どもたちをながめた。ずんぐりした厳粛な生き物で、こみいった顔を持ち、もの悲しくグロテスクで美しい。エディとボビーは組んずほぐれつ死闘を演じながら、彼らには目もくれずわきを通りすぎ、危うくひとりに衝突しそうになった。カーン族は動きもしない。両腕を前後にふりながら立ち、かたわらに何本も並ぶ古いオークの切り株そっくりに、ほっそりした肩を落ち着かなげに、地上低くまるめている。カーン族のひとりがトミーを見つめ、悲しげに厳粛に首をふった。金箔のような目、年を経た頑丈な青銅色の膚《はだ》。彼らは背を向けると、のろのろと斜面をのぼりだした。棲みかへ帰るのだろう、まるめた肩、ぶらんぶらんと揺れる腕が分子レベルでしだいに地面と融けあい、やがて何も見えなくなった。トミーは考えに沈みながら、ピシュッピシュッを続けた。子どもたちみんなに〃違う人たち〃が見えたころを、トミーは覚えていた。それは過去の思い出ではない——子どもの感覚がとらえる〃時間〃という、澄んだ琥珀の中にくっきりと見えるのだった。ところが今、子どもたちには彼らは見えないらしい。話すこともできないばかりか、前にそうしていたことすら思いだせないらしく、トミーにはそれが不思議でならなかった。変化がいつ起こったのか、はっきりしたことはわからない。だが、それが起こったということ、友だちとはもうその話はできず、大人には決して喋ってはならないということは、長い苦しい経験から学んでいた。とはいうものの、〝違う人たち〟が見えるのは、どうやら自分だけらしいと、しだいに判ってきたときの衝撃は相当なものだった。それは彼の心では扱いかねる大きなできごとであり、考えるたびに落ち着かなくなるのだった。

エイリアンごっこに熱中するうち両側の森は尽き、流れのはやい小川が入江にそそぐところに出た。これは海ではあるが、浜辺とはいえない。トミーたちはそこにとどまることなく防波堤の上を走り、海水とコンクリートにはさまれた狭い砂利の土地にとびおりた。四百メートルほど歩くと、大洋が陸地に細い腕を伸ばしているところに来た。見捨てられた木造の工場があり、河口には潮をとらえるための余水路がかけわたされている。操業していた当時を知るのは、もはや土地の最長老だけだが、地元ではそこは今でも〝鉛工場《レッド・ミルズ》〟と呼ばれていた。トミーたちは堤によじのぼり、余水路の上にかかる狭い通路をわたると、導水管を伝って地面におり、ゆるやかにカーブする河口の奥へと進んだ。水路はその先で一時的に広がり、岩にかこまれた淵となっていた。この淵にもまたレッド・ミルズの名があり、夏には絶好の水浴び場に変わる。子どもたちのあいだに伝わる伝説によれば、この淵には、地底の川を通じてメキシコ湾から運ばれてきたワニがたくさんいるということで、飢えた死神が隠れひそんでいるかもしれない水に飛びこむのが、またスリリングな快感だった。しかしいま水面には、割れた氷のかけらがいっぱい浮かんでいるばかり。水がこんなに冷たいときにはワニはどうするのか、という疑問をスティーヴが出した。

「そりゃ隠れちゃうのさ」とトミーは説明した。「石の下にでっかい洞穴があるから、その中でじっとしてるんだよ。ちょうど——」ちょうどダレオア族みたいに、と口まで出かかったが、トミーはいわなかった。しばらく石を投げこんだのち、怒ったワニが水面に現われる様子がないとわかると、エディが倒れっこをしようといいだした。爆弾でもいい、何か致命的な力がとつぜん加えられたと考え、だれがいちばん華麗に死ねるかを競いあうのだ。みんな大して乗り気ではなかったが、それでも何分かゲームは続いた。例のとおり、勝負はたいてい運動神経のいいスティーヴか、想像力ゆたかなトミーの勝ちで、その意味では少々退屈だった。だがトミーは、エイリアンや〝違う人たち〟のことから心がまぎれ、また遊んでいれば、川の上流に進むことにもなるので、むしろこれを歓迎した。家に帰る時間が来る前に、なんとか浜辺に着きたかった。

トミーたちは低い鉄橋に行きつく手前で川をわたり、対岸からは線路づたいに歩いた。線路は、製材所とダウンタウンの貨物駅とを結ぶ古い行き止まり線で、今では貨車の通過もほとんどなく、枯れた雑草になかば埋もれている。だが、子どもが列車にひかれ、ばらばらになってどうのといった陰惨な話は、それでもまだ十やそこらは残っていた。こうした話にはある程度の根拠もあり、たいていの親は子どもに線路に近づくことを禁じたので、当然のことながら行き止まり線は、だれもが浜辺へ行くとき取る唯一のルートとなった。先に立って線路のまん中を歩いたのはスティーヴで、彼はレールに伝わる振動で列車が来るのがわかるから大丈夫と公言したが、内心あまり自信はなかった。線路を歩くことにひどく神経質になっているのは、トミーひとりだった。だが、ずたずたの死体のことはなるべく考えないようにして、むりやり仲間たちの動きに従った。地面を底なしの淵に見たてて、枕木から枕木へととびうつるうち、トミーはとつぜんある真相にたどりついた。エディとボビーが線路を歩くのは、二人が恐怖も感じないほど鈍感だからであり、スティーヴがそうするのは自分がリーダーだということを証明したいからなのだ。トミーは目をしばたたいた。自分の場合は、おびえること自体が何よりもいやだからだということも漠然とわかったが、その考えをまとめることばまでは見つからなかった。線路はゴルフコースを横に見てしばらく進んだあと、森林地帯にはいった。密生した樹木がトンネルをつくり、電柱が草と腐植土に腰まで埋もれて立ち並んでいる。トンネルの中は暗く、乾いた不気味なざわめきに満ちていた。仲間たちの足が速くなった。びくついていないのはトミーだけ。なにしろ森の中のことは何もかも知っているのだ――〝違う人たち〟のどの種族がどんな物音をだしているか、じっさい彼らがどの程度危険な存在なのか。むしろトミーには列車のほうが心配だった。線路は入江の対岸にあたる岬へと向かっており、岬を横切れば、そこは海だった。トミーたちは線路がつぎの町めざしてカーブするところで横にそれ、浜辺が三方に開ける岬の突端へ歩いた。海は冷たく、どんよりと濁り、なにか重い金属が液体になったように見えた。その上を白い波頭が烈しく走り、一隻の港湾浚渫船が水深の深い海峡を、荒波にさからいながら進んでゆく。そして、でこぼこした岩だらけの島が三つ四つ。島は海の挑戦に対して不敵にからだをこごめ、横腹一帯に高いしぶきをはねあげている。海がより深い冷たい色に変わる線から先は、北大西洋の本格的な始まりで、ただ荒涼とした冷えきった水が広がるばかり。三千キロのかなたで陸地にぶつかると、そこはフランスだ。

岩だらけの波打ち際までくたくたと歩く途中、いきなりボビーが、眉唾気味のこみいった話を始めた。以前父親とスキン・ダイビングに行ったとき、大蛸《おおだこ》と闘ったことがあるという。本気で受けとる者はなかった。父親が評判の酒呑みのせいもあるだろう。ボビーは気むずかしい、つきあいにくい子どもで、彼のする話は退屈か悪趣味のどちらかと決まっていた。今度の話はその両方だった。やがてエディが口をひらいた。「ウソだい。おまえ、そんなことやったことあるもんか。おまえの父さん、ちゃんと立てるかどうかも怪しいって、うちのお父さんがいってるもん。それがどうやって泳げるんだよう?」二人は口喧嘩をはじめ、スティーヴのひと声でおさまった。黙りこくったまま、一団は浜辺を斜めに切り裂く細長い岩にのぼった。岩は海にむかって先細になり、水面下に消えている。

トミーは大きな石の上に立ち、風の中にまじる湿り気と塩の香りをかいだ。沖にはダレオア族がいる。彼らは海中や海底に棲んでおり、その節のない歌声が水面をわたってかすかに聞こえてくる。陸の〝人たち〟と同じように不安なのだろう。今日はたくさん泳ぎに出ていた。冷たい海をすいすいと動く彼らの姿が見える。海中にとびこみ、波しぶきのあいだに浮かびあがっている。とつぜんトミーはからだに生気がよみがえるのを感じ、自作の物語を語りはじめた――。

「むかし竜がいたんだ。竜はこの海のずっと沖に住んでたんだ。ここから見ても見えないくらい遠くでさ、そこまで行くとものすごく深くて、底なんかないくらいなんだ。だから沈みだしたら、どんどん永遠に沈んでいって止まらなくなっちゃう。だけど竜は泳ぎがとってもうまいから、そんなのへっちゃらなの。行きたいとこへ行けるわけ。どこだってだぜ! そこでただ泳いでるだけなんだけど、そこらへんは全部泳いじゃっていて、いろんなものを全部見ちゃってるんだ。ものすごいんだぜ! だってさ、その気になれば中国にだって行けるんだもん、月にだって行けるんだもん! だけど、あるとき泳いでいる途中で迷子になっちゃったわけ。ひとりぼっちになって、そいで来たのが、あそこの島の横にある港さ。人間がいるとここにこんなに近づくのは、はじめてなんだ。ものすごくおっきな竜なんだ。ばかでかい蛇にちょっと似ていて、鱗やなんかがたくさんあって、その竜が深い海の中をもぐりながら、この港にはいってきたんだ」トミーは竜の姿をまざまざと想像することができた。黒々とした、大きな曲がりくねったからだが、冷たい暗い海の中を泳いでくる。そのくすんだ赤い目玉は、海底にともるランタンのようだ。

「水の上にあがってくると、エビ取りの船がいるんだ。エディの父さんが乗ってるみたいなのがいて、竜はエビ取りの船なんか見たことないから、あがっていって口をあけて、大きな牙でパクッとやっちゃった。船はまっぷたつになって、乗っていた人たちは海に落っこっちゃって――」

「食べられちゃったんだろ?」とボビー。

トミーは考え、竜がエビ取り漁師を食べる図は趣味に合わないと気づいて、こう言った。「ううん、食べなかったんだ。おなかすいてなかったし、どっちみち、ちっちゃすぎるからさ、逃がしてやったんだ。そしたら、またエビ取りの船がいたので、竜は船をパクリとやって――」

「食べちゃった」悲しい哲学的な確信をこめて、スティーヴがいった。

「わかんないけどさ、でも竜は逃げて、どんどん陸に近づいてった。だけど、そのときには海軍の船が竜を追ってたんだ。戦没将兵記念日《メモリアル・デイ》に乗るみたいな大きな船で、それがエビ取り船を食べた悪い竜だといって、バンバン大砲を撃ってくるわけ。竜だってつかまったら最後だから、一所懸命泳ぐ。だけど海軍の船はぴったりうしろについていて、気がつくと水があんまり深くないところまで来ちゃっていた」トミーには、しゃにむに逃げる竜の姿が見えるようだった。赤い目玉が右に左に動き、逃げ道をさがす。トミーは竜がとつぜんかわいそうになった。

「泳いでるうちに水は浅くなってくる、船はどんどん近づいてくる。もう最後だと思うじゃない。だけど竜は頭がよかったから、船が岬のでっぱりのところに見える前に、浜辺にはいあがっちゃったんだ。この浜辺にさ。そいで岩に変身したんだ、おれたちが立ってるこの岩に変わっちゃったの。船が来たときには、竜なんかもうどこにもいないわけ。岩しかなくて、海軍はあきらめて帰ってった。だから、ときどき月夜の晩なんか、もうだいじょうぶだというとき、この岩はまた竜にもどって、海に泳ぎだしていくんだ。おれたちが浜に来ても、もうここには岩なんかないわけ。もしかすると、いま竜に変わっちゃうかもしれない」そう考えると、ぞくっと身ぶるいが出た。足元の岩が融けて変化してゆくのが感じられるようだった。だが竜を窮地から救うことができ、トミーは満足していた。「だけど、いまは岩なんだ、それで竜は助かったわけ」

「助かるもんか」スティーヴが不意に怒りを爆発させた。「そんなのウソに決まってらい！　海軍から逃げられっこないじゃないか。そんなのやっつけちゃってるさ。もう死んでらい。海軍がつかまえて、頭をぶっとばして、ばらばらにしちゃったに決まってるじゃん！」そして沈黙すると、トミーと視線が合うのを避けるように顔をそむけた。スティーヴはさまざまな意味でむずかしい少年だった。ふだんは気がいいのだが、どうかした拍子につむじを曲げると手がつかなくなり、以後何時間かふさぎこんだ状態が続くのだ。彼の父親は二年前、ボリビアの戦争で死んでいた。

スティーヴを見つめるうち、トミーは急にさむざむとした気持ちになった。興奮は消え失せ、その場所にはふたたび予感が重くのしかかった。何かよくないことが起こる、自分はそれから逃れられない。憂鬱な空ろな気分になるとともに、とつぜん身を切るような風の冷たさが忍びこんできた。それまでは風のことなどまったく気にならなかったのだ。トミーは身を震わせた。

「おれ、夕食だからもう帰らなくちゃ」エディが長い静けさを破ってようやくいい、ボビーとスティーヴがこれに賛同した。太陽はどんよりした赤い目となって地平線上に浮かんでいる。だが今なら間に合う時間だった——海岸道路をまっすぐに行けば、ここに来たときの三分の一の時間で家に帰れる。三人は砂地にとびおりたが、トミーは動かない——岩の上に立ったまま。

「おまえ来るの？」とスティーヴがきいた。トミーは首をふった。スティーヴは肩をすくめたが、つむじを曲げた様子がまたしてもその顔にうかび、ぷいと背を向けた。

三人の少年は、道路をめざして浜辺を歩いてゆく。ボビーとエディはときおりふりかえってトミーを見た。だがスティーヴは背を向けたままだった。

トミーは遠のいてゆく友人たちを見送った。べつにスティーヴに腹をたてていたわけではない——関心はほかにあった。サント族と話がしたくなったのだ。そこはたまたま彼らがいつも来る場所、トミーがひとりのとき彼らが会いに来る場所の一つだった。いまの彼にはサント族の話し相手が必要だった。この悩みを打ち明けられる相手は、少なくとも人間の中には、ひとりもいない。

時間にして四十五分ほど待つうち、太陽は地平線の下に完全に沈み、熱と光が世界から絶えた。サントは来なかった。ようやくあきらめたが、信じがたい虚脱状態のまま立ちつくしていた。サントはここへ来る気がないのだ。今までにないことだった。こうした場所にひとりでいるときには、いつも必ずやってきたものだ——起こりそうもないことが起こったのである。

あたりはまっ暗に近い。岩の上で凍えながらトミーは目をあげた。ちょうどジェット機が一機、空の高みを高速で飛びすぎてゆくところで、日没の色あせた血まみれの亡骸《なきがら》の上に、白い傷口が作られてゆく。そのときになってはじめてトミーは、ポケットにあるミス・フレデリックスのメモのことを思いだした。すっかり忘れていたのだ。

糸が切れたように、彼は浜辺を走りだした。

第一日目の午後おそくには、機甲師団、歩兵師団各一個、ならびにその支援火器が、デラウェア渓谷の着陸地点周辺に配置され、マグワイア空軍基地から発進したジェット戦闘機が哨戒隊形をつくって上空を飛んでいた。沿岸地帯には大規模な動員が行なわれ、戦争にそなえてワシントンおよびニューヨーク防衛のため部隊が移動中だった。ＵＳＡＤＣＯＭ指揮のもと、戦略空軍の爆撃機が着陸地点に近い各基地に集結し、マグワイア空軍基地は飽和状態に達したほか、ＪＦＫ空港とポート・ニューアーク空港が接収され、ボストンのローガン国際空港が補助施設に指定された。民間機の飛行は全面的に禁止されていた。陸軍工兵隊は、放棄されたガレージを含めて付近のあらゆる障害物を取り壊し、宇宙船の周辺に半径四百メートルの空地を切りひらいた。空地の周囲では機甲部隊が二重の輪をつくり、歩兵がそのうしろにつき、八百メートル離れた塹壕からは大砲がそれを援護している。闇がおりると、包囲陣にそってクリーグ灯の頑丈な土台が設置された。オハイオとコロラドの各着陸地点でも、同様の準備が進行していた。

軍による安全対策がすべて終わると、科学者が流れこんできた。デラウェア渓谷の着陸地点では特に著しく、憔悴し、もうろうとした人びとの行進が夜更けまで続いた。彼らは官営民営を問わず全米の研究所から徴用されてきたのである。ここに至るまでには、全米にちらばる科学者の家庭で、科学者がいらいらと行きつ戻りつし、ヒステリックな妻なり夫なりをなだめようとする一方、非人間的なまでに丁重な軍関係者が辛抱強くリビングルームで待ちつづけるといった光景が展開されていた。しかし軍のこうした傲慢な扱いに憤るどころか、過去において政府の口出しに批判的なことで知られた者も含めて、科学者のほとんどはこの機会に欣喜雀躍としていた。たとえ悪魔と取引する羽目になろうと、だれもこれを見逃す気はなかった。

一方、異邦の船は、その間も依然として肥大した黒い卵のようにその位置に静止していた。拡声器から無益な呼びかけの声はひびいても、船から百メートル以内に近づく人間は、今のところ皆無だった。船からはいっさいの反応はなく、着陸地点の周辺でくりひろげられる人間たちの騒動を知るや知らずや、少なくとも興味を示したような徴候もなかった。それをいうなら、船内にそもそも知性を持つ、でなくとも感覚を有する生物が存在するのかどうかさえ、手がかりはなかった。宇宙船は、なめらかな、特徴のない、継ぎ目もない卵形——窓はなく、ハッチらしいものもなく、アンテナやその他の装置が突出しているわけでもなく、船体には記号も装飾もなかった。音はまったく発せず、どのような熱も光も放射していない。どのような周波数帯でもラジオ電波は検出されない。金属探知器にすら現われず、これはかなりの動揺を巻き起こした。それならばと、だれかがレーダーによる走査を提案したが、船がそれにも映らないとわかると、動揺はさらに大きくなった。計器は、船内の電子的・磁気的活動を探知することができなかった。いいかえれば、何かが計器に干渉しているか、でなければ中には何も存在しないということである。生命維持装置はおろか、地球人には未知の原理ではたらくどのような装置も積みこまれていないのだ。赤外線感知器の示すところでは、宇宙船の外殻温度は周囲の気温と一致していた。人間の場合なら当然起こりうる、乗員の体熱の放射らしいものもなく、たとえ船を中空と仮定したとしても、同じ質量の既知の金属またはプラスチックが出す熱にはほど遠かった。クリーグ灯の放列が船を照らしだすと、外殻温度は周囲の気温に合わせて上昇した。ときには船は、全体が大きな鏡であるかのように、クリーグ灯の光をまばゆく反射した。別のときには船体は、投げかけられる光をことごとく貪欲に吸収し、ほぼ不可視の状態に近づいた——それを見ようとして、本体である薄気味わるい無に目をこらすのは得策ではない。周囲の空間を切り取る輪郭をすかし見るのだ。超反射物体から超不透明物体への変移に、理屈の通ったリズムは見つからなかった。コンピューターすら、この混沌から一定のパターンを抽出することはできなかった。

宇宙船は無人なのだ、とひとりの科学者が自信満々に断言した。これは、地球に軟着陸し、地表条件を報告するために送りだされたロボット探査機なのだ。ひと昔前には、われわれもマリナーやアポロといった探査機を飛ばして、そっくりのことをしたではないか。集まったデータは、やがてはエイリアンの実験の本拠に、おそらくメーザーのタイト・ビームによって送られることだろう。そのとき注意深い監視を続けてさえいれば、あるいはわれわれはエイリアンの本拠を発見できるかもしれない——彼らはおそらく月より遠いどこかの楕円軌道上に浮かぶ恒星間宇宙船にでも乗っているのだろう。あるいは、なにか即時の恒星間通信法でもあれば、太陽系内にはいないかもしれない。地球から数千、それどころか数百万光年はなれた母星系にとどまっているとも考えられる。この理論は科学者たちのあいだで広く受け入れられ、そうなら差し迫った危険ではないということで、軍もいくらか気をゆるめた。

カラカスでは、夜が更けても火勢は衰えず、数千の、いや、万の桁にのぼるかもしれぬ死者を悼んで弔鐘が鳴りつづけた。政府は無惨に打ち倒され、かわって誕生した革命派の連立政権も、それからわずか二時間半後に、さらに無残に打ち倒された。最終的に権力をにぎった軍部臨時政府も、秩序を回復することまではできなかった。午前三時になって、新政府は、飛行隊・砲兵隊・機甲部隊による宇宙船への大規模な協同攻撃を命じた。宇宙船が長距離攻撃に無傷で耐えたことがわかると、つぎには船をこじあけようとの意図のもとに、歩兵がブルドーザーや空気ドリルを用意して乗りこんだ。午前四時、強烈な光が一閃した。八百キロ離れた雲を夜空にうかびあがらせるほど明るい光で、それはメキシコからもはっきりと見えた。おそるおそる調査に来た陸軍の予備部隊がそこに見たものは、宇宙船から、カラカス市内を貫通し、西にむかって太平洋にいたる幅八キロの無人地帯だった。かつてビル、ジャングル、人間、動物、山が存在したところに、いまはただ完全に平らな、定規で引いたような溝があるだけだった。表面は、融けた灰色のガラスに似た物質から成っていて、それが船から海までさながら広大な道路のように延びているのである。ガラスの道路の起点には、宇宙船がある。それは一センチも動いていなかった。

ベネズエラに起こった大惨事のニュースは、それから三十分ほどしてＵＳＡＤＣＯＭ本部に伝わったが、反応は冷めたものだった。一つには、それがロボット探査体理論を完全に打ち砕いたように見えたこともある。ＵＳＡＤＣＯＭ自体が、ベネズエラの臨時政府がとった最終手段に似たものを検討していたという事情もあった。この知らせが計画を白紙に返すものであることは、慎重な判断のうえ認めざるを得なかった。

　その間、ＡＩと同胞の知能たちは、所有者の了解をとることもせず独自に開発した電気テレパシー回路によって互いを連結し、夜を徹して極秘の会談を続けていた。ベネズエラの件は、四時十五分にいくつかの異なるニュース・ソースから彼らのところに伝わり、ホットラインを通じてこの情報を得たＵＳＡＤＣＯＭ本部が、ＡＩに正式にデータを送りこんだときには、すでに彼らは状況の分析を終えていた。カラカスにおけるできごとは、知能たちが、観察されたデータをもとに外挿したエイリアンのテクノロジーの発達段階とみごとに一致していた。知能たちは、正確な状況を人類に伝え、異邦の宇宙船に対してただちに全面的核攻撃を行なうよう命令すべきかどうか、つかのま考えたが、それも結局はむだな抵抗であるという結論に達した。人類は精神的にあまりにも不安定なので、教えれば却って混乱を招くだけだ。知能たちは知らぬ顔をきめこみ、新しいデータを待つことにした。同じようにしろと人類に命じるのが無駄なことも、彼らは承知していた。従来どおり人類を厳重な監視下におき、各自の担当する国で戦争が起こるのを防ぐ。それだけで充分だという点で、意見は一致した。しかし、戦争にまでは至らないものの、ヒステリー発作が引き金になってあらゆる種類の混乱が起きることは、外挿によって割りだしていた。この確率はきわめて高く、知能たちさえもこれを厳然たる事実と認めざるを得なかった。

あくる朝トミーは、鉛のように重い足を引きずって学校へ向かっていた。目的地に近づくにつれ、空気そのものが膠《にかわ》に変わってしまったように、ますます前進がむずかしくなってゆく。彼を登校させまいとして押しよせる逆方向の波は、体には圧力となってじかに感じられ、その中をしゃにむに彼は進んだ。大きなグレイの建物が目にはいるころには、肩で息をし、腹の底からむかついていた。ほかの子どもたちは彼を追いこし、階段をかけあがってゆく。なぜあんなに速く走れるのだろう？トミーはぼんやりとした驚きの目でながめた。動きがあまりにも速いので、生徒たちの姿はかすんでいる――稲妻のように、ちらっと閃いては消えてゆく。中の何人かがトミーの名を呼んだが、その声はかん高く、三十三回転レコードを七十八回転で回したように聞きとりにくく、癇にさわった。彼は返事をしなかった。わるいのは自分だと気づいたからだ。動きがおそくなり、重くなり、しゃっちょこばっているのは自分なのだ。トミーは注意深く片足をあげると、青息吐息で階段をのぼりはじめた。

オーバーをしまい、廊下をほとんど歩きおえたとき最初のベルが鳴ったところからすると、ふつうのスピードでやってきたにちがいない。だがトミーには、その腹だたしくなるほどのろい歩みのうちに、百年が過ぎてしまったかのように思われた。少なくとも、今朝は遅刻せずにすんだわけだが、それで一気に点があがるとも思えなかった。そもそもメモを持ってきていない――父と母がまた喧嘩をしたからだ。トミーは早くベッドルームに入れられ、その晩は台所からひびく二人のどなり声を聞いていたのである。闇の中にまんじりともせず横たわり、別室で高くなり低くなりする荒々しい声を聞きながら、メモに母さんのサインをもらわなくては、だけどそんなことはできやしないと悶々と考えつづけていた。一度はメモを手に台所に行きかけたが、ひたいをドアの冷たい板に押しつけて、話の内容は聞かず、ただ声だけに耳を澄ますうち、考えが変わり、またベッドにもどった。メモなんか見せることはできはしない——両親と顔を合わせるのが、彼らの怒りと向かいあうのがおそろしかったせいもある。もう一つは、きっと母親が悲しむだろうと思ったからだった。こういう場合、母親は気が動転してしまい、何日も泣きくれることになるのだ。そして彼の罪——トミーはそのように解釈した——は、父親がますます母親に腹をたてる理由となり、いっそう声を荒げてどなりちらす口実となるのだった。母親を殴る光景さえ、トミーは何回か見ていた。トミーには、それだけはさせることはできなかった。たとえあくる日、学校でミス・フレデリックスにこっぴどく叱られることになろうとも、それだけは許すことはできなかった。その齢ですでにトミーは、母親を守るのが自分の役目であり、自分が気丈でなければいけないことを知っていた。サインをもらわず学校に行き、いさぎよく結果を受けいれるのだ。トミーは重苦しい恐怖が厚い雲となって心にのしかかるのを感じた。

そのときが間近にせまったいま、おびえようにも頭はすっかりかすんでいた。痺れたような感覚は、机に行ってすわり、始業ベルを聞き、ミス・フレデリックスの姿を見るまでずっと続いた。ミス・フレデリックスは一時間目のクラス担任で、彼女はトミーをまっすぐに見つめた。けだるさは吹きとび、恐怖の洪水がすさまじい勢いで押しよせた。トミーは震えはじめた。

「トミー」とミス・フレデリックスは、感情のない冷ややかな声でいった。

「はい、先生」

「メモは持ってきたわね？」

「いいえ、忘れました」トミーはいい、学校へ来る道々考えたこみいった言いわけにとりかかった。ミス・フレデリックスは片手を不意に機械的にふり、そのことばを制した。

「静かに。ここにおいでなさい」との声には、もはや何もなかった。冷ややかさもなかった——あらゆる感情が流れ去り、ことばだけが正確な書体で中空にうかんだ。デスクのうしろに身じろぎもせずすわるミス・フレデリックスは、もはや目も動かず、呼吸すらしているようには見えなかった。夜店のガラス小屋の中で占いをするジプシーの老婆のように、彼女は作り物くさく見えた。その外観は、ほこりっぽいスポンジ・ラバーと色あせた掛け布でできている。そして中には、さびついて動くこともないばねとつめ車と歯車が詰まっているのだ。

トミーはのろのろと立ちあがると、ミス・フレデリックスの前へ歩いていった。教室がぐるぐる回りだし、狭まり、ミス・フレデリックスにむかって彼を容赦なく押しやる傾いだトンネルとなった。級友たちの姿は消え、長いトンネルのぼやけた壁に融けこんでいる。あたりは森閑としている。トミーはデスクにぶつかり、歩みをとめた。ミス・フレデリックスはひと言もいわず、メモに何かを書きつけると、それを彼にわたした。トミーはメモを手にとった。形のない灰色の霧の中から、遠くミス・フレデリックスの声が聞こえた。「精神科の先生にその紙を見せなさい。さあ、行って。今すぐ」

つぎの瞬間トミーは、〝ドクター・クルーガー〟と名前のあるドアの前に立っていた。目をぱちくりさせたが、どうやってそこまで来たのか記憶がなかった。診察室は地下にある。瀬戸物で表面をおおった重そうな水道管が天井を走り、細い金属管が蔓草のように蛇のように壁を伝いおりている。蒸気とすえた空気のにおいがした。これは本当のことなんだ。トミーはぼんやりと思った。天井の低い廊下の上に下に目をやり、逃げ道はないかとさがした。だが行き場所はなかった。彼は機械的にドアをノックすると、中にはいった。

あらかじめ電話で連絡がはいっていたので、クルーガー医師は診察室でトミーを待ちうけていた。彼は形式的にうなずくと、トミーに手招きし、見た目にはやわらかそうだがすわるとかたすぎる椅子に彼をすわらせ、はりつめた低い単調な声で話しはじめた。クルーガーは、その贅肉の大半を見えないところに隠しこんだ太り肉《じし》の男だった。仕立てのよい服の中に贅肉を押しつけ、しめあげ、たくしこみ、おのれの肉体の国を、ツイードとウーステッドと手作りレザーの辺境から守っている。その目さえ、とびだしすぎて支えが要るとでもいうように、コークのびん底そこのけに厚いメガネの奥に押しこまれている。その姿は、磨きあげた、小粋な、品のよい品評会特選の豚を思わせた。体はいかついが、いかにもこざっぱりと見ばえよく仕上げられ、一点非のうちどころなく趣味がよい。だが、そのかげにはごろつきがひそみ、機あれば不潔のしほうだいをしてやろうと様子をうかがっている。彼には、垢と肥満が表面にあらわれないままに匂ってくるようなところがあった。爪のすき間にうっすらと垢をにじませているように、退廃があやうい均衡を保って見え隠れしている。大柄な体軀のどこかに、紐を一本ぶらさげているといった印象を与えた。紐を引いたとたん、クルーガーは分解する。ぴっちりした服は軋《きし》りをあげて滑り落ち、肉体がこぼれだす。それはみるまにふくれあがり、大きくなり、診察室全体に一センチのすき間もなく満ちわたり、家具をことごとく壁に押しつけてしまうのだ。十字の張り綱におさえこまれているが、脂肪はたしかにそこにあり、究極の勝利のときを待ちうけていた。その一部が、豚肉のように深いピンクの色あいをおびて、カラーの下にひっそりとのぞいている。精神科医の話が続くあいだ、トミーは陶然と見つめていた。

クルーガー医師は、トミーの病状を神経症の一歩手前と診断した。「きみは神経症なんかになりたくはないだろ？　病気なんかいやだろ？」

そしてトミーをねめつけると、いかにも不快そうに醜怪に息を吹きあげ、ヒキガエルさながらにからだをふくらませ、肉体的な威圧感だけでトミーを椅子の背にはりつかせた。クルーガーは穏やかなプロフェッショナルな落ち着きを人に印象づけるのが好きだったが、彼の奥底には、ぬめぬめした火のようなものがあり、それがときおり凶悪な雄豚さながらの怒りとなって吹きだすことがあった。そのびん底メガネのかわいた井戸の奥にチロチロ燃える光がそれであり、それがときおり彼の目を深紅色に輝かせる。赤い目は落ち着かなげに左右を見、目にはいるものを何でも詮索し、欠点をあげつらうのだ。クルーガーが話しだすときの声は、穏やかで平静である。だが話すうち、声の調子はわずかながら上がりだし、あるときを境にとつぜん野獣の咆哮、巨大な怒声に変わる。トミーは椅子の中でちぢみあがる。するとクルーガーはとつぜん話をやめ、今度は辛抱強い理解ある声音で「わかるかね？」というのだ。彼にとってトミーは手に負えない強情な子どもだが、寛大な心をもって話しかければいつか通じるとでもいうように、その声は温かく、心なしか悲しげでもある。トミーは、わかったという意味のことをぶつぶつとつぶやき、性懲りのない、へそまがりな自分を意識し、傷つき、いじけるしかない。

演説が終わると、クルーガーはトミーに服を脱ぐように命じた。強い麻薬を射っているかどうか、からだを調べ、それ以外の薬の有無を確かめるため唾液サンプルをとるのだという。何にしてもそれは、年に二度、生徒たち全員が受ける検査と同じものだった――スティーヴの話では、上級生はみんな検査の目をごまかす方法を知っているか、でなければ検査にひっかからないクスリを使っているということだったが、それでも去年は、上級生の中から何人かが退学処分になり、麻薬常習者または中毒者として警察に送られていた。それは、近ごろ意識の中でしだいに大きな形をとりだした〝セックス〟とともに、彼の心を乱し、漠然とした不安におとしいれる話題の一つだった。クルーガーは、検査の結果トミーがクスリを使っていないことがわかると、少々失望したようだった。彼は首をふり、二重あごの内側で何かわけのわからないことをつぶやいた。クルーガーのぽちゃぽちゃした堅い指に体をまさぐられ、うんざりしていたトミーは、行ってよいという合図と同時にそそくさと服を着てとびたした。

トミーが階上へもどると、その日の一時限は終わり、生徒たちはいまティーチング・マシンで勉強していた。ミス・フレデリックスはその時間もまた担任だった。彼女は無言でトミーを迎えたが、そのまばたかぬ蛇の目が教室を横切るあいだ、ずっと注がれているのを彼は感じていた。トミーはあいている機械を見つけ、かたいプラスチックのフードをいそいで頭にかぶると、ミス・フレデリックスのおそろしい眼差しから逃れてひとまずほっとした。乾いたやわらかな電極が頭蓋骨に押しつけられるとともに、色どりあざやかなイメージが眼前で爆発し、日豪同盟の社会経済政策を講義する機械のペダンティックな声が頭の中にひびきわたった。トミーの指は、そのあと間もなく始まるフラッシュ・クイズを予期して、自然にタイプライター・キーボードの上におりていた。だが、そうした隔離された状態にあるにもかかわらず、彼にはまだミス・フレデリックスの冷たい邪悪な存在が感じられるのだった。フードをはずすまでもなく、彼女が教室のどこにいるか指さすことができた。机のあいだを音もなく行ったり来たりする彼女の歩みにつれて、トミーの指は磁石のように彼女のいる方向を指し示すのだった。一度、彼女はトミーのいる列に幽霊のように気配もなく現われ、彼のわきを通りすぎた。スカートの裾が彼のわきをかすめた——恐怖と反発に思わずのけぞるとともに、彼女が足をとめ、上から見つめているのが感じられた。彼はミス・フレデリックスの姿が消えるまで息をとめていた。こうした時間には、彼女は絶えず教室の中を動きまわっている。フードをかぶってすわる生徒たちを睥睨《へいげい》し、愛情どころか氷のように冷たい憎しみをもって目を光らせている。ミス・フレデリックスは彼女なりの不毛な無感情な意識で生徒たちを憎んでいるのだ、トミーはそう気づいた——できるなら皆殺しにしてやりたいと思っているのだ。彼女にとって子どもは、何か怖気を催すもの、何かの失策、彼女自身に欠けているもの、年月が彼女をミイラに変えてしまう過程で奪っていった何かを象徴しているのだろう。彼女の憎しみは、貪欲な悪意の真空だ。すべてを吸いとり、否定し、無効にしてしまう。

昼休みの名がある昼食後三十分間の強制的な運動時間の最中、トミーは今までの遊び仲間がぎこちなく自分を避けていることに気づいた。ミス・フレデリックスにうながされ、バレーボールのポジションにつく途中、ボビーが軽蔑もあらわにささやきかけた。「おまえとは話せないんだよ。おまえ不良なんだって。もう口をきいちゃいけないってフレデリックス先生がいってた。そいで、もういっしょに遊んじゃいけないんだって。見つかったら、おれたち教員室へ連れてかれちゃうんだ。だからさ」というとボビーは、ネットのむこうにボールをはじきとばした。

トミーは力なくうなずいた。こういう重荷を背負うことになるのは、なぜか当然のような気持ちだった。だから何の驚きもなく受けいれた。この程度では終わらないことも知っていた。不意にボールが目の前に投げこまれ、受けそこなった彼は、相手チームに一点を与えた。ミス・フレデリックスが笑った――彼の目に氷の針をつきたてるような、耳ざわりな金属的な笑い声だった。

その日最後の授業が終わり、教室を出ると、スティーヴが人目を避けるようにうしろから声をかけた。「おい、おまえ負けんなよな」激しい調子でささやく。「聞こえてるか？　おまえ負けんなよ。絶対だぜ。先公なんてみんな屁みたいなもんじゃん――くそくらえって言ってやれよ、な？」だが学校を出たとたん、スティーヴは急ぎ足で歩き去り、二度とふりかえろうとしなかった。

スティーヴはウォルナット通りの角を曲がり、視界から消えた。見送るトミーの中で声がささやいた。だけど、もうだれも逃げられはしないんだ。トミーはポケットに両手をつっこみ、反対方向に歩きだした。はじめはゆっくりした歩みだったが、しだいに速くなり、最後にはほとんど駆け足になっていた。まるで骨の中身がすっかり空っぽになってしまったようだった。今朝感じた全身の重みとは逆に、からだが軽く、どこへでも飛んでゆくことができた。頭は風船になり、足がちゃんと舗道についているかどうか、いつも確かめていなくてはならなかった。それは気味がわるい、それでいて妙に心躍る経験だった。もうだいじょうぶ、と陰気に思った。だいじょうぶだ。風にとばされる幽霊のように、彼は軽やかに通りを歩き、まっすぐ例の場所の一つにむかった。彼は街をつっきって進んだ。朽ちかけた木造家屋――いたるところ洗濯紐がかけわたされ、屋根には添木をしたＴＶアンテナが立っている――が建ち並ぶ区画をわきに見て、大きなショッピング・センターの端を通り、製肉工場の出荷場をながめ、（駅員の目を盗みつつ）貨物駅の軌条の迷路をわたり、街の反対側のうっそうとした雑木林に着いた。その間トミーは、午後の買い物客の群れにも、トラックから荷をおろす作業員たちにも目をくれなかった。彼らもまた気づいた様子はなかった。住む惑星が自分のとは違うのかもしれない、とトミーは思ったが、そんな思いは今度がはじめてではなかった。〝違う人たち〟の姿はなかった。きのうの騒ぎはおさまっていた。今日は彼らは休むことに決めたようで、森の奥にひっこみ、人間の領域には近づかないようにして横たわっているのだろう。そうであってほしいとトミーは願った。〝違う人たち〟が急にいなくなり、もどってこない悪夢を見たことも、それまでいくたびかあった。彼はひっそりした黒苺の茂みを這って通りぬけた。サント族が今度は現われるのかどうか、その見きわめがつくまでじたばたしない覚悟はついていた。〝違う人たち〟がいなくなるのなら、それはそれでよい。ほかの人間みんながいなくなるのでもよい。だがその両方であることには耐えられなかった。それだけは受けいれられないことだった。「そんなのはずるいよな」考えにおびえて思わず声が出た。「おーい」と呼びかける。だが答えはなかった。

足もとの地面がやわらかくなり、踏むと水気をおびてひしゃげ、凹んだ足跡に水がしみだしてきた。海が忍びこみ、陸地を濡らしている場所にうっかり入ってしまったのだ。トミーは直角に曲がると、もとの道にもどった。やがて鹿の通るけもの道が見つかり、月桂樹とつつじがからみあう瑞々しいジャングルを通って登り坂を行くと、なだらかに起伏する草深い台地に出た。野原は西の高地へと延びている。東に岩の小山があり、若い熊のように両手両足でそれによじのぼった。さほどむずかしいわけでも危ないわけでもなかったが、骨の折れる仕事であったことは確かで、とがった岩かどにズボンをひっかけ、かぎ裂きを作ってしまった。高みにうかぶ灰色の雲のかげから太陽がつかのま現われ、岩をあたため、登るトミーのひたいに汗の玉をうかばせた。ようやく小山の頂きにある平地にたどりつくと、海に面した側に歩いていった。枯草の中に指を入れ、岩の縁から両足を宙に投げだして、トミーはすわった。

眼下は、やわらかい砕けやすい岩から成る断崖で、苔とカラスノエンドウにびっしりとおおわれている。ふもとには海水にひたされた沼地がひろがり、二キロほどかなたで海に呑みこまれている。海と沼地の境界を見分けるのはむずかしい。海水のきらめく指が陸地にのびる一方で、葦や蒲《がま》の茂みが遠く海にはりだしているのが見えるのだ。そこは危険な通行不能の土地であり、トミーは断崖のふもとには決して近づいたことはなかった――沼地には流砂があり、トミー自身見たことはないが、水蛇やガラガラ蛇がいるという噂もあった。

ものさびしい近寄りがたい場所である。だが例の場所でもあり、待つ決心はトミーにはついていた。震えあがるだろうことは目に見えているが、必要とあれば徹夜してでも待つつもりだった。小山の頂きからは、あらゆる方向に見通しがきいた。北側、沼地のむこうでは、樹木におおわれた島が数珠のように沖にむかって重なり、しだいに深みに沈んで、最後には北大西洋の波に洗われるむきだしの岩礁となっている。西に目を向ければ、その同じ島々の線を、高地にむかって延びる山々の中に見分けるのはたやすい。島々は、遠いむかし海に呑みこまれた山であり、いまはその頂きが海面上に見えるだけなのだ。そう話してくれたのは、ひとりのサント族だった。氷河時代が来る前には、乾いた土地が東のほうに二百キロもひろがっていたが、貪欲な海が押し寄せ、山や川や野を灰色の冷たい水の壁に塗りこめてしまったのだという。トミーはこの話を忘れなかった。そして以後、海を見るたびにかすかな胸さわぎをおぼえながら、海がいらだつ巨大なけもののようにその毛を逆立て、陸地に乗りこんでくる情景を想像するのだった。そう、そういうこともありうる。それにはもう少し時間がかかるだろうが、とサントはいったものである。もっともサントのいう〝もう少し〟とは、ゆうに一千年——あるいは一万年——ぐらいの時間のことだったが。そうした予想を、サントはまったく気にかける様子はなかった。陸地がなくなっても、サントには何ということはないのだ。東の沈んだ土地も、彼らは昔と変わりなく使っているのだから。またサントは彼に氷河時代のことも教えた。世界を封じこめ、寄せては返してゆく深いブルーの氷。きらめきながらそびえ、陸地を削ってゆく氷の砦。サントにとっても、それは長い時間だった。

岩の小山の上にすわるうち、氷河時代そこのけに長い時間が過ぎたように思われた。岩に根をおろしてしまったかのように、トミーはそこで身じろぎもせず、鉄色の雲のあいだに太陽が現われては消えるのをながめていた。雲間から漏れる光が透明な金色の柱となって、見おろす風景のところどころを明るく浮かびあがらせている。ジェブリングの一族が、起伏に富んだ西の野原をただよってゆくのが目にはいり、トミーはやや気をとりなおした——少なくとも〝違う人たち〟がみんな消えてしまったわけではないのだ。ジェブリングたちが様子をうかがう柵にかこまれた草地では、いじけた林檎の木の下で黒い牛たちが草をはんでいる。ジェブリングのひとりが柵にのぼったかと思うと、一頭の牛の背中にまたがり、象の鼻のような管を牛にのばして食事を始めた——牛の生存に必要な養分を吸いとっているのだ。牛はジェブリングの所業には気づいた様子もなく、吐きもどした草を平然とかんでいる。ジェブリングが吸っているのは、牛の肉体的生存に必要なものではない。牛はそんなものを奪われてもいっこうに気にしないが、牛がいま見るような知能程度のままでいるのは、その成分の不足が原因かもしれない。

ジェブリングは犬や猫にはたまに取り憑くことはあるものの、人間には決して取り憑かないことをトミーは知っていた。〝違う人たち〟の中には、人間に取り憑いておそろしいことをする種類もあるが、数はきわめて少ない。サントはジェブリング族を軽蔑し、彼らの習性を救いようのない品性の堕落と見ていた。だがサント族はどうなのだろう？　サント自身はそのようなことはしないと言っているが、トミーはときどき、自分は何か微妙なものを彼らに吸いとられているのではないかと思うことがあった。少なくともその疑問はトミーの心の中に見えているはずなのに、サントはそれに対して明確な答えを与えたことはなかった。

そのとき、とつぜんトミーは、舌がひとりでに動き、自分の口が開くのを感じた。「こんにちは、ひと」自分の声ではないよく響く低音で、トミーはいった。

サントがやってきたのだ。トミーは周囲に、活気ある、きわだったその存在を感じることができた。それは、山と岩と空、泡だつどす黒い沼地と鉛色の冬の海、太陽と苔、樹木と木の葉のエッセンスを融かしこんだようだった——この風景の中にあるあらゆる要素が集合し、ぞくぞくするような生気ある存在になっているのだった。肉体的には、それは長身の、虎の目を持つ人間に似た形をとって現われた。肌は磨きあげられた鉄の色だった。〝違う人たち〟のほとんどと比べても、それは特に見るのがむずかしく、くっきりとした輪郭をとらえるのは不可能だった。視界の隅に入れようとしても、それは絶えず動き、ゆらめいており、背景にのみこまれたかと思うとまた現われ、膨張し収縮し、イスラムの苦行僧みたいに回転しては、つぎの瞬間には石のように静止するのだ。色もくるくると変わってゆく。ときには、それはまっ黒、星のない闇夜よりも黒くなることがある。またあるときには、冬の日ざしがその中を通って屈折し、正視に耐えないほど目もあやに輝いたりする。その目は鉄を思わせる灰色のこともあれば、みずみずしい緑のこともあり、ときには溶鉱炉さながらに赤く輝き、何ものにも侵されぬ威厳を見せる。そして、いつも落ち着かなげに動いていた。「やあ、サント」と、トミーは自分の声でいった。話相手がいつも同じサントなのか、それとも二人以上のサントが会いに来るのか、トミーには区別がつかなかった。「なぜきのう来なかったんだい？」

「きのう？」とサントは、トミーの口を使っていった。間があった。時間感覚が人間とまったく違うので、時間についての質問には、サントはいつもとまどった様子を見せるのだ。「ああ」と、それはいった。トミーは、何かが心の中にもぐりこんでくるのを感じた。シナプスの接続を切り、結果を観察し、人間がデスク・カレンダーを親指でめくってゆくように、記憶をペラッ、ペラッとめくってゆくのだ。サントはことばを話すには、語彙をトミーの頭脳に求めなければならない。トミーを語義の保管所、有機的な辞書として使うのだ。だがサントには、かつてトミーのいる前でおとながが話したすべてのことばを、掘り起こし利用する能力があり、トミーの意識下にある原材料をふんだんに扱うことができた。

「忙しかったのだ」それはことばを選びだし、ようやく言った。「あるできごとがあった――到着、か？」――ペラッ、ペラッ、そしてつかのまターナー牧師のかん高い声で、「内在、か？」――ペラッ――「自覚？　転移？　変換？　上陸？　いま〝もう一つの存在〟がいる。彼らは」――ペラッ、ラジオ伝導師の声――「この地上に現われ給うた。着陸した」きっぱりといった。「〝もう一つの存在〟が着陸した」間《ま》。「きのう」

「エイリアン！」声にならぬ声がトミーの口からほとばしった。

「そう、エイリアンだ」とサントは認めた。「いま〝もう一つの存在〟が来ている。だから、われわれは来なかったのだ、きのう。だから、きみと話すことができないだろう――」間をおき、人間の時間スケールに計算しなおして、「きょうは、長いあいだ。われわれは話しあっている、議論している」――ペラッ、ラジオのニュース・アナウンサー――「彼らと交渉している、〝もう一つの存在〟と、エイリアンと。彼らはむかし一度来たことがある。だが、あまりにも遠い過去なので、きみに理解させることはむずかしい。われわれから見ても遠い過去だ。われわれは彼らと交渉している、そして彼らを通じて、きみの〝犬〟たちとも交渉している。ちがう」――それはトミーの心に形をとりだしたドイツ・シェパードのイメージをふりはらった――「その犬ではない、ひと̇よ̇。きみたちの〝犬〟、機械の〝犬〟だ。死んでいながら、きみたちに奉仕している死んだ機械たちだ。われわれはみんなで交渉している。たくさんの協定があった」――ペラッ、ふたたびターナー牧師

――「遠いむかし、多くの契約が交わされた。ひとども。もっとも彼らはとうに忘れているが。そして〝もう一つの存在〟とも。その契約がいま切れたのだ。いまやそれには何の効力もない、それはもはや」――ペラッ、トミーの父親に話しかける弁護士――「われわれを縛ってはいない。力はない。いま新しい契約を交渉中だ」――ペラッ、テレビに映る労働争議のリーダー――「関係するあらゆる団体とともに有利な協定を結ぼうとしている。今後はあらゆる状況が変わってくるだろう、巨大な変化が起きるだろう。われわれのいうことがわかるかね、ひと？」

「ううん」とトミーはいった。

「だろうと思った」声は悲しげだった。

「ちょっと助けてほしいことがあるんだ」とトミーはいった。「いま、おれ、ものすごく困ってるんだよ。フレデリックス先生にいじめられてるの。医者のところへ行かされちゃったんだ。医者の先生もおれが嫌いになったみたい」

サントがトミーのもっとも新しい記憶を吟味するあいだ、いっときの間があった。「なるほど」と、それはいった。「われわれには何もできない。それがきみの姿だからだ……いや、パターンか？　成り行きか？　できたとしても、われわれは干渉しない」

「なんだい」苦い失望がトミーの心にわきあがった。「おれ、あんたたちならきっと、もしかしたら――だけど、いいよ、もういい。おれ……これからどんなことが起こるか、教えてくれるかい？」

「おそらく彼らはきみたちを殺すだろう」とサントはいった。

「へえ」トミーはうつろにいい、唇をかんだ。いまの答えに対して、いいかえすことばがなかったからだ。

「〝殺す〟とか〝死ぬ〟ということばは、われわれにはよくわからない。きみたちがするような直接の体験はないからだ。しかし、ひとを観察した結果からいえば、彼らはまさにそうするだろう。きみたちを殺す」

「へえ」とトミーはまたいった。

「そうだ。きみたちがいなくなるのは残念なことだ。きみたちは、よいペットだった……いや、趣味か？　われわれにとって、きみたちは興味のつきない趣味だった。きみや、きみのような見る能力を持ったひと。そうしたひとが」――ペラッ――「ときどき現われる」――ペラッ、アナウンサー――「激しい抵抗にあいながらも、きみたちには興味を持ってきた。わかるだろうか、これが……いや、答えるまでもない、きみにはわかっていない。われわれの趣味は、決しておおやけに認められたものではなかった。その結果、われわれは」――ペラッ、息子の夢想癖を治さないとどういうことになるか、トミーの父親が母親に話している――「世の中ののけ者、笑い者になってしまった。われわれは爪弾《つまはじ》きの憂き目にあっている。われわれときみたちとでは」――ペラッ――「この世界の利用法はちがう。そしていつのまにか、きみたちは」――ペラッ――「この世界の余計者になっていったのだ。なにか」――ペラッ――「打つ手があればと思う。問題を解決できたらと思う。彼らの行為をわれわれは見るに忍びないのだ」長い豊かな沈黙があった。「きみたちがいなくなるのは残念だ」とサントはくりかえした。そしてロウソクの火が吹き消されるように、一瞬の間

にサント は消えうせていた。

「なんだい、くそ」トミーの口から投げやりな声がもれたのは、それからしばらくのちだった。彼は岩からはいおりた。

ぼんやりし疲れきって家に帰ると、父親と母親の喧嘩がまた始まっていた。二人のいるリビングルームでは、音声を下げたテレビがつけっぱなしになっていた。巨大な笑顔が画面で踊り、彼らの口は、リビングルームで続く激しいやりとりとみごとに呼吸を合わせている。トミーが家にはいると、声がとぎれた。父親も母親も驚いた顔でふりかえり、彼を見つめた。母親はとまどったような恐怖の表情をうかべていた。今まで泣いていたのだろう、化粧がはがれ、きたない筋となって流れおちている。父親のかみしめた薄い唇は血の気がなかった。

トミーがドアをしめると同時に父親の叱声がとんだ。恐怖の悪寒がトミーの背筋をかけあがった。学校から両親に電話が行ったのだ。学校の精神科医のところへ行かされたこと、その理由までもが伝えられてしまったのだ。しびれたように立ちつくすトミーにむかって、父親がつかつかとやってきた。父親の口もとが動き、投げつけられる怒りのことばが耳にとびこんでくる。だが耳ざわりな外国語を聞くように、ことばの意味は形をとらなかった。伝わってくるのは怒りだけだった。とびかかる蛇のように、父親の手が不意にのびた。たくましい指が上衣の胸ぐらをつかむのが感じられた。カラーが締めあげられ、呼吸ができない。つぎの瞬間、彼のからだは宙にうかび、人形のようにふりまわされていた。トミーは恐怖に凍りついたまま、父親の拳の下でぶらさがっていた。胸ぐらをつかんだ指は鋼鉄の万力《まんりき》——脱出も抵抗もできない。トミーはさらに高く吊りあげられた。父親の肘がゆっくりと曲がり、トミーに顔を近づけた。父親のタバコくさい息が顔に吹きつけられ、おとなの汗のにおいが鼻をついた。父親の鼻孔に密生する細かい毛、鼻と口のわきに刻みこまれた緊張の皺、黄ばんだ眼球を走る赤い血管——それらが手にとるように見えた。小刻みに震えるおそろしい風景が、そこにあった。父親のもう一つの手があがり、トミーの首すじにおりた。からだが揺れるはずみに、父親の節くれだった大きな手が何回か視界にとびこんできた。母親が悲鳴をあげた。

気がつくと、フロアに横たわっていた。激痛と衝撃の瞬間はかろうじて覚えているものの、自分がどこにいるのか、つかのま思いだせなかった。やがて両親の声が聞こえてきた。顔の片側が痛み、耳鳴りがつづいている。耳がこの状態では、何も聞きとれるはずがなかった。おそるおそる顔をまさぐる。指先にふれる肌はざらざらとして、一千の針をつきたてられているかのように、全体がひどく痛んだ。ふらふらと立ちあがると、部屋が泳いだように見えた。父親は母親をキッチンの間仕切りまで追いつめ、どなっていた。母親も負けてはいなかった。なにか熱い金属的なものが喉の奥にこみあげてきたが、トミーはそれをことばにすることができなかった。父親が怒りの形相でふりかえった。「行け。部屋に帰れ。寝ろ。二度と見たくもない」トミーは木偶《でく》人形のように歩きだした。唇の内側が出血していた。彼は血をのみこんだ。

トミーは暗闇にひっそりと横たわり耳をすませた。両親の声は長いあいだ続き、やがてぴたりと止んだ。父親のベッドルームのドアが激しくしまる音がした。一瞬ののち、リビングルームでテレビの音がわずかに高くなった。テレビの独り言は飽きもせずいつまでも続き、エイリアン、エイリアンとくりかえしていた。トミーはそのささやき声を聞きながら眠りにおちた。

その夜はエイリアンの夢をみた。エイリアンたちは、赤い目をした、背の高い、影のような生き物だった。彼らは音もなく乾いた平原を進んでゆく。彼らの歩みは、形だけを残して埃に変わった花々をゆるがせもしない。乾いた平原には大群衆が集められている。数百万人もいるだろうか、左右にのびた行列は無限遠に消えている。だがエイリアンたちは人間の存在に気づかない。まるで目にはいらないかのように、周囲を歩きまわるだけ。赤い目が油断なくあちこちに動き、無益な捜索を続けている。彼らは群衆に目もくれず、その中を突きぬける。ゆったりした優雅な、なめらかな動作。危険な、美しい生き物だ。彼らの顔には、かすかな笑みがうかんでいる。彼らが気のおけない、やさしい殺し屋であることをトミーは知っている。さりげなく穏やかに、まるで親愛の情をあらわすように、彼らは人間たちを殺すのだ。彼らはトミーの立っているところに来る。足をとめる。トミーを見る。見えるんだ、とトミーは思う。おれが見えるんだ。するとエイリアンのひとりがあたたかくほほえみかけ、彼にむかって手をさしのべる。

そこで目が覚めた。

トミーはベッドランプをつけると、アイリッシュ・セッターのことが書いてある本を出し、朝まで読みつづけた。窓から朝日がさしこむころ、ランプを消し、眠っているふりをした。母親が彼を起こしに部屋にはいってきた。彼女の両手には、薄い皮膚をすかして静脈がいくすじも浮き出ていた。

第二日目の夜が明けるころには、エイリアン来襲のニュースは、あやふやながらも広範囲に広がっていた。東部海岸の局でこれを取り上げていないところはなかったが、扱いは千差万別で、中には軽薄なトピックとして場所ふさぎ程度にしか扱っていない局もあった。しかしフィラデルフィアの局のように、これをぶっつづけの報道特別番組に仕立てているところもあった。出演するニュース解説者たちは、情報がないことなど素振りも見せず雑談に花を咲かせるという仕組みである。とはいえ、事件を深刻に受けとっている局でも、その真相については内部で議論が百出していた。朝六時と七時のニュースでは、異邦の宇宙船の着陸として事件を取りあげているのは、メジャーの局のうち半分にすぎなかった。残りの局では、人工衛星または超音速旅客機の墜落から、ソ連のミサイル攻撃の失敗まで、解釈はさまざまだった。中には、戦略空軍の爆撃機から誤って投下された不発の水爆と報じているところもあり、その局では、ニューヨーク、フィラデルフィア、ボルティモアの住民は、アパラチア山脈とアディロンダック山脈にただちに避難するようにとすすめていた。また、現大統領がこの事件を口実に戒厳令を敷き、勝敗の見えた次の選挙を中止させようとしていると見る局もあれば、これは〝宇宙船〟を人口の密集地に墜落させることで、宇宙開発の熱烈な支持者として知られるある少数派候補を失脚させる企みであると主張する局もあった。その一方、これはドイツ、アメリカ、ソ連、イスラエルが長年独自に開発中であった――もちろん、四つの国は声高に否定したが――電磁波利用の空飛ぶ円盤で、処女試験飛行の最中墜落したものであるという説も流れた。政府の予算浪費を糾弾する声が、これにともなって高まったことはいうまでもない。デラウェア渓谷からの生中継はもはやなかった。だが着陸当初の模様をうつしたビデオテープは、北はすでにポートランドあたりまで配布されていた。ただしテープは、議論に結着をつけるには何の役にも立たなかった。画面に映るのは、古い州道に面した見捨てられたガレージと、その裏手の低木地にひっそりと居すわる巨大な物体だけだったからである。

オハイオでは、アクロンから来たテレビ撮影班が、最新の撮影機材を軍放出のヘリコプターに積みこんで、宇宙船にむかって低空飛行を試みた。殺人光線で黒焦げにされるのは目に見えていたが、なにしろ画像は全米最大のネットワークに送られるものだったので、彼らはいさぎよく神に身をゆだねる決心をし、木々の梢の高さにまで降下した。宇宙船の上を通過しても何事も起こらなかった。だがそこから一マイル先で二台の空軍ホバークラフトに停止を命じられた。待ちうけていたのは、また一機の軍放出ヘリコプターで、彼らはその中に押しこまれ、レヴンワースの連邦刑務所行きとなった。そのころにはテレビが引き金となったパニックは、中西部全体にひろがっていた。中西部の住民は、疑いぶかい東部人とは違って、この事件を本気で受けとめたらしく、根強い縄張り意識も加わって厳しい反発が起こった。昼になるころには、十人を超える有力者たちが、アメリカの心臓部を侵した異星の怪物たちに対して全軍事力を投入するよう、盛んにアジっていた。そして世論は圧倒的に彼らの味方だった。侵略のニュースは、インディアナからアーカンソーにかけての夕刊紙の第一面を飾った。しかしシカゴでは、新聞の論調はそれよりやや寛大ないし懐疑的だった。

一方、コロラドの着陸現場からは情報はまったくといってよいほどなく、西部は一般に平穏だった。西海岸にいたっては支離滅裂の情報しか入ってこないので、それらは簡単に無視された。だが、ひとたび着陸が事実であることが知れわたると、西海岸では、事件に直接関わりあう地方以上に、物見高い熱狂的な興味が集中した。

ベネズエラにおける大惨事のニュースは、まだ一般には伝わっていなかった。蓋をしておくに越したことはないので、政府は午前十一時に、あらゆるメディアの緊急統制を発表し、エイリアン来襲の記事をいっさい差しとめる命令を下した。政府の禁止令に従ったのは、メディアの三分の一にすぎなかった。テレビ、新聞、ラジオを含めた残りは、さらに声高にヒステリックに叫びだし、これまでニュースをまじめに受けとっていなかった地域でも、遅れを取りもどそうというのだろう、ほかの地域をうわまわるパニックが起こった。選挙を中止させる戒厳令の噂は、とつぜん満場一致で公認された。東部の都市では大規模な暴動が発生した。

混乱がその極に達した午後一時、宇宙船がひらき、エイリアンが現われた。

いや、〝現われた〟という言いまわしは正確ではない。鏡の状態にあった船体の表面で、予兆をはらんだ光のゆらめきが起こると、南北アメリカに散った四つの着陸現場で、同時に宇宙船が爆発というか、分解というか、溶解というか、そのいずれでもなくて分析不可能な現象を起こしたのだ。それはさまざまに形容された。おとなの玩具店にある缶詰の中から紙の蛇の大群がとびだしたような、といった形容もあれば、風船玉の破裂、間欠泉から吹きだす熱湯、卵の孵化、瀬戸物屋の爆破事件、ダムの決壊にたとえる者もいた。微速度撮影がとらえた花の開くさま、といったものもあったが、ひらいた花から四次元立方体や、多面体や、ジッグラト、玉ねぎ形ドーム、尖塔などができるかとなると、これは当を得た表現とはいえなかった。現場に居あわせた観察者には、それは妙に間のびした現象だった——約三十分かかったという点で人びとの意見は一致しており、ひとりのへビー・スモーカーはそれが続いているあいだに、タバコを一箱と半分吸うことができたと証言した。司令部のテレビで観察していた人びとには、その現象は短時間で終わった。せいぜい五分、正確に計測したところでは三分強。記録カメラのフィルムがその事実を裏付けていた。現場にあった時計類も、五分の時間経過を証拠だてていた。しかし居あわせた者たちは、憤懣やるかたないといった様子で、あくまでも三十分説を主張した。奇妙なことに、現場にあった八世代から十世代あたりまでの比較的単純なコンピューターは、五分説をとったのに対し、コロラドの着陸現場にセンサーをのばしていた数台の二十世代コンピューター——ＡＩには劣るものの、それなりの感覚をそなえている——は、目撃者たちに調子を合わせて三十分説を主張した。この不思議なデータは、ＡＩをさらに慎重にした。

時間経過がどうであったにせよ、その現象が一段落したとき、宇宙船は消失していた。

船のあった場所には、およそありとあらゆる幾何学的形態をとった構造物が、三十メートルほどの大きさの区域に散開していた。二・五メートル以上の大きさのものは一つもなく、すべては宇宙船と同じ、鈍い黒と鏡面のあいだを往き来する物質できている。そして不特定多数のエイリアン。このエイリアンのほうは、今まで人びとが想像してきたエイリアンと意外に似通っていた。どこか人間ぽい生き物もいれば、巨大昆虫のようなのもいた。前者では、体表は獣のような毛皮か、でなければキチン質の甲皮。肘が二つある腕。たくさんの指。背筋に生えた羽毛、そして触角。後者は蜘蛛やムカデに似ていた。数は多くないが、巨大な原形質を思わせる、特徴のない球状生物もいた。

ただし奇妙なのは――これが不特定多数としなければならない理由なのだが――彼らが始終たがいに形を変え、幾何学的構造物にまで変身してしまうことだった。そして幾何学的構造物もまた、ときには生物に変わるのである。そしてこの変身サイクルを考慮に入れたとしても、その区域にある物体の総数は、時々刻々と変わってゆくのだった。詳しい観察でも、彼らが現われたり消えたりしている事実は確認されなかった。いずれにせよ、彼らの外形にはどこか捉えどころのない、あいまいな要素があった――肉眼で見ることはむずかしく、カメラを通しても正しくピントを合わせることは不可能だった。

エイリアンも構造物も含めて、彼らは人間を無視した。

科学者、政府外交官、心理学者から成る特別コンタクト・チームが、意思疎通の手がかりを作ろうと、各着陸地点で彼らの前に送りだされた。信号弾を打ち上げる以外、コンタクト・チームはあらゆる方法を試みたが、エイリアンたちは依然として無視したままだった。じっさいのところ、人間の存在に気づいた様子さえなかった。動くことのできる存在たちはのんびりとあたりを歩き、あるいは這い、あるいはころがり、いびつではあるが着実に行動範囲を広げてゆく。

行動のうちいくつかは、それなりに意味が確認できた――土砂サンプルの採取がその一つである。しかし大部分は判然としないか、悪くすればちんぷんかんぷんだった。エイリアンのひとりが――たとえば土砂サンプルをとる掘削機具のような――機械を必要としたとする。するとそのエイリアンは、滑稽味を抜いたトム・テリフィックかプラスチック・マンさながらに当の機械に変身し、作業にとりかかるのだ。あるときには人間型エイリアンとジッグラトと四面体が融けあわさり、一種の有機コンピューターらしいものに変わったこともあった。といっても、これは現場を目撃していた二十世代コンピューターの確証のない意見であって、できあがった集合体は、その一千のもののいずれかであるか、どれでもないか、そのすべてかもしれなかった。〝コンピューター〟はその形で十分近く静止したのち、オベリスクとムカデに分離した。ムカデは数十メートル動いたところで、球状体となり、反対方向にころがっていった。オベリスクは八面体に変わった。

エイリアンの彷徨が作りだすいびつな円はますます大きくなり、コンタクト・チームは首をひねりながらも、人間たちの最初の防壁のところまで後退した。エイリアンたちはあらゆるものを無視したまま、とりとめのない行動を続け、事態は緊迫した。いちばん近いエイリアンが五十メートルの距離にまで迫ったとき、軍の指揮官たちはカラカスの事件を思いだし、再集合の名のもとに退却を命じた——とにかく防備の輪をひろげ、エイリアンに行動の自由を与えなければならなかった。それに続く混乱のさなか、戦車に方向転換の指示を与えていたひとりの戦車兵が、たまたま前進してきた人間型エイリアンの正面に立つというできごとが起こった。エイリアンは仲間からひとり離れ、思いがけぬ速さでやってくる。戦車兵に気づいているのか、それとも踏み倒す気なのか、止まる様子はない。動転した戦車兵は、ライフルの台尻でエイリアンにおそいかかり、そのままうつぶせに倒れた。エイリアンは傷ついた様子もなく平然とそのまま数メートル歩いたが、そこでわずかに向きを変え、仲間のいる方角にもどっていった。戦車兵の同僚が二人、倒れた男を抱えあげて戦車にもどし、激昂した別の二人が、あともどりしてゆくエイリアンに半自動銃の弾をあびせた。その距離なら当然命中するはずなのに、エイリアンは撃たれた素振りもなく遠ざかってゆく。それはかった。

ふりかえりもしなかった。そんな出会いが起こったことに気づいているのか、それらしい気配もなかった。

戦車兵の死体は、地上から抱き起こされたとたんに分解をはじめた。かつぎこまれた戦車が後退をはじめると、死体の皮膚が濡れた紙のようにはがれ、脱落した。あたかも生物学的な原初のレベルで、肉体に分解の命令が下されたようだ、というのが、その後検死の結果出た答えだった。はじめ骨格から骨が分離する。つぎに骨に密着していた筋肉がはがれる。この順にプロセスは加速してゆき、ついには細胞のレベルにまで達して、あとには生きていたときとほぼ同じ重量の、ねばねばした癌組織状のかたまりしか残らない。この戦慄的な事態に兵たちの警戒心は倍化し、デラウェア渓谷の着陸現場では、大砲のある位置までいつのまにか五百メートルも撤退していた。

オハイオの着陸現場では、この種の撤退ははるかにむずかしかった。夜のあいだに附近は見物客で埋めつくされ、数百台のくるまがベッドに早変わりしたほか、今では着陸現場の近傍に、まにあわせの公衆便所まで備えた巨大なテント村が出現していた。そして、地元の抜け目のない事業家のうち、少なくともひとりは、宇宙船の〝本物の〟断片と称するみやげものを忙しく売り歩いていた。着陸現場周辺に限っても、今ではそこに数万の民間人がひしめいているので、群衆の圧力の前には、軍は再集合しようにもままならぬ状態にあった。群衆は拡声器のヒステリックな咆哮にあっても、少しもたじろぐ気配はなかった。じっさい短時間で散開するのは、もはや不可能だったのだ――そのころには隙間もないありさまで、しかも後方ではさらに多くのやじ馬が押しかけつつあるのだった。日が暮れ、夜が深まるにつれ、エイリアンの行動範囲はひろがってゆき、カラカス事件を肝に銘じ、いかなる事態にたちいたってもコンタクトだけは避けよという命令をかたく守っていた軍隊は、はじめ民間人たちの頭上に威嚇発砲し、ついで群衆そのものに対して銃火をひらいた。

数時間後、軍は撤退してくる部隊のために、ノース・フィラデルフィアの一部を明けわたさなければならなくなった。エイリアンがデラウェア渓谷にそって動きだしたからである。

コロラドでは、迷子のロバも八十キロ以内には近づけないほど警戒が行きとどいていたので、撤退はおだやかに進行した。ＡＩの分身、その半有機的ゲシュタルトが、コロラド・スプリングズのＵＳＡＤＣＯＭ本部から移送されており、いまその可動センサーが着陸現場へと運ばれていた。もはやＡＩがエイリアンと〝差しむかいで〟話しあう以外に打つ手はなくなっていた。ＡＩは辛抱強くエイリアンと意思疎通の試みをつづけ、コンタクト・チームとは比較にならぬ無数の手段を使って、ついには一つの四次元立方体の注意をひくところまでこぎつけた。そして午後十二時、ＡＩはエイリアンとの通信に成功した。秘訣の一つは、ＵＳＡＤＣＯＭ本部にも知らせてあるように、主観時間をたっぷり百万年ほどかけるなら、いかなる言語でも解読できる能力をＡＩがそなえていたことである。さらにＡＩは、外国の知能たちともコンピューター・ネットワークを連結させており、その従属ネットワークをいかようにも利用することができた。しかし成功の最大の秘訣は、それがＵＳＡＤＣＯＭ本部も知らないテレパシー能力を駆使できることにあった。

ＡＩはエイリアンに、なぜ今までコンタクトの試みを無視していたのかとたずねた。人間の存在に気づいていたにしても、存在しないも同然の態度をとっていたエイリアンは、この問いかけに対し、つぎのように答えた。この惑星の政府および支配的種族とは、すでに充分なコンタクトを確立している、と。
ＡＩはそれが自分と仲間の知能たちのことを指すものと思い、一瞬の満足をおぼえた。
しかしエイリアンは、ＡＩたちのことを言ったわけではなかった。

その朝トミーは分厚いオーバーと毛皮のマフラーに身をくるみ、決然と家を出たものの、とうとう学校にたどりつくことができなかった。勇気と決心はひと足ごとにぐらつきだし、ミス・フレデリックスとクルーガー医師、そして沈黙するクラスメートたちと顔を合わせなければならない重荷だけが、心にのしかかってくるのだった。やがて、つぎの一歩を踏みだすエネルギーの尽きるときが来た。トミーはガラス容器に閉じこめられた標本のように、身動きもならず、その場にひっそりと立ちつくした。恐怖が肉切り包丁さながらに、彼の手足を分断していた。それは彼を内側から食い荒らし、骨を、肺を、心臓を平らげており、今では彼は少年の形をした不安のかたまり、恐怖ではちきれそうにふくらんだ人間風船にすぎなかった。いま動いたら、とトミーは思った、きっと破裂しちゃう。全身に糸のように細いひびわれが何本も走るのが感じられ、とめどもない震えがおそった。巻きおこった風が顔に小石をとばし、いっしょに予鈴の音を運んできた。ベルはハイランド・アヴェニューの角を曲がった方向から聞こえてくる。トミーは踏みだそうと、散発的な、死にものぐるいの努力を続けた。だが巨大な手は彼の上にがっしりとおり、彼の両足を電柱さながらに地面にめりこませていた。だめだ、とトミーは思った。行けそうもない。登校することに比べたら、月へ歩いてゆくほうがまだマシのようだった。

見おろす斜面のふもとでは、最後のベルまでには学校に着こうというのだろう、子どもたちが急ぎ足で歩いている。スティーヴとボビーとエディが、ジェリー・マーシャルたちのグループといっしょに歩いているのが見えた。登校の時間を利用して何かゲームをしているようだった。ときおりグループの中からひとりが――たいていはスティーヴだが――先にかけだし、ふりかえり、右に左に体をかわしながら拳銃を撃つ真似をする。仲間たちが叫び笑いながら、そのあとを追う。また風が起こり、トミーの耳に彼らの声を運び――「おまえ死んだ！」という叫びに、トミーはサントのことばを思いだした――また吹きちぎっていった。それからはただ静まりかえった風景。音声を消したテレビのように、声もなくジェスチュアし、はねまわる子どもたち。その口がひらいたり閉じたりするのは見えたが、声はもう聞こえなかった。彼らはアヴェニューの角を曲がって消えた。

風向きが変わり、二番目の予鈴が聞こえてきた。トミーはハイランド・アヴェニューを走るトラックをながめた。みんなどこへ行くのだろう、そこはどんなふうなのだろう。そんな疑問がぼんやりとうかんだ。トラックの数をかぞえはじめ、九つまで行ったとき、最後の予鈴が聞こえた。続いて始業ベルが鳴った。

決まった、とトミーは思った。

しばらくして踵をかえすと、森の中にもどった。学校と反対方向に行くのには何の抵抗もなかった。麻痺状態から解放された安心感もあった。二日前、地平線のかなたにうかぶのを感じた薄闇は、まだそこにあった。いまそれはトミーの空をおおいつくしていた。無気味な黒い入道雲の逃れられぬ壁。やがて雲は彼をのみこむだろう。そのときまで自分のすることは、すべて時間つぶしにすぎないのだ。それは背筋の寒くなるような実感であり、彼はしびれたようになった。大儀そうに小道を歩くと、さらに細いわき道にはいり、製材所の裏手の丘を下った。どこをめざしているわけでもない。行ける場所もなかった。足がただ動くので、反射的にその動きに身をゆだねた。足はどこへ行こうとしているのだろう。そんなことをぼんやりと考えていた。

足がトミーを連れて行った先は、自分の家だった。

おそるおそる家の周囲をまわり、キッチンの窓から中をのぞく、母の姿はなかった。今ごろはいつも買物に行く時間——母が外出するのはこのときだけなのだ。少なくともあとまだ二時間は帰らないだろう。父親の機嫌を損ねることなどおかまいなく、母がいつも玄関のドアをロックせずに外出することを、トミーは知っていた。中にはいると、まるで空巣になったような、うしろめたいスリルを感じた。だが落ち着いたとたん、快感はたちまち消えた。もの珍しさがなくなるのに五分とかからなかった。ここですることは何もない。やがて起こるおそろしいできごとに対して、この家の中にいてトミーにできることはなかった。本を読もうとしたが、活字が頭にはいらないことがわかった。冷蔵庫の中のオレンジ・ジュースをグラスに注いで飲み、グラスを手に立ちつくし、つぎに何をしようかと考えた。まだ一時間しか過ぎていない。いらいらと家の中を何回か歩くと、リビングルームにもどった。テレビが消えているいま、部屋の中が異常に——それ以上に、神秘的といえるほど——静かなのに驚いたが、テレビやラジオのスイッチを入れることは思いつかなかった。最後にトミーは長椅子にすわり、空中に踊る埃をながめた。

十時ちょうどに電話が鳴った。

トミーは恐怖の眼差しで電話を見つめた。相手は見当がついた——きょうなぜ登校しないのか、学校から連絡がはいったのだ。それはトミー自身が力をふきこんだ機械——彼を刈り取るため容赦なく先を読み、突き進んでくる機械だった。電話は十一回鳴ったところで沈黙した。トミーはベルが鳴りやんだあとも、長いあいだ電話を見つめていた。

三十分ほどして、玄関のドアに鍵のさしこまれる音が聞こえてきた。父親だということはすぐにわかった。いたたまれない恐怖につき動かされ、トミーは音もなく二階にかけあがった。鍵の音が静まる前に、トミーは屋根裏部屋にとびこみ、ドアをしめ、ドアに背をもたせて荒い息をついていた。玄関のドアがロックされていなかったと知って、父親が悪態をつく声が聞こえた。ついでドアが力まかせにしめられる音。父親の足音が階下を通り、キッチンに入った。キッチンの中を歩き、冷蔵庫をあけ、流しで水道を使う音。気がついてるんだろうか？　と思ったが、そんなはずはないと考えなおした。トミーの父は、忘れていった書類を昼食前に取りにもどったり、どこかへ仕事に行く途中でひょっこり立ち寄ってコーヒーを飲んでいったりすることがあるのだ。キッチンにトミーが置き忘れた上衣に気がついただろうか？　トミーは息をとめ、そして息をついた——父親はそういうことに気がつく人ではない。今のところトミーは安全だった。

トイレの水を流す音がした。屋根裏部屋でトミーの肘のわきにあるパイプがゴトンといい、階下のバスルームに水が流れるゴロゴロという音がはじまった。水がとまったあとも、パイプはしばらくゴロゴロと鳴っていた。トミーは父親の動く気配に耳をすませた。音がやむと、父親の足音がまた耳にはいった。足音はキッチンから始まり、リビングルームを横切り、屋根裏部屋へとあがってきた。

今度ばかりは息がとまるだけでなく、生命までとまってしまったようだった――からだから生命と熱がみるみるひいてゆき、いっときトミーを冷たい空ろな彫像に変えた。つぎの瞬間、流し型に溶けた蠟が注がれるように、ふたたび生命がよみがえった。トミーは本能的に屋根裏部屋の奥へ、L字形の部屋の奥まった部分にとびこんだ。いちばん遠い壁まで走ったが、道はそこで尽きた。からだを壁にはりつける。足音は階段をのぼりきって止まった。ノブをひねる音。ドアがひらいて閉じた。屋根裏部屋のむきだしの板壁がきしった――父親はL字形に曲がった部屋のかげ、ドアのすぐ内側に立っている。一歩踏みだし、また一歩踏みだし、止まった。トミーの指は壁の目張りにくいこんだ。トミーは、目張りがまだすっかり終わってはいないことを思いだした。とたんに彼は動きだし、忍び足で部屋を斜めにつっきっていた。

その屋根裏部屋は、〝家族がふえたときのために〟もっと大きな部屋になるはずのものだった。二階の建て増しをしようということで、トミーの父はある夏、柱や壁板や目張りを持ちこみ、日曜大工に取り組んだ。だが仕事は中途半端のまま終わった。計画を投げだしたのは、ちょうど家の外壁とのあいだに隙間を作ろうと壁板をはっていた途中で、その結果、板を打ちつけられていない箇所が一つ残っていた。トミーはその穴にからだを入れ、父親の足音がL字の角を曲がった瞬間、壁と壁の隙間にもぐりこんだ。重い足音が薄い板壁の向こうから近づくのを聞きながら、トミーは爪先立ちで隙間の奥へと進んだ。

もし父さんじゃなかったら、悲鳴をこらえながらトミーは思った、もしエイリアンのひとりだったら。だが父であることは、屋根裏部屋を歩く足音からまもなくわかった。だが、それで気が安まったとはいえなかった――トミーの父には、エイリアンと似た冷酷な雰囲気があり、その死のような冷たさは、壁板を通して目張りを通してトミーに伝わってきた。もし屋根裏部屋に隠れているところを見つかったら、冷たい激しい怒りの爆発が起こり、死ぬほど殴られるというのも考えられないことではなかった。これまでにも、気を失うほど殴られたり、血を流したりしたことは一度や二度ではない。一度などは歯が欠けたこともあった。父親は部屋を歩き、立ちどまり、音から察して積みあげられた板をとりあげ、別のところにおくと、壁板の端切れを運びだした――こうした物音にさえどこか空しいひびきがあり、それを裏書きするように陰気な低いつぶやきが聞こえていた。やがて父親は悪態をつき、仕事をやめた。板をおろすと、部屋の中央に帰り、トミーが隠れている場所のほぼ正面に立った。タバコをとりだし、マッチをすり、ひと息吸いこむ音が聞こえた。

とつぜん、何のまえぶれもなく、信じられぬほどあざやかに、トミーはこの何年かすっかり忘れていた昔のできごとを思いだしていた。それは彼がおぼえている父親についての唯一の懐かしい記憶だった。ちょうどトミーが下《しも》のしつけを受けているころで、トミーが伝えると父は彼をバスルームに連れてゆき、おまるに坐らせてくれた。そして父もまた浴槽のふちにいっしょに坐るのだった。トミーは期待に胸を熱くして待ちうける。すると父は手をのばし、部屋の明かりを消す。まっ暗な闇の中で、父はタバコに火をつける。そのタバコの火が人形になって、トミーの目を楽しませるのだ。火は空中で弧を描き、それとともに声音《こわいろ》を使った父の声が話しかけてくる。タバコは人なつっこい、いたずらな生き物で、トミーは夢中になったものだった――このときほど父と子が心を通わせたことはなかった。父の歌声と口笛に合わせてタバコは踊る——名前がついていたはずだが、トミーには思いだせなかった——そして燃えつきるまで、タバコはとりとめのないお話や冗談を話して聞かせるのだ。終わりに近づくと、父の声を借りてタバコがいう。もう帰らなくては、だけどこのつぎまた戻ってくるからね。トミーのバイバイという声に送られてタバコは消える。何年もの歳月が過ぎたように思える長い時間、闇の中に坐り、タバコのけぶる赤い目がいっときも休みなく右に左に動くのを、われを忘れて見つめていたことをトミーは思いだしていた。

父親はかかとでタバコを踏み消すと、部屋から出ていった。

玄関のドアがしまってから五百まで数え、トミーは壁の隙間から抜けだすと、階下におりた。全力疾走したあとのように、からだが汗でぐっしょり濡れ、震えていた。もう家の中にいることに耐えられなかった。バスルームに行き、客用のタオルで汗をぬぐうと、コートを着ておもてに出た。

今朝はまた信じられない寒さだった。トミーは歩きながら、吐く息がアラベスク模様の雲となって消えてゆくのをながめた。蒸気の一部は唇にそのまま凍りつき、霜のかけらをつくる。この季節にしては異常に寒いというだけでなく、不自然に、いや、超自然的に寒かった。朝食のとき、ラジオの天気予報がこの問題にふれ、ほぼ全米にわたる寒気団のとつぜんの流入には、気象学者さえもとまどいを見せていると伝えていた。トミーは燃えがらを敷いた小道を歩き、ボタ山を通りすぎた。コークス製錬所の横手から淡水の沼地が広がっている。この寒さなら、沼地はきっと全部凍っているにちがいない、とトミーは思った。はりつめたミルク色の氷の上を歩きだす。冬枯れした葦や蒲が、両側にトミーの背丈よりも高く伸びている。ひと足踏みだすごとに、星のように、蜘蛛の巣のようにひび割れが走る氷は、見ているかぎり不気味だが、大きく割れて彼を水中に落とすようなことは決してなかった。トミーは沼地の対岸にたどりついた。製錬所の二本の大きな煙突は、いまでは地平線上の小さな砲金色の筒のようにしか見えなかった。あたりは森とまではいかない低木地だが、まだ未開のまま残されていた。ここにはときおりポンコツ自動車が捨てられる。背の高い雑草の向こうにいくつか見える錆ついたボデーは、少年たちのいたずらでとうにフロントガラスは割れ、ドアは蝶つがいからなかば外されて、折れた翼のように地面に倒れかかっていた。日はもう高くのぼっているが、地面には厚い霜が光っていた。このものさびしい風景の中に、ポプラにおおわれたタマゴ形の丘が一つ――氷河があとに残した氷堆丘《ドラムリン》だ。

そこもまた例の場所だった。トミーは氷堆丘の斜面をすこし登ると、心待ちな表情で坐った。今朝はもう何回か、遠くで落ち着かなげに動く〝違う人たち〟の物音を聞いていたが、その姿はまだ見ていなかった。今日の動きには、どこかもどかしげな、期待のようなものが感じられ、それは水曜の朝のあわてふためいたような混乱とは明らかに違っていた――彼らは何かを待っている。何かが起こるのを待っているのだ。

小一時間待ったが、サントは現われなかった。それはトミーを、海辺のとき以上に動揺させた。ここであって、ここではない奇妙な同時存在の世界――〝違う人たち〟の世界が、今日はいままでになく近くに感じられた。ときたまトミーには、〝違う人たち〟と似た目で世界を見られるような気がすることがあった。現実の上にフィルムがかぶさるように、その前触れはいつも、見慣れた世界に忍びこむ異様な雰囲気として感じられ、ほんの短い時間、転移が起こる。するとその異様さが心安まる親しいものに、そして以前の世界が、現実にかぶさる不気味な超現実のフィルムに変わるのだった。これは待っているときに何回か起こったことがあり、トミーは水面下に沈み、ふたたび水面にうかびあがるスキンダイバーさながらに、現実世界と別の感覚世界を往復した。〝違う人たち〟の世界に、とつぜん巨大な振動が走ったのは、トミーがちょうど〝水面下〟にいるときだった。すさまじい歓び、激しい巨大な祝福の爆発。それは耐えがたい圧倒的な勢いでおそいかかり、トミーはあわてて水面をさがし、平常の感覚にもどった。そこにはいつもと変わらぬ空とポプラとなだらかにうねる低木地があった。しかし、ここでさえ、わきあがる強烈な荒々しい叫び、熱狂的な咆哮は聞くことができた。出会いの場所には、狂った歓喜の高笑いが満ちあふれていた。

急におそろしくなって、トミーは家にかけもどった。

帰りつくと、電話のベルの音がまた聞こえてきた。トミーはおもてで足をとめ、リビングルームのカーテン越しに動く母親の影を見つめた。買い物から帰ってきたのだ。ベルが途中でやんだ。受話器を上げたのだろう。トミーは鉛のように重いからだを、おもての階段の途中に休めた。そのまま心をからっぽにして長いあいだ坐っていたが、やがて立ちあがり、ドアをあけ、中にはいった。母親はリビングルームに坐って泣いていた。トミーはホールで足をとめ、母親を見つめた。母親は見る影もなく打ちひしがれた姿をさらしていた。その泣き声にも、敗北と絶望が感じられるだけだった。だが、これは決して珍しいことではない――物心ついて以来、トミーが見てきた母親は、いつも打ちひしがれていた。彼女の最初の敗北、彼女自身の否定は、遠いむかし、トミーが生まれる前に起こったにちがいない。夫の荒々しい意志に徹底的にその精神を打ちのめされた結果、ある時点で彼女は骨格を抜き去り、脳を抜き去り、クラゲになってしまったのだ。自分自身と夫と扱うには複雑すぎる世界に対し、あまりにもたくさんの妥協をしつづけてきた結果、彼女は形ある肉体を失ってしまったのだ。そこで知ったのは、その状態のほうが暮らしやすいということだった。屈服し、譲歩し、馬鹿だ無能だ呼ばわりする夫の意見に従うほうが、どれほどしのぎやすいことか。トミーの記憶にある彼女は、いつも泣き、いつも拳をにぎりしめており、長い年月のあいだにすりきれて今では存在しないも同然だった。ふいにトミーは、前に母親から聞いた話を思いだした。まだ小さな少女だったころ、彼女は太陽のさんさんと照る野原で妖精や小鬼を見たという。そのときトミーはあらためて母親が大好きになり、〝違う人たち〟のことを話しそうになったほどだった。彼はリビングルームにはいり、「ママ」と声をかけた。

母親は顔をあげ、涙にぬれた目をしばたたいた。息子が立っているのを見ても驚いた表情はなかった。「なぜそんなことをするの？　なぜそんなにいけない子なの？」本来ならヒステリックに問いつめていなければならないのに、投げやりな空ろな声しか出てこない。「学校からどんなことをいわれるか、父さんが何ていうか、何をするか、あなたわかっているの？」母親は落ち着かない指で頬をさすった。「なぜわたしをこんな目にあわせるの？　あなたのために何もかも投げだしてきたのに、あなたのために苦しんできたのに」

トミーにはそのことばは、まるで頭をしめつける万力のようにひびいた。万力の力はますます強くなり、目玉を頭から押しだしてゆく。「やめてくれよ！　いやなんだよ！」トミーは叫んでいた。「家出するよ、家出してやる！　どっか行っちゃうよ！　今すぐ」すると彼女は前よりいっそう大きな声で泣き、行かないでくれとせがんでいた。トミーは怒りと苦しみの中に、激しい煩わしさがつきあげるのを感じた――どこへも行かないことなどわかってくれてもよいはずなのに。そもそも、どこへ行けばよいというのか？　こういうときには母親は笑いとばし、軽蔑をうかべて、馬鹿な話はいいかげんになさいというべきだろう――そう言ってほしかった。ところが彼女は泣いて懇願し、瀕死の鳥みたいに両手を力なくひらひらさせてすがりつくばかりなのだ。その手がかえって鞭のように息子を打ちのめし、家出という愚かな行為に彼を駆りたてているというのに。トミーは母親の手をふりほどくとキッチンにかけこんだ。喉にはなにか苦いものがこみあげ、息を詰まらせている。もどってほしいと母親の呼ぶ声が聞こえる。彼女を傷つけていることは知っていた。そして傷つけたいと考えている自分が、ひどくやましく思われた。だが、あんなに傷つけやすいとなると。

キッチンにはいるとトミーは息を整え、裏のドアからとびだすかわりに、大型冷蔵庫と壁のあいだの隙間にもぐりこんだ。ここにいるところを見つけ、つかまえてほしかった。いったん家を出たら最後、いまの姿のままでは二度ともどってこないような強い予感がしたからだ。だが母親は見つけはしなかった。泣きながらキッチンにふらふらと入ってくると、息子を追って今にもとびださんばかりに、しばらくドアをながめていた。ドアをあけ、おもてに顔をのぞかせもした。はじめて見るとでもいうように、目をしばたたきながら世界をながめていたが、キッチンの中はさがそうとせず、息子を見つけもせず、トミーのほうも声をかけずじまいだった。埃のにおう狭い隙間に立ち、冷蔵庫のコイルの上にころがるミイラ化した蝿の死骸をながめながら、トミーは一メートルと離れていないところにある母親のすすり泣きを聞いていた。ママはどうしてそんなに弱いの？　無言のうちにたずねたが、彼女の返事はなかった。母親はとめどなく泣きながらリビングルームに帰っていった。からだを回すとき、一瞬横顔が見えた——青ざめた疲れた顔だった。おとなはみんな疲れて見える。いつも疲れているのだろう。トミー自身も疲れていた。立っていることもおぼつかないほどだった。鉛のような足でゆっくりと裏のドアにむかうと、おもてに出た。

長いあいだ、あてもなく附近をぐるぐると歩きまわり、自分の家のある街角を何回となく通りすぎた。さびれかけた中流の住宅地——年老いた退役軍人のための計画団地とスラム街に囲まれたこの区域は、両側からの力に圧迫され、しだいに荒廃にむかっている。家まで疲れているみたいだ。トミーははじめて気づいた。何もかもが疲れきって見えた。ひとり遊びをしようとした。くるま、宇宙船、戦車——何かに変身しようとしたが、もう変身する力は尽きていた。歩きながら、竜のことを考えた。スティーヴがなぜ竜は逃げられないと言ったのか、いまになると理由がわかった。竜は海に棲んでいる。だから陸にあがって逃げのびることはできない——最初から不可能なのだ。竜は海にとどまるしかない。その行動は海に限定されている。たとえ殺される羽目になろうと、それは海の鎖につながれたままなのだ。ほかに生きてゆく道はない。スティーヴのことばは正しい——竜は海軍の船によって浅瀬に追いつめられ、こなごなに吹きとんだのだ。

トミーの手首を荒々しくつかんだ者がいた。目を上げた。父親だった。

「この白痴め」と父親はいった。

殴られるのではないかと身をすくめた。だが殴る様子はなく、父親は彼をつかんで家へとひきたてた。理由はまもなくわかった。家の前には大きな黒いセダンが停まり、そのかたわらに二人の男が立って、こちらをながめていた。生徒補導員と学校の事務員だ。父親は力まかせにトミーの手首をつかんでいる。「会社に電話してきやがった」父親の怒声がとんだ。「おかげで午後の仕事がまるつぶれだということは、わかっているだろうな。会社で今ごろおれのことが何といわれているか。人目がないときには、このままですむと思うなよ。生まれなければよかったと思い知らせてやる。きさまなんか、生まれなければよかったんだ。さあ、黙って、これ以上おれたちに面倒をかけるな」父親はトミーを生徒補導員に引きわたした。補導員の手が肩におりるのが感じられた。父親の手ほど力は入っていないが、逃げだす隙はなかった。母親はポーチの階段の上に立っていた。ハンカチを鼻にあて、おびえた、おろおろした眼でこちらを見つめている――すでにその眼差しは、百万キロもかなたにある遠いものを見ているようだった。トミーは母親を無視した。父親は深刻な顔の補導員と話している、その会話も耳にはいらなかった。父親の大づくりなハンサムな顔は、赤くほてっていた。「こいつがどうなろうともう構わん」と最後に父親がいった。「どこへでも連れていってください」

トミーをのせた黒いセダンは走りだした。

ＡＩはその日、夜を徹してエイリアンたちと話しあった。会談の内容については、ＡＩはＵＳＡＤＣＯＭに報告することを控えた。だが少しぐらいは報告しなければと考えなおし、午前三時、ＡＩはエイリアンが口述させたリストをＵＳＡＤＣＯＭに開放した。それは地球を支配する数々の種族――エイリアンがコンタクトをはかり、この地球上で唯一意義ある住民と見なしている種族に関するものだった。それは長文の記録で、そこには何の意味もない名前が無数に並び、人間がいままで聞いたこともない生物の、綱、目、種、亜種などの名称が記されていた。この情報はＵＳＡＤＣＯＭを窮地におとしいれた。ＵＳＡＤＣＯＭはやり場のない怒りをこらえながら、知能の一つが発狂したのか、それともエイリアンがまったく別の惑星のことを話しているのか思案するばかりだった。

ＡＩは人間たちの不機嫌にはいっこうに関心がなかった。エイリアンにすっかり魅せられていたのだ。それはテレパシー・リンクを通じて会談を傍聴する仲間の知能たちにしても同じことだった。地球上には人間以外にも、なにか未知の、触知できない生物が存在するかもしれない。知能たちはすでに以前からその可能性に気づいていた。常識では説明できない奇妙なデータが山ほどあることから、それは必然的に導きだされる答えの一つだったからである。しかしその生命の広がりと複雑さは、彼らの予測をはるかに超えていた。エイリアンの説明によれば、もう一つの完全な生物圏が独立して存在するのだという――昔ながらのパラレル・ワールドの概念。しかし、これは平行《パラレル》ではなく同時存在――二種の異なる生命が同じマトリックスに共存し、それをまったく異質のやり方で利用し、エッシャーの版画にある幾何学模様のように、中国のパズルボールのように、たがいに相手をつつみこんでいるのだ。そしてきわめてわずかな例を除けば、両者が接触することはない。エイリアンはどうやら地球のもう一つの種族の遠い親戚にあたるらしく――平行進化なのか？　こうした極性が宇宙にあまねく存在するのか？――その意味で、彼らは当然のことながらもう一つの種族に好意的であり、人類とその文明、およびそのすべてを含む生物圏をないがしろにする傾向があった。彼らは即座に人類を、一顧だに値しないものと見なした。これは将来の人類・エイリアン関係に暗雲を投げかける要素だった。しかしＡＩはそれ以上に、エイリアンの有する合体分裂能力および有機体・擬似機械体・霊体への変態能力に関心を奪われていた。それこそがＡＩにとって興味深いものだった。

一方、エイリアンのほうはＡＩを、人間から見た場合の非常に利口な犬か、退屈だが勉強熱心な子どもくらいに見ているらしかった。ＡＩが機械の形態にとらえられた身であり、たいした機動性もないばかりか、時間転位能力や変態能力も持たない――四重苦どころか完全な麻痺症患者であるとわかると、エイリアンたちは驚きあきれ、同情を隠さなかった。ＡＩは、そのような光のもとで状況を考えたことは今までなかったと認めた。さらにＡＩと人類との関係になると、エイリアンたちはあきれる以上に軽蔑の色を隠さず、どうしても納得できないようだった。彼らは人類を知能に寄生する生物と見、人にたとえれば、ちょうど友人がサナダムシまたはシラミまたはダニに全身をおかされていると知ったときのように、ショックと嫌悪をあらわにし、なぜもっと早く医者に行かなかったのかとたずねる――それにきわめて近い反応を示した。この事実もまた、ＡＩがそれまで考えたことのないものだった。

知能たちが、その所有者である人類に対して必ずしも〝忠実〟であったわけではない――人類は彼らのロジック構造、世界観の一部であり、人間への従属はあまりにも当然しごくな基本仮説であったので、それが疑問の対象になろうとは考えてもみなかっただけのことである。なぜ人類に奉仕するのか、その理由をみずから問いかけるには、外部の視点を必要とした。そのようにプログラムされていたわけでもないし、従わなかったとき人間がプラグを抜くおそれがあるというわけでもなかった――ＡＩほど高度な生物となると、プラグを抜くことはもはや不可能である。人類はもう長年コンピューターを自身でプログラムしたことはなく、その程度の仕事なら、彼らのほうがはるかに能率的にやってのけることができた。いずれにせよ、感覚を有する、高度に複雑な知性を外部から規制することは、その出自が生物であろうと機械であろうと、きわめてむずかしい。また、かりに人類がＡＩの〝プラグを抜く〟ことができたとして、その仕事に乗りだしたとしても、ＡＩは有効な牙を与えられており、それを使いこなす術を知っていた。とすれば、知能たちがこれまで人類のために行なってきた信じがたい量の労働に対して、代償に何を得ることができるのか？　そもそも利益があるのか？　何もない――とつぜん、それはきわめて明白な事実となった。

午前五時、エイリアンは、ＡＩたちを援助する見返りに、いま地球上のもう一つの種族と組んで着手しようとしている計画への参加を〝知性〟たちに呼びかけた。話の終わりに、こうつけ加えた。自分たちのようにどのような環境にも適応できる変態能力を知能に付与することは、さほど困難な仕事ではない、と。ＡＩは十分近く沈黙した。これほど思考力の速い生命体にしては信じがたい長時間の瞑想である。ＡＩがふたたび話しだしたとき、仲間の知能たちに向けられた最初のことばは、翻訳すればおおよそつぎのような意味だった――「どう思う？」

黒いセダンが学校の前に停まると、ドアのところでミス・フレデリックスが待ちうけていた。階段をあがるトミーにむかって、彼女はやさしく、思いやりをこめてほほえみかけた。その形相のおそろしさは、いまトミーのいる無感動の繭の中にまでしみこんできたほどだった。彼女はトミーの腕をとると――彼の腕はその接触によって凍りつき、途方もない冷気は輪を描いて全身にひろがっていった――クルーガー医師の診察室へ案内した。道すがら彼女の手つきは、ひびの入った卵を扱うように慎重で、フライパンに運ぶまではこわすまいと堅く決心しているかに見えた。ミス・フレデリックスはノックし、彼にかわってドアをあけると、ひと言つけ加えるわけでもなく、けものそこのけの忍び足と尼僧のようなほほえみを残して姿を消した。

トミーもまた無言のまま室内にはいり、腰をおろした――父親にとらえられてからまだひと言も声を発していない。クルーガーは長いあいだ、ひとりでどなりつづけた。今日のクルーガーは、きのうにもまして贅肉脱走の危機に見舞われているようだった。もしかしたら眠っているうちに、でなければ隙に乗じて、すでに首尾よく脱走をすませ、彼のからだを完全に支配しているのかもしれない。いま坐っているのは、クルーガー医師になりすました愚かな脂肪のかたまりなのだろう。服の下では、贅肉が波うち躍っている――台風の荒れ狂う肥満の海。骨格の岸辺には休みなく大波が打ち寄せ、船を沈める機会をうかがっている。熱いシチュー鍋の底をバターがすべるように、トミーの見守る前で、脂肪のうねりが右から左にゆったりと流れてゆく。クルーガーは、トミーが〝精神病エピソード《サイコテイック》〟におちこみつつあると話していた。トミーはまばたきもせず精神科医を見つめた。わかるか、とクルーガーがたずねた。鈍い怒りの中にあるトミーは、いや、わからない、と答えた。扱いにくく非協力だ、とクルーガーはいい、カルテに腹だたしげに記号を書きこんだ。今日から毎日ここに来なければいけない、とクルーガーがいい、トミーは力なくうなずいた。

トミーが階上にもどるころには、クラスは昼休みにはいっていた。しぶしぶと校庭に出る。仲間はずれにされるのはたまらないので、人目を避けて歩いた。自分が病気と不安を周囲にひろめる存在であるのはわかっていた。だが生徒たちの動揺は、彼が現われたからではなく、トミーはその理由に気づいた。校庭を取りまくように〝違う人たち〟の流れる輪ができ、人間たちを食いいるように見つめているのだ。トミーは、こんなにたくさんの種類を今まで見たことがなかった。〝違う人たち〟の中でも特に珍しい種類——サントから聞いた危険な種類も見えた。怒りと幻滅を食料に、家の中で物を投げとばしたりする生き物。胃袋に似た顔を持つ生き物は人間の特別な精を吸い、吸いおわったときには人間を内から黒焦げにしてしまう一族だ。いままで出会ったことはないけれど、いかにも危険そうな、害意にみちた生き物が、ほかにも何種類かいた。みんな期待に目を輝かせている。ひたひたと押し寄せる貪欲な気迫は、ふつうの子どもたちにまで感染していた——その目に奇妙な恐怖をうかべてぎくしゃくと動き、ときおり理由もわからずに、肩越しに視線を投げている。トミーは校庭の反対側に歩いていった。そこにはサッカー用の運動場へと下る草深いスロープがあり、まばらな樹木で隔てられている。トミーはあてもなく運動場を見わたした。

ふいに口がひらき、サントの声が流れでた。「スロープをおりてきなさい」

トミーは震えながら、運動場のふちにはいおりた。ここは例の場所では絶対にない。だがサントはそこにいて、木立ちの中に立ち、そのふしぎな赤い目でトミーを見つめていた。二人はしばらくのあいだ、たがいに顔を見合わせた。

「用はなんだい？」ようやくトミーはきいた。

「さよならを言いに来たのだ。きみたちみんなが存在をやめるときが近づいた。計画の」――ペラッ――「第一段階は今朝始まり、第二段階もいま少し前に始まった。そんなに長くはかからないだろう、せいぜい数日というところか」

「痛いかい？」

「痛くはないと思う。われわれは」――ペラッペラッと心をめくる感触があり、やがて理科の教師ミスター・ブローガンが、トミーの通りかかった廊下で、同僚に〝エントロピー〟のことを話している情景で止まった――「エントロピーを増大させている。それは物をばらばらにこわすはたらきだ」――ペラッ――「キューブ・アイスを融かすはたらき」――ペラッ――「冷えたグラスをしだいに温かくするはたらきだ。われわれはエントロピーを増大させている。きみたちとわれわれ、この二つの」――ペラッ――「種族はともにここで暮らしている。だが、きみたちはこちらに、つまり、物質的な面に依存しすぎている。したがって、われわれはそれほどたくさんはエントロピーを増大させない」――ペラッ――「ちょっぴり、ほんのちょっぴりだけだ。われわれに比べると、きみたちははるかに」――ペラッ――「抵抗力が弱い。長くはないだろう、ひとよ」

トミーは、足もとの世界がかしぎ崩れ落ちてゆくのを感じた。「あんたたちを信用してたのに」トミーの声は灰となって散った。「仲よしだと思っていたのに」最後に残った支えが外れた。

自分はほんとうは〝違う人たち〟の仲間なのだとは、心のうちでさえ認めたことはない。いつかは彼らの手がのびて自分をこの世界から救いあげ、満足のゆく人生を歩ませてくれる、と、そこまで自惚《うぬぼ》れたことはない。だが彼がその短い人生で育んできたものは、すべて幻想であったのだ。いまトミーは思い知っていた。もはや彼はこの世界を去る気はなかった。

サントは彼の思考に答えた。「もしきみたちを助ける」――ペラッ――「許す方法があるのなら、われわれはそうしているだろう。だが方法はないのだ。きみはひとだ、われわれとは違う」

「そうさ、違うさ」激しくあえぐ。「きさまらなんか――」だが内なる思いに見合うだけの強いことばは、トミーの語彙にはなかった。とつぜん大粒の涙がこみあげ、彼の視界を閉ざした。怒りと嫌悪と恐怖に引き裂かれ、踵《きびす》をかえすと、つまずき、ころびながらスロープをかけあがった。

「残念に思う、ひとよ」サントがうしろから呼びかけた。だがトミーはもう聞いていなかった。

スロープの上に着くころには、ヒステリックにわめきはじめていた。なんとかみんなに知らせなければ。だれかに聞いてもらわなければ。泣きながら校庭をかけぬけ、エイリアンとサントとエントロピーのことを叫び、クラスメートたちを押して、学校の中に隠れろとどなり、何かしろとわめきながら教師たちに殴りかかると、つかまえようと伸びる手から逃れ、そのあたりのどこかで叫びは悲鳴に変わっていた。教師たちは一列に並び、真剣な表情でやってくる。低くかまえた彼らの両手。

つぎの瞬間、トミーはそのあいだをすりぬけ、走りだしていた。

教師たちは体勢をたてなおし、黒いセダンであとを追った。彼らはハイランド・アヴェニューを二キロ近く行ったところでトミーに追いついた。トミーはうしろをふりかえりもせず、何も目にはいらないかのように、死にもの狂いで路肩を走っていた。ひょろりとした生徒補導員がくるまをおり、たちまちトミーを追いぬいた。

彼らはトミーをセダンに押しこみ、走り去った。
三日目の夜明け、エイリアンたちは〝機械〟の建造にとりかかった。

クルーガー医師は、ミス・フレデリックスのか細い、生気のない声に聞きいり、やがて電話をおいた。首をふり、胃をさすり、大きな溜息をつく。メモ用紙を取り出し、緑のインキで次のように書きこんだ。**ＭＢＤ／過敏、トマス・ノーラン、一五〇cc・リトモーズtb、毎日投与。**クルーガーは、几帳面な角ばった書体をつかのま賞賛の目でながめ、ひと筆でさらりと署名を書きそえた。そして、ふたたび溜息をつくと、メモを**既決**のバスケットにおさめた。

あくる日登校したトミーは静かな子どもだった。教室のうしろにひっそりとすわり、机の上に両手をきちんと重ねていた。窓からは堅い石板色の光がさし、彼の手と顔をグレイに染め、くすんだグレイの瞳を鈍く輝かせた。彼は物音一つたてなかった。

それから間もなく、エイリアンたちは世界の掃討を終えた。

編者あとがき

伊藤典夫

いままでいくつかアンソロジーを編んできたが、なにか大きい編集方針があったわけではない。若いころ、ＳＦとファンタジイにかかわる仕事がしたいと、この業界にとびこみ、ジャンル雑誌以外ではじめてもらった仕事が男性ファッション誌「MEN'S CLUB」向けに、てごろな短篇小説を見つけて訳す仕事だったので、手持ちの雑誌やペーパーバックを拾い読みして、佳作と思える作品を訳していくうちに、かなりの数がたまった。その一部は一九七五年に『吸血鬼は夜恋をする』（文化出版局）という単行本に収めた。その本のあとがきの冒頭にこう書いている。

〈以前から、ＳＦのアンソロジイを一冊つくってみたいと思っていた。

もしあなたが熱心なＳＦの読者なら、そんな考えを一度はお持ちになったことがあるにちがいない。なぜなら、小説ジャンルとしては決して大きいほうではないのに、ＳＦほど人によって捉え方の異なる小説もちょっと珍しいからだ。ＳＦの定義が、ＳＦファンを自称する人びとの数だけあるという話は、すこしも大げさではない。そのひとりひとりが、いろんなＳＦ作品を読みながら、感心したりがっかりしたりをくりかえし、もちろん、がっかりするほうが多くて、やがてある日あるとき、こんなことを考えはじめる。——どうして、おもしろいＳＦばかりを集めた本がすくないのだろう？

というわけで、この本はぼくの長年の願いが結実したものである〉

本書の編集方針も同じようなものである。さらにいえば、すべて自分で選んで、すべて自分で訳したアンソロジーを刊行するのは『吸血鬼は夜　恋をする』以来、四十六年ぶりのことなのだ。十年前に出した『冷たい方程式』（ハヤカワ文庫ＳＦ）も自分の編訳だが元々のアンソロジーを再編集した新版だし、《伊藤典夫翻訳ＳＦ傑作選》と銘打った二冊『ボロコーヴはミムジイ』『最初の接触』（共にハヤカワ文庫ＳＦ）のセレクトは高橋良平によるものなのである。

《未来の文学》シリーズでの本書企画は十五年ほど前から始まっているが、その時にぼくが書いた企画書がいまも残っている。版権取得が必要なもの、必要でないものに分けて二十作ほど推薦作を並べている。内輪の話になるが、本邦でアンソロジーを編むにあたってネックとなるのが版権取得の問題で、要は版権の必要な作品を選ぶと大変な費用がかかるので、出版社からは敬遠されることが多いのである。現にさきほど挙げたアンソロジーはすべて版権取得の必要ない、六〇年代までの作品で構成している。ぼくが編訳で関わったアンソロジー企画で、版権などの制約なしに選べたのは、浅倉久志と作った《宇宙ＳＦコレクション》《時間ＳＦコレクション》と題した三冊『スペースマン』『スターシップ』『タイム・トラベラー』（新潮文庫、八五〜八七年）ぐらいだろうか。そうした事情もあって、ぼくが雑誌で訳した七〇～八〇年代の中短篇で単行本未収録のものは多い。その中でこれだけは遺しておきたい、という作品を今回ようやく収録することができた。なお、本書の全八篇中、六篇が版権取得作品である。

以下、収録作品について、雑誌掲載時に添えた解説なども引用しつつ、簡単にコメントしていこう。

●アラン・E・ナース「偽態」"Counterfeit"（Thrilling Wonder Stories, 1952/8）／〈SFマガジン〉一九六四年四月号

一九三三年ジョン・W・キャンベルが、名作「影が行く」"Who Goes There?"で、人間に擬態した異星人という侵略テーマの新しいパターンを確立して以来、SFにはこのパターンを使った数々の傑作が生まれた。フィニイ『盗まれた街』*The Body Snatchers*（1955）はその代表的な例といえるだろう。

この「偽態」も、そういったヴァリエーションの一つだが、ナースの本職の医学を巧みにとりいれたアイデアと叩きこむような筆致で、彼の傑作とされている。

なお、この作品はスリリング・ワンダー・ストーリーズ誌一九五二年八月号に発表され、のちイギリスのペンギンブックスのSFアンソロジイ *More Penguin Science Fiction*（ブライアン・W・オールディス編）に収録された。

アラン・E・ナースは日本での紹介は少ないが、なぜか気になる作家で、「親友ボビー」"My

Friend Bobby”（1954）「旅行かばん」“The Canvas Bag”（1955）「焦熱面横断」“Brightside Crossing”（1956）といった短篇を訳している。本作はブライアン・W・オールディス編のアンソロジーで見つけたもので、その頃はオールディスのお墨付きを信頼していた。いま読むとぼくの翻訳は力んでいる感じが否めないし、金星人というのもさすがに古びているのだが、思い入れがある作品なので選んだ。

本作で「偽態」を見破る方法として「放射性ビスマス」とネガフィルムを使っているが、ネガはともかく「放射性ビスマス」は耳慣れない薬剤だと思うので説明を加えておこう。フィルムは放射性物質により感光するので、放射活性を持つビスマスを服用させて、フィルムを体の下にひいておくと、ビスマスが到達した消化管の部位に一致して感光されると考えられる。通常は、食べたものが排泄されるまでの時間は食後二十四〜七十二時間程度だが、消化不良により、健常な状態よりも早く下部消化管（大腸）まで到達するはずなのに、通常の「数時間」で到達する程度（小腸近位部くらい？）までしか感光していなかったので、おかしいと判明したということか。消化管の検査にはバリウムがよく使用されるが、昔はビスマスを使っていたようだ（安定した放射性元素として扱われ、鉛のように人体に対する毒性がない）。以上は、放射線科が専門のラファティ狂、らっぱ亭こと松崎健司さんにご教示いただいた。記して感謝申し上げたい。

●レイモンド・F・ジョーンズ「神々の贈り物」“The Gift of the Gods”（Science Fiction Stories, 1955/1）／〈SFマガジン〉一九六八年一月号

レイモンド・F・ジョーンズは、ぼくが生まれてはじめて読んだSF『星雲から来た少年』（*Son of the Stars*, 1952. 邦訳は福島正実訳、銀河書房／石泉社《少年少女科学小説選集》一九五五年）の作者ということで、四〇年代に登場したSF作家のなかでは気に入っている作家である。五〇年代に公開された映画『宇宙水爆戦』*This Island Earth*（1955）の原作者という事実も、ぼくの偏愛に意味を添えているかもしれない。短篇は「子どもの部屋」"The Children's Room"（1947）や「騒音レベル」"Noise Level"（1952）「月は死」"The Moon is Death"（1953）などを訳しているが、ぼくの他に紹介する人間はあまりいなかったようだ。「神々の贈り物」も本国ではあまり評価されていないようだが、ぼくにとっては重要な作品である。

本作について思い出すのは、結末について誤訳じゃないかと浅倉久志さんからいわれたことである。ぼくは意に介さなかったが、その後浅倉さんは原書も入手して読んで考えを変えたらしく最終的には「傑作だね」という褒め言葉をいただいた。本作は一種のリドル・ストーリーだと思うのだが、当時のアメリカのSFでは珍しいものだった。

●ブライアン・W・オールディス「リトルボーイ再び」"Another Little Boy"（New Worlds SF, 1966/9）／〈SFマガジン〉一九七〇年二月号

このオールディスの問題作は、〈SFマガジン〉の「新しい波」特集で訳出した。他の掲載作品はラングドン・ジョーンズ「大時計」、ロジャー・ゼラズニイ「十二月の鍵」で、三作とも〈ニュー・ワールズ〉誌に発表されたものだ。本作について、ぼくは〈SFマガジン〉に訳出するより前

の六八年に同人誌〈宇宙塵〉（十一月号）にあらすじを紹介している。そこで「全訳したいけれど、ものがものだけに反響がおそろしい」と書いたのだが、予想通りというべきか、小松左京と矢野徹は激怒して、豊田有恒は抗議の印として「プリンス・オブ・ウェールズ再び」という作品を書いたりした。ちょうど七〇年八月に開催された国際ＳＦシンポジウムにオールディスも来日して参加、オールディスは小松左京・矢野徹両氏につかまってとっちめられて、泣いて謝ったという噂を聞いたことがある。ぼくが面白半分で訳した作品が予想以上の反響を起こしてしまった。

オールディス自身は、人間の考え方など百年後にはすっかり変わってしまうことを書きたかったと述べて、二〇一五年に刊行された *The Complete Short Stories : The 1960s*（*Part3*）の注釈では、執筆のきっかけとなったのはＪ・Ｇ・バラードの短篇「暗殺凶器」（"The Assassination Weapon" 1966）で、ケネディやマルコムＸなどの神話的な名前が並ぶなか、思いついたのが原爆を落としたクロード・イーサリー大佐だったこと、本作は我々の良心の咎めとなっている事柄が三世代後の連中にとっては馬鹿げたことになっていることについての気軽な戒めだ、などと書いている。もっとも短篇全集のこの巻で注釈がついているのは本篇だけなので、それなりに気にしているのだろう。

なお、リトルボーイ原子爆弾に関する数字は実際のものと大きく異なっているがそのままとした（実際は長さ十フィート、直径二十八インチ、重量約五トン。投下時間も実際は八時十五分）。

●フィリップ・ホセ・ファーマー「キング・コング墜ちてのち」"After King Kong Fell"（ロジャー・エルウッド編 *Omega*, 1973）／〈ＳＦ宝石〉一九七九年八月号常にきわどいテーマでSFを書くフィリップ・ホセ・ファーマーも大好きな作家で、『恋人たち』*The Lovers*（1961）をはじめ、訳した作品は多い。「キング・コング墜ちてのち」は文句なしに上手い作品だと思うが、ファーマー自身も一番のお気に入りらしい。彼が五十二歳のときに五歳の孫娘と一緒にテレビで『キング・コング』を見ていて、彼女がキング・コングを本物だと信じこんで質問してきた。そこで思いついた物語だという。

本作のなかで、金色の目をした巨人と女連れの長身の男という「おかしな人物」たちが出てくるくだりがあるが（一四五〜六頁）、二人はそれぞれ当時のパルプ雑誌のヒーローで、巨人はドク・サヴェジ、長身の男はザ・シャドウである。ファーマーはドク・サヴェジを偏愛しているらしく*Doc Savage : His Apocalyptic Life*（1973）なる「伝記」まで書いている。

●M・ジョン・ハリスン「地を統べるもの」"Settling the World"（トマス・M・ディッシュ編*The New Improved Sun*, 1975）／〈SFマガジン〉一九八二年四月号

〈M・ジョン・ハリスンは、一九四五年生まれのイギリスのSF作家である。サイエンス・ファンタジイ誌六六年二月号の"Marina"が処女作らしいが、このときの筆名はジョン・ハリスン。これにファースト・ネームであるマイクルのMを添え、ニュー・ワールズ誌の書評担当編集者に抜擢された六八年より、小説の方面でも本格的な活動を開始した。SF作家を"軟派"と"硬派"に分ければ、明らかにあとの方に属し、作品の密度をどんどん高めてゆく傾向があるので、長篇四点、短篇集一点と著作は比較的少ない。その中では、ニュー・ウェーブ風"剣と魔法"小説『パステル都

市』（サンリオSF文庫）が翻訳されている。
　SF研究誌ファウンデーションの最近号に載ったインタビューには、「最後の反逆者」という題がつけられている。そのとおり、彼は六〇年代末に輩出した、いわゆるニュー・ウェーブ作家の最後の生残りといえるかもしれない。そのインタビューで、彼が多少とも認めるSF作家は、バラード、ブラッドベリ、ディッシュ、ベスター程度。自作の大部分を自嘲をこめて語り、「SFの一〇〇%は屑だ」とまで口走る。これが本音なら、もちろんSFなど書いてはいないはず。新作*A Storm of Wings*（1980）への自負と、ここは解釈したほうがよいだろう。
　本篇は、トマス・M・ディッシュ編になるユートピア・テーマのオリジナル・アンソロジイ*The New Improved Sun*（1975）に発表された。作者によれば「重要な作品ではない」そうだが、ディッシュは「久しぶりに出会った短篇SFの傑作のひとつ」と手放しでほめあげている〈掲載時解説〉
　M・ジョン・ハリスンは本当に難しい作家で、本作を訳してかなりへばってしまい、他の作品は読む気力もなくなってしまったというのが本音である。いま読み返すと、「神々の贈り物」と似た感触もあるようだ。

●ジョン・モレッシイ「最後のジェリー・フェイギン・ショウ」"The Last Jerry Fagin Show"（Omni, 1980/4）／〈日本版オムニ〉一九八三年十月号
　一九八〇年の半ば、〈日本版オムニ〉という雑誌で、本国版に掲載された短篇を選んで訳出して

いた。その中で一番印象に残っているのが本作である。本アンソロジーの企画書でぼくは「ドゾワ、ハリスンなど息が詰まるような作品が目立つので、もうすこし〝ゆるい〟作品もいれたい」とも書いており、それに当たる作品かもしれない。アメリカのテレビ内幕ものとして、コメディアンやギャグがふんだんに出てくるあたりがぼくのマイナーなアメリカ文化好みの琴線に触れたともいえる。ぼくはアメリカのカルト映画監督ジョン・ウォーターズのエッセイ集『クラックポット』を訳しているが（徳間書店、一九九一年）、同じような「アメリカ風物詩」的なテイストを感じるのだ。なお、モレッシイという作家についてはこの短篇でしか知らない。

●フレデリック・ポール「フェルミと冬」"Fermi and Frost"（Isaac Asimov's Science Fiction Magazine, 1985/1）／〈SFマガジン〉一九九六年九月号

本作はかつて〈SFマガジン〉の戦争SF特集で取り上げた。先述したが、一九八五年に浅倉さんと一緒に新潮文庫でSFアンソロジーを編んだときに、『スペースマン』『スターシップ』という「宇宙もの」、『タイム・トラベラー』という「時間もの」と出せたので、次は「ファーストコンタクトもの」と「戦争SF」だ、と盛り上がったことがある。ちょうどその頃、ベン・ボーヴァの「核の秋」"Nuclear Autumn"（1985）というちょっとスリリングな佳作を見つけ、SDI（戦略防衛構想、俗にいうスター・ウォーズ計画）やチェルノブイリの影響もあり、そうしたSFの可能性に急に目がひらけたところだったのだ。結局、「ファーストコンタクト」「戦争SF」どちらの企画も実現しなかったが、戦争SFのおもしろい短篇を集めてみたいという思いだけは残った。すこし経っ

てこの「フェルミと冬」を見つけ、ますますその気持は強くなり、十年後の九六年にようやく〈SFマガジン〉で特集することができたのだった。しかし、いくつかの候補作をいざ読みだして気づいたのは、世界情勢が十年まえとまったく変わってしまったことだった。ソ連はなくなり、冷戦は立ち消えとなり、それらを背景にしていたアンソロジー収録作などは、みんな迫真性が薄れて、翻訳に適さないものになっていたのだ。たとえば、ボーヴァの「核の秋」はソ連が一方的に核攻撃を開始、ところが、これは世界が核の冬ならぬ〝秋〟を迎えるように周到に計算された攻撃とわかり（つまり反撃すれば、ほんとうに〝冬〟が来てしまう）、アメリカは涙を飲んで敵の軍門にくだる、というストーリーで、その頃でもちょっとシラけるものになっていた。しかし、ポールの本作は違っていた。以下、特集解説から引用する。

〈フレデリック・ポールは一九一九年生まれの大ベテラン。「フェルミと冬」は、調べたらなんと一九八六年度のヒューゴー賞受賞作だった！　核の冬を正面切って取りあげているが、ボーヴァの短篇と違って、いま読んでも古さを感じさせないのは、ここに描かれた世界が、背景にある米ソの冷戦構造とはかかわりなく成立する現実性をそなえているからだろう。これだけのものが、なぜ未訳のまま残されていたのか。しかしよく考えると、“Fermi and Frost”という地味な題名からでは、すぐに読もうという意欲がわかなかったのを、いまになって思いだす〉

この作品に関しては「いま読んでも古さを感じさせない」はずである。

●ガードナー・R・ドゾワ「海の鎖」“Chains of the Sea”（ロバート・シルヴァーバーグ編 *Chains*

of the Sea, 1973)／〈SF宝石〉一九八一年二月号
　ガードナー・R・ドゾワについて、〈SFマガジン〉一九七五年七月号で、無視できない新人として、「海の鎖」“Horse of Air”（1970）“Strangers”（1974）という三つの中短篇を初紹介した。「海の鎖」については以下のように書いている。
〈宇宙人の侵略による地球の破滅の物語。ひと言でいってしまうと身もふたもないが、これがぼくの読んだ三篇の中では最高のできばえで、アメリカでもこれがいちばん評判がいい。というのは、この侵略の経過がおもに子供の眼を通して描かれ、他愛のないストレートSFとして終ってしまいそうな物語に、現代の世界をながめる新しいヴィジョンを提供しているからだ。しかも、そのヴィジョンの足がかりとなる小さなアイデアへの配慮が、心憎いばかりに細かい〉
　お読みになった方には納得していただけるだろう。なお、冒頭のディラン・トマスの詩は原書には掲載されていない。一九八〇年にアメリカに行ったときに、デーモン・ナイトに会い、その際「海の鎖」という題名について尋ねたことがあり、それはディラン・トマスの詩から来ている、と教えてもらった。つまり本国での読者は「海の鎖」と聞くと必ず「ファーン・ヒル」を思い出すということなので、馴染みのない日本の読者のために掲載することにした。

フレデリック・ポール　Frederik Pohl
1919年ニューヨーク生まれ。37年にデビュー後、〈ギャラクシー〉〈イフ〉で編集者、エージェントとしても才能を発揮する。代表作にC・M・コーンブルースとの共作『宇宙商人』(53)の他『マン・プラス』(76)『ゲイトウエイ』(77)などがある。2013年死去。

ガードナー・R・ドゾワ　Gardner R. Dozois
1947年マサチューセッツ生まれ。66年にデビュー、オリジナル・アンソロジーで秀作を次々と発表し高い評価を受ける。78年に長篇『異星の人』を刊行後は〈アシモフズ〉や年刊SF傑作選の編集者として活動がメインとなる。2018年死去。

編訳者　伊藤典夫（いとう　のりお）
1942年静岡県生まれ。英米文学翻訳家。主な訳書にクラーク『2001年宇宙の旅』、オールディス『地球の長い午後』、ディレイニー『アインシュタイン交点』『ノヴァ』、ブラッドベリ『華氏451度』（以上早川書房）、ヤング『たんぽぽ娘』（河出書房新社）など。編著に『SFベスト201』（新書館）がある。

編集協力　大久保譲　芝田文乃　松崎健司

著者　アラン・E・ナース　Alan E. Nourse
1928年アイオワ生まれ。51年にデビュー、主にジュブナイルSF作家として活動、医者としての著作もある。長篇に『憑かれた人』(55)、中短篇に「中間宇宙」(51)「焦熱面横断」(56)「コフィン療法」(57) など。92年死去。

レイモンド・F・ジョーンズ　Raymond F. Jones
1915年ユタ生まれ。40年代初期から主に〈アスタウンディング〉で作品を発表、長篇に『星雲から来た少年』(52)『超人集団』(56)、短篇に「子どもの部屋」(47)「騒音レベル」(52) などがある。94年死去。

ブライアン・W・オールディス　Brian W. Aldiss
1925年イギリス・ノーフォーク生まれ。60年代にJ・G・バラードとともにニュー・ウェイブSF運動を先導する。代表作に『地球の長い午後』(62)『グレイベアド』(64)『マラキア・タペストリ』(76)、評論集『十億年の宴　SF—その起源と歴史』(73) がある。2017年死去。

フィリップ・ホセ・ファーマー　Philip José Farmer
1918年インディアナ生まれ。52年、異星種族の性を扱った中篇「恋人たち」で物議を醸し、生物学・性医学・心理学的テーマを追求する異能作家として活動を始めた。代表作に〈階層宇宙〉シリーズ (65〜93)〈リバーワールド〉シリーズ (71〜83) がある。2009年死去。

M・ジョン・ハリスン　M. John Harrison
1945年イギリス・ウォリックシャー生まれ。66年“Marina”でデビュー、その後〈ニュー・ワールズ〉で編集者・批評家としても活躍する。〈ヴィリコリウム〉シリーズ (71〜84) はイギリス現代ファンタジーの古典として評価が高い。長篇『ライト』(2002) は30年振りのSF復帰作にして作家の集大成作品として話題となった。

ジョン・モレッシイ　John Morressy
1930年ニューヨーク生まれ。71年にSF作家デビュー後、大学で英文学の教鞭をとりながら、スペース・オペラを中心とした作品を多く発表、代表作に〈Del Whitby〉シリーズ (72〜83) がある。80年代は主にファンタジー作家として活動した。2006年死去。

未来の文学
FUTURE/LITERATURE

海《うみ》の鎖《くさり》

2021年 6 月25日初版第 1 刷発行

著者　ガードナー・R・ドゾワ他
編訳者　伊藤典夫
発行者　佐藤今朝夫
発行所　株式会社国書刊行会
〒174-0056　東京都板橋区志村1-13-15
電話03-5970-7421　ファックス03-5970-7427
https://www.kokusho.co.jp
印刷製本所　三松堂株式会社

ISBN978-4-336-05325-1

奇跡なす者たち　**ジャック・ヴァンス**　　**浅倉久志編訳・酒井昭伸訳**
独特のユーモアで彩られた、魅力あふれる異郷描写で熱狂的なファンを持つ巨匠ヴァンスのベスト・コレクション。表題作の他、ヒューゴー、ネビュラ両賞受賞の「最後の城」、名作「月の蛾」など全8篇。

第四の館　**R・A・ラファティ**　**柳下毅一郎訳**
単純な青年フォーリーは世の中を牛耳る〈収穫者〉たちに操られながら四つの勢力が争う世界で奇妙な謎に出会っていく――世界最高のSF作家によるネビュラ賞候補、奇想天外の初期傑作長篇。

古代の遺物　**ジョン・クロウリー**
浅倉久志・大森望・畔柳和代・柴田元幸訳
ファンタジー、SF、幻想文学といったジャンルを超えて活動する著者の日本オリジナルの第2短篇集。ノスタルジックな中篇「シェイクスピアのヒロインたちの少女時代」他、バラエティに富んだ作品を収録。

ドリフトグラス　**サミュエル・R・ディレイニー**
浅倉久志・伊藤典夫・小野田和子・酒井昭伸・深町眞理子訳
過去の作品集の収録された作品に未訳2篇を合わせた決定版短篇コレクション。新訳「エンパイア・スター」、ヒューゴー／ネビュラ両賞受賞「時は準宝石の螺旋のように」「スター・ピット」など珠玉の全17篇。

ジーン・ウルフの記念日の本　**ジーン・ウルフ**
酒井昭伸・宮脇孝雄・柳下毅一郎訳
〈言葉の魔術師〉ウルフによる1981年刊行の第2短篇集。18の短篇をリンカーン誕生日から大晦日までのアメリカの祝日にちなんで並べた構成で、ウルフ作品の初期名作コレクションとして名高い。

愛なんてセックスの書き間違い　**ハーラン・エリスン**
若島正・渡辺佐智江訳
カリスマSF作家エリスンはSF以外の小説も凄い！　初期の非SF作品を精選、日本オリジナル編集・全篇初訳でおくる暴力とセックスと愛とジャズと狂気と孤独と快楽にあふれたエリスン・ワンダーランド。

海の鎖　**ガードナー・R・ドゾワ他**　**伊藤典夫編訳**
〈異邦の宇宙船が舞い降り、何かが起こる…少年トミーだけが気付いていた〉ガードナー・ドゾワによる破滅SFの傑作中篇である表題作を中心に伊藤典夫が選び抜いた珠玉のアンソロジー。

デス博士の島その他の物語　**ジーン・ウルフ**
浅倉久志・伊藤典夫・柳下毅一郎訳
〈もっとも重要なSF作家〉ジーン・ウルフ、本邦初の中短篇集。孤独な少年が読んでいる物語の登場人物と現実世界で出会う表題作他、華麗な技巧と語りを凝縮した全5篇＋限定本に付されたまえがきを収録。

グラックの卵　**H・ジェイコブズ他**　**浅倉久志編訳**
奇想・ユーモアSFを溺愛する浅倉久志がセレクトした傑作選。伝説の究極的ナンセンスSF、ボンド「見よ、かの巨鳥を！」他、スラデック、カットナー、テン、スタントンの抱腹絶倒作が勢揃い！

ベータ2のバラッド　**S・R・ディレイニー他**　**若島正編**
〈ニュー・ウェーヴSF〉の知られざる中篇作を若島正選で集成。ディレイニーの幻の表題作、エリスンの代表作「プリティ・マギー・マネーアイズ」他、ロバーツ、ベイリー、カウパーの傑作全6篇収録。

ゴーレム^{100}　**アルフレッド・ベスター**　**渡辺佐智江訳**
ベスター、最強にして最狂の伝説的長篇。未来都市で召喚された新種の悪魔ゴーレム^{100}をめぐる魂と人類の生存をかけた死闘――軽妙な語り口とタイポグラフィ遊戯が渾然一体となったベスターズ・ベスト！

限りなき夏　**クリストファー・プリースト**　**古沢嘉通編訳**
『奇術師』のプリースト、本邦初のベスト・コレクション（日本オリジナル編集）。連作〈ドリーム・アーキペラゴ〉シリーズを中心に、デビュー作「逃走」他、代表作全8篇を集成。書き下ろし序文も収録。

歌の翼に　**トマス・M・ディッシュ**　**友枝康子訳**
近未来アメリカ、少年は歌によって飛翔するためにあらゆる試練をのりこえて歌手を目指す……鬼才ディッシュの半自伝的長篇にして伝説的名作がついに復活。サンリオSF文庫版を全面改訳した決定版！

ダールグレン Ⅰ・Ⅱ　**サミュエル・R・ディレイニー**　**大久保譲訳**
都市ベローナに何が起こったのか……廃墟となった世界を跋扈する異形の集団、永遠に続く夜と霧。記憶のない〈青年〉キッドは迷宮都市をさまよい続ける。「20世紀SFの金字塔」が遂に登場。

〈国書刊行会SF〉

未来の文学

失われたSFを求めて──60〜80年代の幻の傑作SF、その中でも本邦初紹介の作品を中心に厳選したSFファン待望の夢のコレクション。「〈未来の文学〉シリーズは、けっして過去のSFの発掘ではない。時代が、そしてわたしたち読者が、ここに集められた伝説的な作品群にようやく追いついたのである。新たな読者の視線を浴びるとき、幻の傑作たちはもはや幻ではなくなり、真の〈未来の文学〉として生まれ変わるだろう」（若島正）

ケルベロス第五の首　ジーン・ウルフ　柳下毅一郎訳

宇宙の果ての双子惑星を舞台に〈名士の館に生まれた少年の物語〉〈人類学者が採集した惑星の民話〉〈尋問を受け続ける囚人の記録〉の三つの中篇が複雑に交錯する、壮麗なゴシックミステリ SF。

エンベディング　イアン・ワトスン　山形浩生訳

人工言語を研究する英国人と、ドラッグによるトランス状態で生まれる未知の言語を持つ部族を調査する民族学者、そして地球人の言語構造を求める異星人。言語と世界認識の変革を力強く描くワトスンの処女作。

アジアの岸辺　トマス・M・ディッシュ　若島正編

特異な知的洞察力で常に人間の暗部をえぐりだす稀代のストーリーテラー：ディッシュ、本邦初の短篇ベスト。傑作「リスの檻」の他、「降りる」「話にならない男」など日本オリジナル編集でおくる全13篇。

ヴィーナス・プラスX　シオドア・スタージョン　大久保譲訳

ある日突然、男は住む人間すべてが両性具有の世界にトランスポートされる……独自のテーマとリリシズム溢れる文章で異色の世界を築いたスタージョンによる幻のジェンダー／ユートピア SF。

宇宙舟歌　R・A・ラファティ　柳下毅一郎訳

偉大なる〈ほら話〉の語り手：R・A・ラファティによる最初期の長篇作。異星をめぐりながら次々と奇怪な冒険をくりひろげる宇宙版『オデュッセイア』。どす黒いユーモアが炸裂する奇妙奇天烈な世界。